シークレット・エクスプレス

真保裕一

毎日文庫

主な登場人物

井澄　充宏……………ＪＲ貨物　ロジスティクス本部　戦略推進室補佐　元運転士
星村　和友……………ＪＲ貨物　ロジスティクス本部長
都倉　佐貴子…………東日本新聞　青森支局　記者
木月　聡………………東日本新聞　青森支局　記者
夏目……………………東日本新聞　青森支局長
岩田　康三……………東日本新聞　東京本社　科学部副部長
城山　健吾……………三峯輸送　営業管理部マネージャー補佐
森安……………………警察庁警備課参事官
河本　尚美……………原発監視団体メンバー
先崎　優………………原発監視団体リーダー　元大学研究員
小谷野　宗一…………元内閣総理大臣

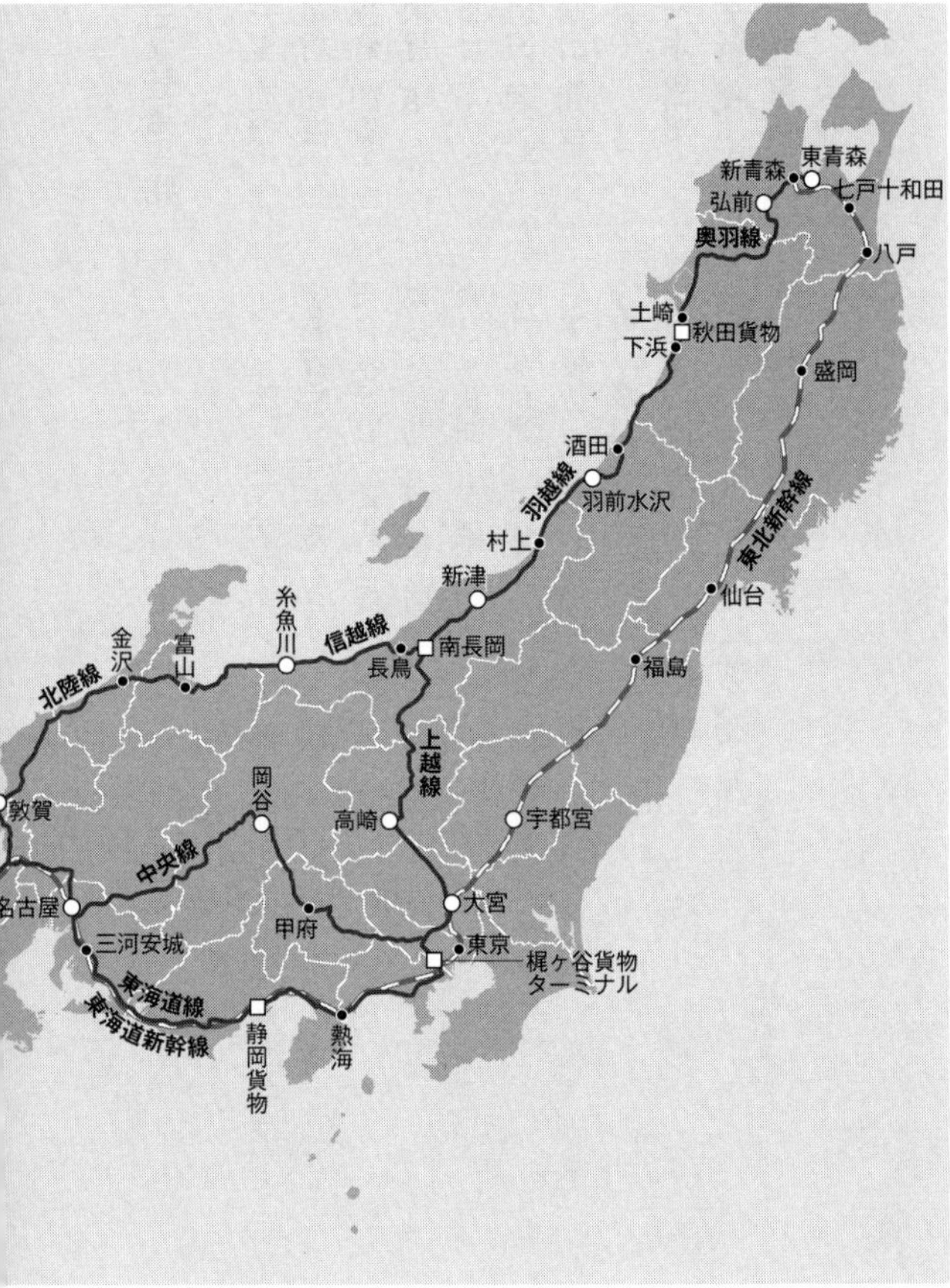
東青森
新青森
七戸十和田
弘前
奥羽線
八戸
土崎
秋田貨物
下浜
盛岡
酒田
羽前水沢
羽越線
東北新幹線
村上
新津
仙台
糸魚川
信越線
金沢
富山
長鳥
南長岡
福島
北陸線
上越線
岡谷
敦賀
高崎
宇都宮
中央線
大宮
名古屋
甲府
三河安城
東京
梶ヶ谷貨物
ターミナル
東海道線
東海道新幹線
静岡貨物
熱海

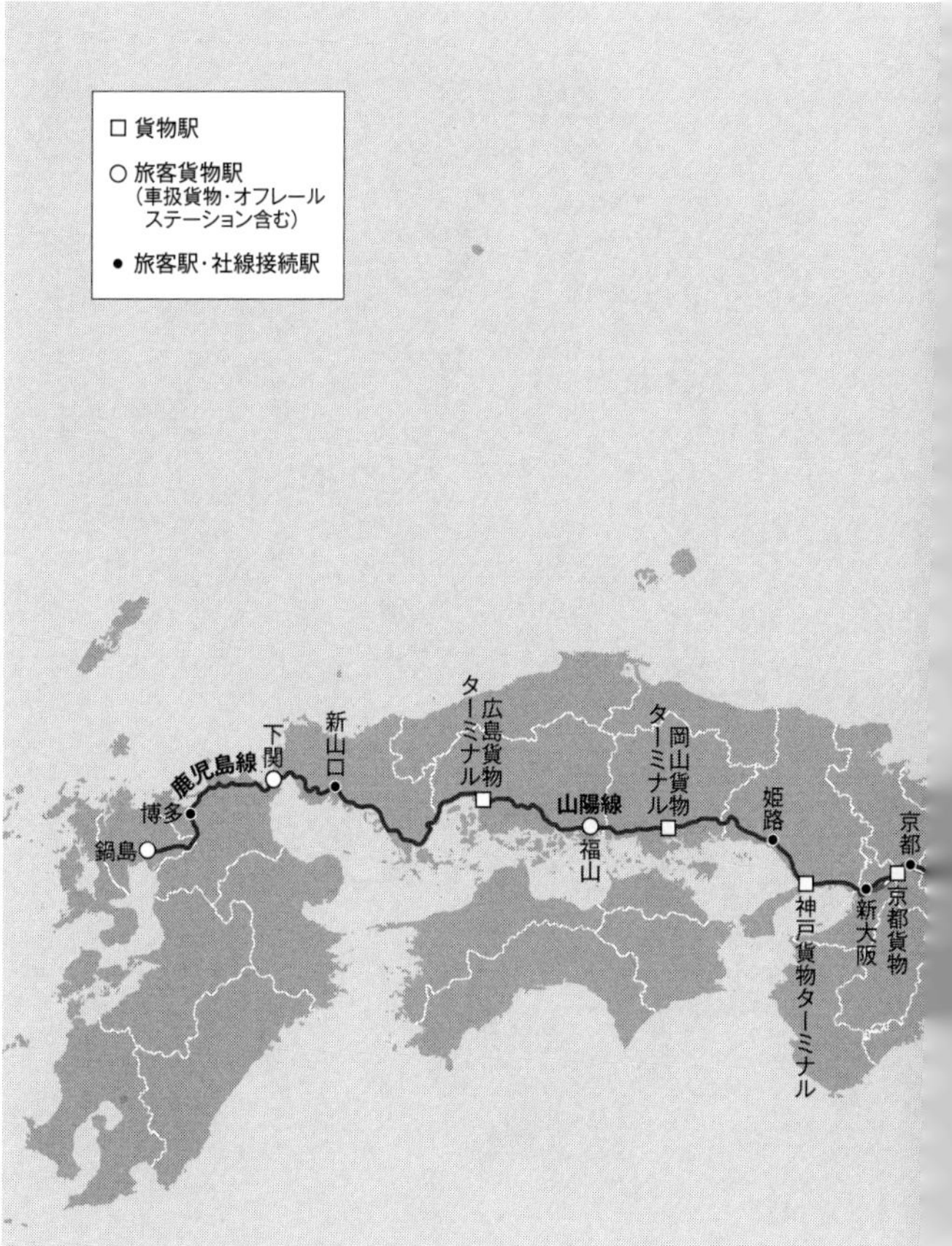
□ 貨物駅
○ 旅客貨物駅
（車扱貨物・オフレール
ステーション含む）
● 旅客駅・社線接続駅
鹿児島線
山陽線
鍋島
博多
下関
新山口
広島貨物ターミナル
福山
岡山貨物ターミナル
姫路
神戸貨物ターミナル
新大阪
京都貨物
京都

羽越線
新津
仙台
長鳥
南長岡
直江津
信越線
宮内
福島
越後湯沢
郡山
上越線
東北新幹線
高崎
宇都宮
熊谷貨物ターミナル
甲府
大宮
武蔵野線
新小平
府中本町
東京
梶ヶ谷貨物ターミナル
新鶴見
横浜羽沢
鶴見
熱海

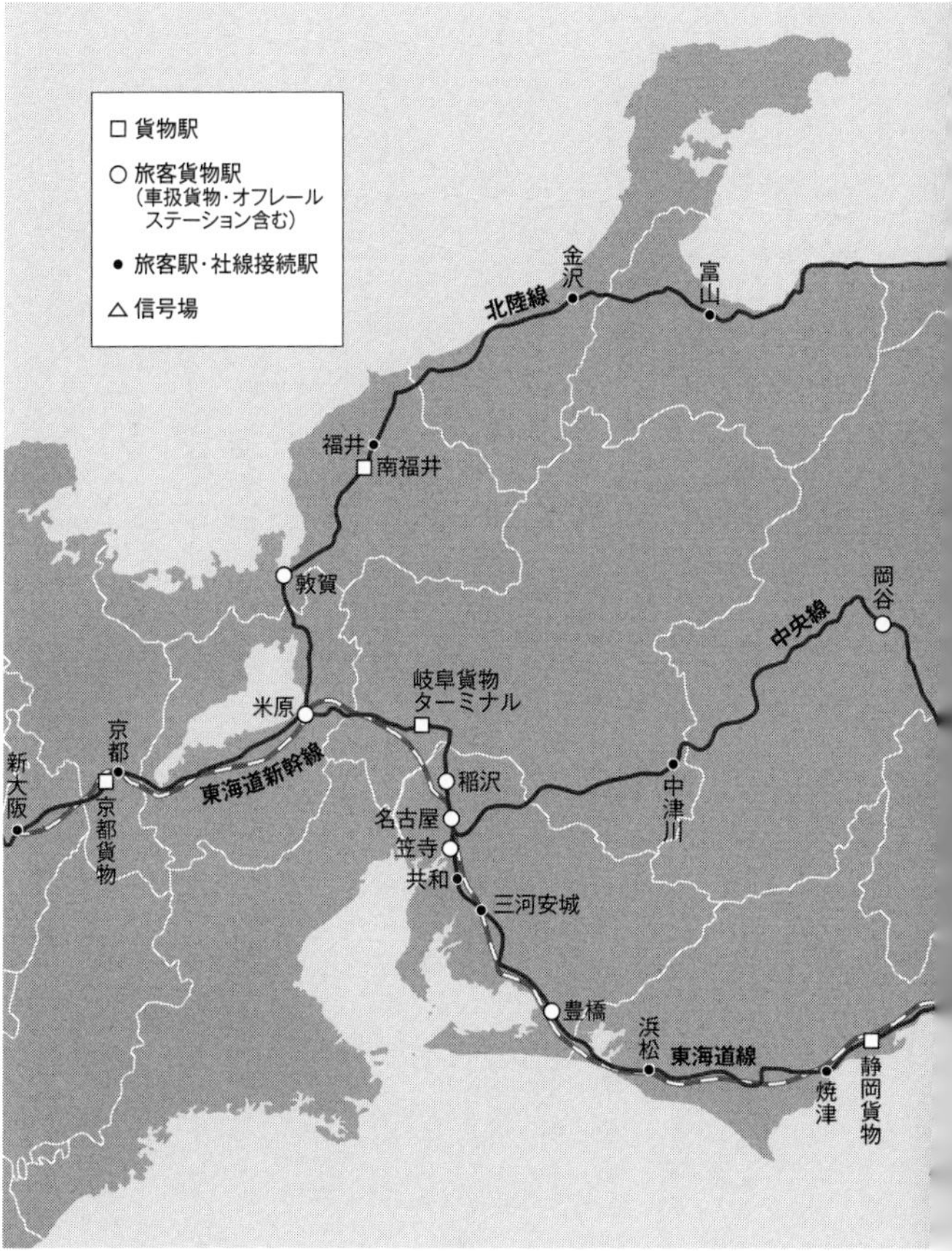

□ 貨物駅
○ 旅客貨物駅
（車扱貨物・オフレールステーション含む）
● 旅客駅・社線接続駅
△ 信号場
北陸線
金沢
富山
福井
南福井
敦賀
岐阜貨物ターミナル
米原
京都
新大阪
京都貨物
東海道新幹線
稲沢
名古屋
笠寺
共和
三河安城
中央線
中津川
岡谷
豊橋
浜松
東海道線
焼津
静岡貨物

シークレット・エクスプレス

1

全身に汗がにじむ。声がかすれかける。

「あ、いや……待ってください。どういうことか、もう一度だけ確認させていただけませんか」

たとえ予想もしない事態が起きようと、自分は冷静に判断を下せる。そう密《ひそ》かな自負を、城山健吾《しろやまけんご》は抱いていた。昨日までのデータにはすべて目を通し、あらゆる可能性を考えてきた。実験条件が少し厳しすぎた、と教授自身も言っていたのだ。

ここまで悪化していたと、誰が予見できたか……。

「驚くのはむりもない。ぼくだって、この計測値が信じられなかった。だから、再実験を四度も試みた。でも、加速試験もシャルピー衝撃値も変わらなかった。今も背筋が寒く感じられるほどだ」

栄王《えいおう》大学工学部、松坂《まつざか》研究室。午後十時五分。

計測器とパソコンに囲まれた室内が、にわかに暗みを増してくる。二日ぶりに入った電話の声があまりに張りつめていたため、一人で駆けつけたが、その判断はやはり正解だったらしい。

松坂教授がディスプレイに別のデータを表示させた。指先がかすかに震えていた。

「再検討の余地はまだあるかもしれない。これらのデータを見てもらえばわかるが、直ちにクリープ変形によって破断を起こすと決まったわけではない。ただし、内部温度が高いほどクリープ変形は顕著《けんちょ》に現れてくる。第三期の加速領域に入ると、クリープ速度の予測はなお一層、難しくなる」

いくらか聞き覚えのある用語ですら、まったく頭に入ってこなかった。空疎な単語の羅列に聞こえ、耳の間を通りすぎていく。

「……つまり、時間の幅はあるにせよ、内部温度の条件が劇的に改善しない限り、破断はもうまぬがれない——そう判断できる。ぼくの検証データを疑わしく見る人もいるだろうから、直ちにセカンドオピニオンを求めてもらってかまわない。いや、そうすべきだと、ぼく自身も思う。信頼のおける研究者を紹介してもいい」

名のある大学教授がそこまで言うのだから、得られた検証データによほど自信があるのだ。教授が白髪をかき上げて、大きく息をついた。

「もちろん、君一人で結論を出せる問題ではないと思う。直ちに関係者を集めるべきだ。事態がさらに進展すれば、より深刻な結果を招きかねない。加賀見《かがみ》先生には、ぼくから報告させてもらおう」

教授は苦悩のしわを眉間《みけん》に刻み、デスクの上へ手を伸ばした。

城山は慌てて腰を浮かした。

「お待ちください、先生。報告はわたしから上げさせていただきます。その後、委員長から確認の電話が入ることになると思いますが、それまではどうか、この件はご内密に――」

「何を言ってるんだね、君は。問題の本質をまだ理解していないのか」

保身しか考えない官僚を見る目を向けられた。

城山は姿勢を正し、首を振った。

「いいえ、事の重大さは理解できたつもりです。ただし、うちの特殊な事情ですが、情報公開の内部規定がかなり厳格に定められています。三人以上の打ち合わせは、すべて議事録を残さねばなりません。最高責任者への電話となれば、こうしてわたしが立ち会っているため、議事録の作成義務が生じるのです」

「その何が問題なんだね。事の重大さからすれば、議事録を残すのは当然じゃないか。まさか君は、すべて内密に処理できないかと考えてるわけじゃ――」

身を乗り出した教授に向けて、城山は深く頭を下げた。

「ご心配には及びません。とてもわたし個人の力で処理できる案件ではなくなりました。ただ、今回のような重大事案は、まず委員長の判断をあおいだうえで、対策を協議していく必要があると思われます。ですので、松坂先生も、どうかその方向性が見えてくるまでは他言なさらないよう、お願いしたいのです」

城山はまた丁寧に頭を下げたあと、急いで言い足した。

「先生もご存じのように、我々の仕事は、政府からも大いに注目されております。もし不謹慎にも不安をあおるような発言が、どこからか出てきた場合は、当然ながら我々のみならず、先生の貴重なご研究にも影響が出てこないとは限りませんので、細心の注意をお願いしたいのです」

おかしな噂《うわさ》が広まれば、まずあなたが疑われるぞ。その場合は、研究室への補助金カットはもちろん、先の仕事にも支障が出てくる、と考えてもらいたい。

誠心誠意に訴えた。たちまち教授の顔色が青ざめ、目の周囲が赤く染まった。

「どういう意味だね、君はぼくを脅すつもりか……」

「いいえ、どこからも横槍《よこやり》を入れられることなく、万全の対策を講じたいのです。ご承知と思いますが、うちの委員長は松坂先生のお仕事ぶりに厚い信頼を寄せています。ですので、今回の実験も先生にお願いすべきと言われたのです。この先も、草案がまとまりましたなら、ぜひお知恵を拝借させていただきたいと考えます」

問題がすべて処理できた暁《あかつき》には、必ず支援ができる。そう匂わせることで、こちら側に引き入れるしかなかった。委員長からも念押しすれば、情報の漏洩《ろうえい》は防げるはずだ。

教授は視線を外した。いかにも演技とわかる思案のポーズを見せてから、言った。

「ぼくとしても不安をこのまま残したくはない。いつでも相談に乗ろう。たとえ真夜中でもかまわないから、方向性が決まり次第、連絡をくれたまえ。とにかく今は急いで手を打つべきだ」

「はい、肝に銘じます。ご尽力、心から感謝いたします」

ありきたりな礼を言って、すべてのデータを預かった。

また深く頭を下げてから、研究室をあとにした。

通用口から大学の暗い中庭に出ると、いつもの癖で辺りを見回していた。研究棟の窓には、いくつも明かりが見えた。今の仕事に就いてから、絶えず人目を意識するようになっている。

出入りの業者を装って警備員に一礼し、逃げるように走り出た。

雨上がりの蒸し暑い夜気に包まれながらも、胸の内は冷え切っていた。

名だたる研究者の英知を集めたうえで、計画は入念に進められた。三年を費やした試作品は、国の定めた厳しい基準を楽にクリアする完成度で、関係者は大いに胸をなで下ろした。政府の認可も下りて、計画は無事スタートしたばかりだった。

委員長にどう報告を上げたらいいか。

総額三千億円をかけた計画が頓挫《とんざ》しかけている。ミスの原因は、利益に目をくらませた経営陣と、仕事への自覚を持たない現場の作業員にあった。けれど、尻ぬぐいはすべて城山たちの仕事なのだ。一刻も早く解決策を見出さねば、必ずや列島を巻きこんだ騒動に発展する。

悩みながら大通りへ足を速めると、スマートフォンが震えた。

着信表示を見ると、災害対策課の永辻勇人《ながつじゆうと》だった。彼にだけは出先を伝えてきたので、いずれ連絡がくると予想はしていた。

優秀な部下だが、生真面目すぎる男は扱いにくい。教授と同じで、議事録を残すべきと正論を唱えてくるに決まっていた。

またスマホが嫌がらせのように身を震わせた。まったく因果な仕事に就いたものだ。自分を呪ってみたところで展望は開けてこない。夜の闇を見すえて、城山は我が身に言い聞かせた。

――おまえの決断に、政財官の命運が託されたのだぞ。ここで選択を誤れば、取り返しのつかない災厄が待つ。

闇の中で深呼吸をくり返し、スマホを握り直した。委員長を説得する言葉を思案しながら、発信ボタンに指を添えた。

2

東京貨物ターミナル駅は、大井コンテナ埠頭《ふとう》のすぐ西に位置する。南北三・六キロ、東西は六百メートルで、総面積七十五ヘクタールに及ぶ。運送各社の営業所が隣接し、日本の物流を支える一大拠点となっている。

「さあ、みなさん、こちらです。コンテナホームが五面あるので、その両側の計十線で同時に荷役作業が行えます」

見学客を連れて事務棟を出ると、井澄充宏《いずみみつひろ》は両手を広げながら、輸送を待つ膨大な貨物コンテナの前へ歩いた。

ヘルメットをかぶった二人の検査員が通りかかり、目敏《めざと》くも声をかけてきた。

「あれ、お帰りなさい、井澄さん。いつ戻ってきたんですか」

「いやあ、助かるよな。うちも人手不足だって、センター長がなげいてたんで」

「おれだって運転士に戻りたいよ。けど、上からのご指名で、今日は大切なお客様の案内係だ。知ってるだろ。本社じゃまだ初心者マークつきの新人だからな」

昔の仲間といつもの調子で軽口をたたき合うと、三人の客が苦笑を見せた。

ＪＲ貨物の社内では、さほど珍しい経歴ではない。中には年齢がいってから心機一転、運転士を目指す者もいるのだった。

「八年ほど貨物を引いて、国内あちこち、どさ回りをしてたんです。——さあ、こちらへ。そろそろ札幌からの列車が十二番ホームに到着します」

現場へ急ぐ検査員に手を振ってから、三人の客を広大なコンテナホームへ案内した。

二段に積まれたコンテナの間をフォークリフトが細やかに動き、貨車へ積み上げていく。

近年は三十フィートの長さを持つ海上輸送用コンテナの扱いが増えたため、大型トップリフターも九台が稼働する。エンジン音を響かせて作業が進められる中、牽引《けんいん》された列車が十二番線にゆっくりと入ってきた。

「ご覧のとおり、ホームと言ってますが、荷役用なので線路と同じ高さになっています」

井澄は空コンテナの前にかがみ、ドアストッパーの横を指し示した。

「見てください。ここにICタグが取りつけてあります。コンテナ下のポケットにリフトのフォークを刺すと、読み取り部が接面して、タグ情報がコンピュータに記録されます。指令室のコンピュータにつながっているので、日本全国で情報の共有ができるわけです」

ただし、すべての荷物が予定どおりに運ばれてくるわけではなかった。相手側の都合や道路事情によって、不達《ふたつ》は起きる。そのたびに営業担当がスケジュールの修正作業に追われる。

そこで、コンテナの予約管理から、運賃の自動精算と請求に、構内での搬送ドライバー誘導と積み降ろしの指示まで、現在は三つの独立したシステムで回しているのを、すべて一元化しようという計画が動きだした。その管理ソフトを開発していくため、コンテナホームでの荷役作業を見学したいとリクエストがきたのだった。

「うちはJR各社の線路を借りて営業しているので、それぞれのダイヤグラムの隙間《すきま》をぬって列車を編成しています。その辺りもいずれ自動化できれば、より効率的な運用につながると思うんです」

「ダイヤグラムをAIによって修正していくプログラムですか。貨物の路線だけでなく、全国でシステムを共有し、同時に運行を管理していく必要があるので、かなり高度なプログラミングになりますね。JR各社の足並みさえそろえば、決して不可能ではないと思いますが」

話が核心に進みかけたところで、手にしたスマートフォンが身を震わせた。ロジスティクス本部長の星村和友《ほしむらかずとも》からの電話だった。

井澄は見学者に断り、通話ボタンをタップした。新システムの舵取《かじと》り役で、今日の仕事を命じた張本人が、この時間にわざわざ電話してくるのだから、よほど急な用件としか思えなかった。

「――今コンテナホームです。何かありましたでしょうか」

「悪いがすぐ帰ってきてくれ。急な九千の相談がきた」

思いのほか声に気負いが感じられた。

ＪＲ貨物では、最高速度や編成内容によって列車番号をつけている。九千番台は、臨時の予備番号だ。通常の臨時列車であれば、八千番台になる。

「ひょっとすると、相手先が特別ですか」

「だから、おまえを呼び出せと、上からお達しがきた。そう言えば、見当がつくだろ」

たちまちひとつの回答が浮かぶ。

「急な訓練輸送――の相談ですね」

「ご名答。しかも、緊急の要請だっていう。今まで手がけてきた訓練輸送とは、少し事情が違うらしい。なので、自衛隊のお偉いさんが本社に駆けつける。同席してくれ」

ほぼ年に一度のペースだったが、大型機材の輸送依頼が、陸上自衛隊から入る。井澄は過去に三度、その運転を担当した。

最初は第七師団の73式装甲車を運ぶ十両編成で、札幌と西大分の間を往復した。帯広から西岡山までに、広島と新富士間の輸送にも参加した経験がある。

長距離の列車は、駅伝のように何人もの運転士でリレーしていく。ルートの一部を走らせたにすぎないが、銃を持つ自衛官の付添人も同行したため、かなり緊張感を強いられる運転だった。

「営業も少し慌ててる。早急に運転士の手配をつけたいんだ。運輸部に元運転士はいても、自衛隊の訓練輸送を手がけた者が、生憎《あいにく》と今はいない。全体を見通せる者が必要なんだ」

理屈はわかるが、井澄は戦略推進室の一員だった。列車の編成は、運輸部と営業部が連携したうえで進めていくものなのだ。

断る口実を考えていると、星村本部長が語気を強めた。

「つべこべ言わずに戻ってこい。今回はおれのわがままじゃない。社長直々《じきじき》の命令だ。とにかく急げよ。いいな」

平謝りに事情を伝えて、ターミナル駅の担当者にあとを託した。タクシーをつかまえて、新宿駅に近いJR貨物の本社へ戻った。

小走りにドアをぬけると、廊下の先に営業開発室長の岡沢《おかざわ》が困惑げな顔で待っていた。

「遅いぞ、井澄。すでに先方はお待ちだ。場がまったくもたなくて、胃が痛くなってきたよ」

彼ほどのベテランが緊張するのだから、制服組のお偉いさんが来たのだろう。市ケ谷の防衛省からなら、三十分とかからずに到着できる。

応接室で待っていたのは、制服の自衛官一名とスーツ姿の男二名だった。JR貨物の側は、ロジスティクス本部長の星村しか座っていない。嫌な予感がした。少数精鋭を名目に、情報統制を強いてきたと見える。

名刺を交換して、井澄は目を見張った。

制服の男は航空幕僚監部だった。整備・補給課長で、階級は空佐とある。予想していた陸自の訓練輸送ではなかったのだ。

四十代半ばらしき長身の男は、三峯《みつみね》輸送という民間企業の社員だった。営業管理部マネージャー補佐、城山健吾。言わずと知れた、三峯グループの子会社だ。系列の三峯重工は、装甲車から輸送機まで、自衛隊の車両機器を生産、納入している。

城山が無表情に一礼して言った。

「いつも航空自衛隊の燃料輸送を担当させていただいております」

もう一人の五十代は、防衛装備庁の役人だった。調達事業部の課長補佐。年齢と役職から見て、防衛大卒のキャリア組ではないとわかる。

「今回は急なお願いにまいりました。どうかご協力ください」

向かい合って席に着くと、三峯の社員が自衛隊を代表するように第一声を放った。

「特別な燃料輸送が調達事業部で急に決まり、JR貨物さんにご協力を願うのが一番だろうと意見がまとまった次第なのです」

城山がブリーフケースから書類を取り出して、テーブルの上にすべらせた。

星村が一礼して受け取り、まず岡沢室長に見せてから、すぐ井澄へ差し出した。『緊急輸送計画』とタイトルが掲げられ、下に赤く〝重要機密〟の印がある。

井澄は書類をめくった。が、記述はあきれるほど少なかった。

輸送する荷物は、燃料。ルートは東青森駅から佐賀県の鍋島駅まで。時期は、可能な限り早く。あとは担当者と輸送会社の名があるのみ。いくら緊急にしても情報が少なすぎて、仕事先に見せる書類の体裁ではなかった。

「かなりお急ぎのようですね」

星村が大胆にも、皮肉と取られかねない言い方をして、三人を見た。

またも代表して答えたのは城山だった。

「わたしどもも異例の要請を空自さんから受け、大いに戸惑っていたところです。しかし、御社が陸自の訓練輸送を手がけられていると聞き、大変心強くなりました。JR貨物さんであれば、多くの経験と知恵をお持ちでしょうから」

社交辞令をまともに受け取ったのでは、あとが怖い。

井澄は本部長に目で許可を求めてから、言った。

「わたしどもは、自衛隊の燃料輸送を手がけた経験がありません。どういった事情から決定されたのでしょうか」

城山がうなずき、調達事業部の課長補佐に目を走らせた。民間人が自衛隊の者に指示を出したようにも見えたが、課長補佐は気にしたふうもなく口を開いた。

「ここだけの話になりますが、実は政府肝煎《きもい》りの緊急テストケースなのです。もともとJ

R貨物さんでは、臨海部の製油所から内陸の工場への石油輸送をされておられますよね。震災時の緊急輸送も見事に成功され、復興に多大な貢献をされてきた実績もお持ちですし」

東日本大震災が発生した折、東北の線路や道路が各地で寸断された。被災地に石油が届かず、住民の暮らしに影響が出るだけでなく、復旧作業も滞ることとなった。JR貨物は政府の要請を受け、上越線から日本海側を経由するルートで青森から盛岡へと南下し、被災地に毎日二便、石油のピストン輸送を続けたのだ。

営業部も運転士も、休日を削っての仕事だった。井澄も臨時便の運転士に加わった。

「あの時の見事な仕事ぶりを政府関係者が覚えていたため、有事に備えた緊急輸送の訓練も積んでおくべきではないか。そういう意見が出された、と聞いています」

有事、とは穏やかではない。が、陸上自衛隊の貨物輸送も、万が一の事態を念頭に置いたうえでの訓練だと聞いている。

城山マネージャー補佐があとを引き受けて言った。

「前回は、震災によって道路が寸断されるという特殊な状況がありました。昨今は、気象条件の大きな変動もあって、大雨や土砂災害が多発し、道路が使えなくなる事態も起こりえます。そこで、貨物列車を使った訓練計画が発案されたのです」

「では、あくまで訓練なのですね」

岡沢室長がいくらか安堵《あんど》したような口振りで尋ねた。

「いいえ。もちろん実際に燃料を運んでいただきたいのです。できる限り早急に」

単に仕事を請け負った民間企業の社員であるのに、城山の口調には威圧的なニュアンスがこめられていた。民営化の際に多額の借金を国に残したＪＲ貨物には、政府の要請をはねつける権利はない、と伝える意図さえ感じられる。

「何トンの燃料を、いつまでに運べと言われるのでしょうか」

星村が及び腰に探りを入れた。

航空幕僚監部と防衛装備庁の役人は口を開かず、またも城山が当然のような顔で答えた。

「先ほども言いましたように、可能な限り早急に、なのです。震災と同じケースだと考えていただけないでしょうか。政府から依頼があった場合、臨時列車を何日で運行できるか。そのテストも兼ねている、と聞いております。詳しい事情は経産省を通じて、すでに長塚《ながつか》社長にお願いが入っていると思います」

だから、社長直々の命令だったのだ。何か九州方面で、自衛隊の燃料を大量に必要とする事態が迫っているかのようにも思えてくる。

「さらに言うならば――」

初めて幕僚監部が口を開いた。

「臨時列車を走らせて何を運ぶのかは、外部に決して広めたくないのです。ＪＲ貨物さんの中でも、特別な訓練輸送だとの通達を徹底していただきたい」

　嫌な予感が的中した。情報統制を図るとなれば、単なる訓練でない可能性が出てきてしまう。

「石油やガソリンよりも揮発性の高い燃料なのですね」

ただならぬ気配を察したらしく、星村が声を低めた。

　やはり答えたのは城山だった。

「自衛隊の弾薬や燃料を輸送する際、事前にメディア発表はいたしません。別に隠し立てをするわけでなく、テロなどの突発事態を防ぐため、法律によって認められているからです。ところが、ＪＲ貨物さんは、石油類を満載したタンク車を、川崎や四日市などで毎日ほぼ定時に運行されておられる。我々では考えられないことなのです」

　今までよく無事でいられたものだ。そう言外にほのめかしていた。

　自衛隊の燃料や弾薬を輸送する際に、妨害やテロなど不測の事態が起きたのでは大事となる。だから、情報が外に洩《も》れてはならないのだ。

「ご存じとは思いますが、通常、石油類の輸送には、専用のタンク車を使います。現在千四百両あまりが稼働中ですが、すべて日本石油輸送と日本オイルターミナル、専門二社の私有貨車になっています。もちろん借りることはできますし、ＩＳＯ（国際標準化機構）規格の二十フィートタンクコンテナであれば、わたしどもで用意はできます。いかがいたしましょう」

岡沢室長がメモをかまえながら質問した。もはやJR貨物の側に、今回の仕事を断るという選択肢は残されていないのだ。

「タンクは、わたしども三峯が持つものを使います。サイズは二十フィート級タンクコンテナの範囲内です」

通常のコンテナは、高さ二・六メートル、幅二・四五メートル、長さ六メートル。中でも特に、幅と高さが問題になる。もし少しでもはみ出せば、駅を通過する時、プラットホームや信号機の柱と接触しかねないからだ。

「ただ……特殊な燃料であり、輸送に際しての危険を減らすため、かなり頑丈に造られたタンクなので、少々重量がかさんでいます」

タンク車の中には、石油類だけでなく、金属原料を運ぶタイプのものもあった。その最大荷重は四十トンを超える。

「中の燃料をふくめて——五十トンです」

星村と岡沢がほぼ同時に、井澄の顔をうかがってきた。限界に近い重量だったからだ。

路盤や橋架《きようか》を保護するため、JRでは各路線ごとに最高速度と車軸《しやじく》にかかる最大重量が決められている。JR貨物が使用する路線の最大軸重は、十七トン。

そのため、最も重くなる機関車も、車軸にかかる重さが十六・八トンまでに抑えられている。

コンテナを載せる平貨車は、二軸の台車が前後にひとつずつ設置されている。つまり、合計四軸。最大軸重を十六・八トンとすれば、六十七・二トンまでが輸送できる。

軽量化されたコキ200形貨車の重さが十六・九トンなので、許される最大荷重は五十・三トンとなる。五十トンのタンクは、まさしく限界ぎりぎりの重さだった。

「計算上は、輸送できます」

「陸自さんの車両を運ぶ際に提出いただいた資料を、わたしどもも確認させてもらいました。軸重の不安はない、と考えます」

すでに下調べはできているのだ。相手も輸送のプロなのだから当然だろう。

「待て、井澄。計算上と言ったのはなぜだ。どこかに不安があるのか」

星村に問われて、井澄は口元を引きしめ、うなずいた。

「輸送するタンクの総数によっては、路盤に過重な負担がかかりえます」

「十八個です。JR貨物さんで最も重い列車は千三百トンを超えていたと思いますので、その点もクリアできているはずです」

城山が胸を張るようにして言った。

井澄は気後れせずに、言葉を返した。

「計算上は、そうなります。しかし、機関車から始まって十八両の貨車すべてが限界ぎりぎりの軸重になると、少々危険がともないます。輸送時に雨が激しく降れば、路盤がもろくなりかねませんし、河川の水量が増えれば、橋に予想外の負担もかかってきます」

「お待ちください。大雨や地震などで路盤に変調を来したケースを考えるのであれば、通常の貨物列車でも運行は見合わせるしかなくなりますよね」

「最も怖いのは、脱線なのです、タンクが貨車から落ちるケースも考えられます」

「ですので、頑丈な特別製タンクなのです。九メートルの落下テストに八百度の耐熱テストもクリアしているので、ご心配はまったく無用と言えます」

城山がすべて考慮のうえだとばかりに、淡々と言った。自衛隊員より高飛車な男だ。気持ちを顔に出したつもりはなかったが、星村が目でいさめてきた。あえてゆっくりと間を取り持つように言った。

「そうだな……念のため、速度を落として走行していこう。それでも不安があるか」

「運転士のプレッシャーを減らすためにも、タンクの間に空貨車を挟んで、路盤への影響を少なくしてやる手はあります。特大貨物を運ぶ際と同じ手法です」

電力会社の依頼で大型変圧器を輸送するケースがあり、低床式や吊り掛け式の大物専用貨車を使う。中でもシキ610形の貨車は、三軸の台車が前後に四台ずつ装着され、最大二百四十トンの貨物が輸送できる。要は車輪を多くして、軸にかかる重さを分散させてやる理屈だ。

さらに井澄は問題点を見つけて言った。

「出発地の東青森駅はもちろん、五十トンものタンクを貨車に積み上げる機材を、わたしどもでは持ち合わせていません」

「ご心配には及びません。大型クレーン車を有しております。到着駅の鍋島まで輸送していただければ、あとは我々で貨車から降ろし、トラック輸送を行います。で——今から編成に動いていただいたとして、何日後に運行できるでしょうか」

城山が明らかな催促の目で見回してきた。

井澄は言葉を選んで言った。

「列車を編成するのに、そう時間はかかりません。各ターミナル駅に、どの空貨車が置かれているか、すぐにわかりますので。時間が読みにくいのは、運転士の手配です」

「非番のかたを集めてください」

政府もかかわる計画とはいえ、少し押しつけがすぎる。井澄は不満を隠して言った。

「東青森から鍋島までの長距離となれば、各機関区の運転士がリレーしていくことになります。ルートを考えると、十人前後の運転士を急いで確保せねばなりません」

「最小限の運転士でお願いします」

自衛隊の威を借り、さらなるリクエストをぶつけてくる。市ケ谷の二人は、すべてを城山に任せたまま黙っている。

無駄と知りつつも、言わずにはいられなかった。

「貨物の重量を考えると、通常のコンテナ輸送より慎重に運転しなくてはならないでしょう。ルート上のカーブに備えて、あらかじめ速度を落とす必要もあり、線路状況を熟知する者でないと、事故につながりかねません」

「今回の訓練輸送の結果は、正式に政府へ報告されることをおふくみおきください」

どういう意味ですか。のどもとまで出かかった言葉を、井澄は懸命におさえた。岡沢は唖然《あぜん》となって目を見開いている。

星村が座を取りなすように言った。

「では、ベテランの運転士を早急に手配しましょう。それでも、最低三日は猶予をいただけないでしょうか」

「では、我々も三日後の出発を想定して準備を進めさせてもらいます」

今すぐ取りかかってくれ。目処《めど》がつくまで、ここを動くつもりはない。そう態度で表しながら、輸送会社のマネージャー補佐が押しつけがましく言い放った。

3

収穫なしのサツ回りから支局へ戻ると、午後八時をすぎていた。

青森は今日も平和だ。記事になりそうなネタはひとつもなかった。県庁と県警の記者クラブは開店休業が続く。

さて、どうしたものか。都倉佐貴子《とくらさきこ》は窓際の席に腰を落とした。明日の県内版をどう埋めるか、不安しかない。

「先輩、ちょっといいですか」

主にスポーツと生活科学を担当する木月聡《きづきさとし》が、猫なで声で近づいてきた。

この青森支局へ転勤が決まった際、大手企業の幹部職に就く親のコネを駆使して、会社に圧力をかけたが失敗したらしい、との噂が支局内に広まった。いつも眠そうな目をして、相手かまわず平然と馴れ馴れしい言い方をする、典型的な今時の男子だ。

木月がスマホを手に、のろのろと歩み寄ってくる。もっとしゃんとしろ、と背中をはたきつけてやりたくなる。が、パワハラだと騒がれたら、この冴えない支局からの脱出が、さらに遠のく。

「どうした、残暑の八甲田山《はっこうだ》に早くも雪でも降ったか」

「いえ、ちょっと怪しい霧が、一部にもくもく出てきたみたいなんですよ」

にやけた笑みを口元に刻み、スマホを突き出した。一通のメールが表示されていた。

『備蓄センターの前で県警が交通規制をしてます。初めてのことなので、何かあったのか心配です。聞いてますでしょうか』

下北半島の付け根に位置する中北村《なかきた》には、国家石油備蓄センターがある。周囲には、風力発電所の大型風車が林立し、大規模なソーラー発電のパネルも並ぶ。すぐ東には核燃料サイクル施設もあって、次世代エネルギーパークと称される地域だった。

「なに、これ」

「ご覧のとおり、一県民からの貴重な情報です」

「中北村に彼女でもいたわけ？」

「いえ、彼女は今も絶賛募集中です。県大会を取材させてもらった、とある野球部のエースの母親からです」

「守備範囲が広いこと。怪しいな……」

両方にかけて言ったつもりだったが、木月はにんまりと笑い返してきた。

「でしょ。怪しすぎますって。石油備蓄センターの前でなぜ交通規制をするのか、謎ですよね」

佐貴子は県警から戻ってきたばかりだ。交通規制の情報が発表されたとは聞いていなかった。

「当然、センターに問い合わせは入れたよね」

「はい、電話したんですけど、営業時間は終了したとのメッセージでした」

官憲たる者、たとえメディアから突き上げを食らおうと、その必要なしと見れば、絶対に発表はしない。だから、下っ端の記者が走り回る必要があるのだ。

「おかしすぎますって、先輩。港からパイプラインが敷設されてるんで、タンクローリーが出入りするケースは滅多にないし、県警がなぜ交通規制をかけるのか」

そもそも備蓄センターは、名前のとおりに石油を溜《た》めておくための施設だった。すぐ南の県道から、カラフルに彩色された巨大な備蓄タンクがいくつも並んで見える。火災や事故でも起きたとすれば、大騒動になる。単なる交通規制ですむわけがない。

「あるいは……備蓄センターじゃなくて、その近くで何かが起きたのかな」

「車を飛ばせば、一時間で着けますよ」

佐貴子はつい先ほどデスクへ放ったキーをつかみ直した。後ろの席でパソコンに向かって記事を仕上げている支局長に告げた。

「ちょっと出てきます！」


呑気《のんき》な若者は大きなザックを手に、遅れて助手席に収まった。みちのく道路を東へ進み、下北縦貫道を目指して佐貴子はアクセルを床まで踏んだ。

「風車のでっかい羽根でも落ちましたかね」

過去にも突風や腐食のせいで、風力発電機の事故は発生していた。夜なので、確かに羽根が落ちても気づく者は少ないだろう。盛大な物音が上がろうと、近くに民家はないのだ。

「どこだったか、ソーラーパネルや電線が大量に盗まれる事件もありましたね」

太陽光発電所も人気《ひとけ》のない郊外に造られている。もし警報システムに穴でもあれば、パネルの盗み放題になりかねない。

「ぼくの推理に乗ってこないってことは、もっと逞《たくま》しい想像を働かせてますね」

「偉そうに鼻の穴ふくらませて言うほどの名推理じゃないでしょ」

「でも、先輩。もしも隣のサイクル施設で何かあって隠し事をしようってのなら、どえらい問題になりますよ。ちょっとした事故だろうと、我々メディアはもちろん、施設を受け入れた地元住民への裏切り行為になりますからね」

核燃料サイクル施設は、青森県内で資本金も従業員数も最大の企業なのだ。中北村のみならず、多くの県民が働いている。

佐貴子はかつて取材に訪れ、意外に思ったものだった。仙台の出であり、入社してまもなく東日本大震災を経験し、津波による福島第一原発の炉心溶融事故には、心底震え上がった。が、仲間と東北各地の現場へ向かい、被害の大きさと復興の報道に力をそそいだ。

青森支局へ異動になった直後、サイクル施設の取材を申し出たのは、自然な成り行きと言える。ところが、いざ中北村へ足を運ぶと、住民たちは佐貴子が新聞記者だと知るなり、たちまち離れていった。その理由がわからず、支局の先輩に尋ねると、思いもしない言葉を返された。

――そりゃそうだって。考えてもみろよ。多くの住民がサイクル施設で働いてるんだ。またメディアが好き勝手なことを書き立てて、暮らしの邪魔をする気かって、警戒してるんだろね。

原発政策によってもたらされる交付金に、財政を頼りきっている自治体は少なくない。地元で働く者がいる限り、会社は事実の隠蔽《いんぺい》を図りにくい。社内に噂が流れれば、地元住民に情報が広まるからだ。

「エネルギーパークで何かあれば、すぐ噂になる。そうわかっていそうなものの、県警による交通規制は発表されてはいない。単なる交通事故とも思いにくい。謎ですよ」

「不審者情報があって確認中。もしくは熊の出没。あとは――突拍子もないと思われそうだけど、過激派などのテロに関連する取り締まり。いくつか想像はできるかな」

「OK。ひとつずつ潰しましょうか」

木月は言うなり、スマホでどこかへ電話をかけ始めた。最初が地元の防犯協会で、次が猟友会だった。夜とはいえ、何かしらの犯罪が発生した場合、地元に注意を呼びかけるのが通常の手順だ。木月の先読みと行動力に、少し感心させられる。

「連続空振りで、ツーストライク。県警公安部の動きを知るには、どうしたらいいですかね」

「まだ記者クラブに誰かいるでしょ。でも、おかしな訊《き》き方したら、よその記者にヒントを与えそうだし……」

「大丈夫っしょ。場所をごまかせば問題ないっすよ」

木月はあっさり言い放ち、県警記者クラブに電話を入れた。他社の記者をつかまえて、さも親しげに話しかける。

「……ええ、そうなんですよ。指名手配の男によく似た人物を見かけたって情報が、うちに入りまして。公安関係の事件かなって……。そうですか、そっちには何も……。公安にガードを固めた様子も見られませんか。なら、勘違いですかね。——はい、また何かありましたら、連絡させていただきます。ありがとうございました」

電話を切りながら、小さく首を振ってきた。自慢げな素振りはまったく見せない。

「ずいぶん親しそうに話してたじゃない。顔が広くて羨ましいね」

「あれれ？　ホントに先輩、同業者の友だち、いないんですか」

最近の若い連中は、他社の記者ともネットで情報を共有し合っていると聞く。政治部や経済部ではよく、持ち回りで有力者に話を聞き、取材メモを回すケースがあった。それを真似たネットワーク仲間なのだろう。

「いやー、ますます謎ですよね、先輩。単なる飲酒検問を、あんな狸《たぬき》しか通りそうもない道でするわけないし。何コソコソやってんだか」

お気楽そうに疑問を放ったが、この男も大きなネタをつかみ、仙台総局や本社へ戻るチヤンスを案外狙っているのかもしれない。

「先輩。すみませんけど、エネルギーパークの近くで、ちょっと停《と》めてくださいね」

「どうして」

「だって、現場で警官に何してるんだって訊いても、ろくに答えちゃくれないでしょ。だから、秘密兵器を持ってきたんです」

無邪気に笑って、後部シートのザックへ目を走らせた。よからぬ企《たくら》みがあるらしい。

下北縦貫道を中北村の表示にしたがって折れ、一八〇号線を東へ進んだ。エネルギーパークに近づいたところで、言われたとおりに車を路肩に停めた。午後十時少し前。県道を通りかかる車はほとんど見当たらない。

木月がザックから自慢げに取り出したのは、小型のドローンだった。案の定だ。

「なに考えてんの。ドローンを使った取材には、警察の許可が必要でしょ」

「でも、検問を調べたいって言って、許可は出ませんよ。これ、超小型で音も小さいし、ライトも外してあるんで、気づかれないっしょ」

「捕まったら、始末書じゃすまないよ」

「そーゆー事態に備えて、証拠をばっちり押さえときましょ」

佐貴子の忠告を聞き流すと、木月は車の窓から小さなドローンを飛び立たせた。器用に片手でリモコンを操作しつつ、スマホを佐貴子のほうに向けた。

「暗視カメラ搭載ですから、たぶん少しは見えると思うんです」

スマホの画面には、黄緑色がかった木々の映像が映し出されている。ドローンは上空へ舞い上がり、県道沿いを走る車のライトが眩《まぶ》しいほどに見える。

「ほら、パトランプが光ってます」

カメラの視界に薄ぼんやりと、備蓄タンクらしき円筒形のシルエットが入ってきた。そのまま県道に沿って進むと、数台の車がパトカーの前で停められているのが確認できた。右手はソーラー発電所で、奥の林の先がサイクル施設の敷地になる。

「あれ……見てくださいよ、左奥を」

言われてスマホの画面に食い入った。県道の左手——つまり北側に当たる備蓄センターの近くにも、道が東西に走っている。そこにテールランプの列が見えるのだ。

「何ですかね、これ。でかいトラックみたいに見えませんか」

何台もの大型トラックが、サイクル施設と備蓄センターの間を通る道に停車していた。何のことはない。大山鳴動トラック数台。佐貴子は気落ちしてシートにもたれた。

「残念でした。資材の搬入みたい」

「でも、どうして警察がわざわざ県道を封鎖するんですかね。しかも夜中に、ですよ」

まだ木月はあきらめきれず、ドローンを操っていた。気持ちはわからなくもない。が、県道の通行を邪魔しないよう、交通量の少ない夜の作業を選んだのだと考えられる。

「あ、まずい。パトカーが来る！」

木月が声を上げ、スマホの画面を佐貴子に向けた。そろそろ規制が解かれるらしい。

「ほら、さっさと回収しなさい」

命じながらエンジンをスタートさせた。もしパトカーに呼び止められたら、デートの途中で休憩していたとでも言って、ごまかすしかないだろう。

佐貴子はギアをつないで車を出すと、県道を大きくUターンした。

4

「まったく無茶な注文ですよ。たった三日で列車を編成して動かせだなんて」

三人のみの隠密会議で、井澄は真っ先に愚痴《ぐち》をこぼした。

「いや、三日で編成したほうが、何かと都合がいいのかもな」

驚いたことに、星村本部長が前向きな意見を口にして、井澄たちを目で牽制《けんせい》した。

開発室長の岡沢が警戒して、眉間に深いしわを刻みつける。

「正気ですか、本部長。いくら社長案件でも、急ぎすぎはミスを誘発しかねませんよ」

「わかってるって。けれど、土曜日に出発して、日曜日に到着する。ＪＲ各社のダイヤも、休日のほうがまだいくらか空きがあるだろ」

貨物列車は、通常ダイヤの隙間を縫って走らねばならない。臨時の長距離列車となれば、なおさら条件はタイトになる。

井澄はスマホのスケジュール欄を見ながら、吐息を洩らした。本部長があごを振ってくる。

「おい、何か予定でも入ってるのか」

正直には答えられず、曖昧に笑い返した。月に一度、七歳になる娘と会える約束だった。よりによって、次の日曜日を指定されていた。

「無理してでも都合をつけてくれよな、井澄。君には、東青森から鍋島まで同行してもらわないと困る」

「……わたしが、ですか」

「ほかに誰がいる。元運転士で、自衛隊の訓練輸送に慣れているうえ、各機関区に顔も広い。社長もおまえには期待してる、と言ってたからな」

絶対に嘘だ。国交省から天下りしてきた社長が、一介の運転士の名など知っているはずはなかった。どうせ社長の前で、格好の適任者がいます、と安請け合いをしたに決まっている。

隣で岡沢が、ほっとしたような顔で微笑《ほほえ》んだ。

「確かにそうだな。井澄君なら社長も安心して任せられる。早速、全国の機関区に電話を入れてみようじゃないか」

言うなり席を立って、会議室の受話器に手を伸ばした。早々と既成事実に仕立て上げる気だ。逃げ道なし。完全な袋小路に追いつめられた。

実り少ない会議を終えると、井澄はすぐ廊下に出た。全国の機関区より厳しい答えが予想される相手に、電話を入れた。

「今さら何言ってるのよ。先週は仕事でふさがってる。そう言ったのは、あなたじゃないの。来週はバレエの発表会があって、そのあとはママ友と慰労会だから、香奈《かな》もスケジュールは埋まってるの」

いきなり頭ごなしに責め立てられた。

運転士をしていた八年間で、仙台、高崎、愛知と異動が続いた。六日でシフトを回すため、休日は不定期となるうえ、臨時列車の依頼までが相次いだ。君しかいない、と今回のようにおだてられて、家族サービスは二の次だった。

運転士になる夢を実現させたあなたを応援していく。最初はしおらしく言ってくれた妻も、母になると態度が豹変《ひょうへん》し、ついに堪忍袋の緒を切らして離婚を迫ってきた。

妻の決意は、線路を支えるスラブ軌道のように固かった。バラスト軌道であれば、枕木の下の砕石《さいせき》に手を入れることで、修正がしやすい。安価なコンクリート製のスラブは騒音と振動が大きく、微調節も利かない。家のことは妻に任せておけば安心、と甘く考えていた自分が愚かだったのだ。一人になって思い知らされるのでは、あまりにも遅すぎた。

「どうしても、外せない仕事なんだよ」

「男って、よくそう言うのよね。でも、あんたじゃなくても、会社は回る。一人が欠けたとしても、貨物列車は絶対、転覆しない。違うかしらね」

降参だ。もとより結果は見えていた。コンクリートの岩盤に立ち向かえるわけはなかった。

よし。それなら意地でも任務を果たすしかない。気合を入れ直して全国のダイヤをかき集めると、目を皿にして、臨時列車を走らせられる細い隙間を探していった。

二時間にわたるにらめっこで、ここしかありえないという絶好のルートを見つけられた。東青森駅を土曜日の早朝四時半に出発する。秋田から日本海ルートを経て京都貨物駅を通り、山陽本線をぬけて九州へ入る。鍋島着は日曜日の午前十一時半。

幸いにも、鍋島駅から佐賀空港は近い。タクシーを飛ばせば三十分もかからない。十二時四十五分発の便を利用すれば、十四時二十分には羽田に到着できる。香奈の笑顔を見ながら夕食を楽しめる。

決めた。ほかのダイヤはありえなかった。絶対に運転士の手配をつけてみせる。

星村と岡沢の了解は、楽に取りつけられた。

「俄然《がぜん》、やる気が出てきたみたいだな。その調子で頼むぞ」

「各機関区から運転士のリストが間もなく届くはずだ。社長案件だと言って尻をたたけば、支社も文句は言わないだろう。あとは君の交渉術にかかってるからな」

岡沢までが丸投げしてくる始末だった。こういう雑用係のために、元運転士を近くに置いておきたかったらしい。

無理難題とも言える臨時列車の編成に、支社の運輸車両部と運転士は見事に応えてくれた。井澄の交渉術が長《た》けていたわけではない。

報告を受けた星村は、感慨深げにうなずいた。

「そうか、すごいじゃないか。鉄道マンの底力を見る思いがするよ。震災直後の石油輸送も、たった六日で走らせたものな。あの時の経験が今も脈々と生きてるわけだから、本当に頼もしい連中がうちにはそろっているよ」

星村はさも誇らしげな様子で、井澄が仕上げたダイヤグラムを眺め渡した。

今回は、航空自衛隊という依頼主を教えることができず、社長案件の緊急輸送という名目で話を押し通したのだが、不平を洩らす者は一人も出なかったのだ。

「依頼主の想像は、まあ、つきますよ。あとで詳しい話を聞かせてください」

「到着駅が佐賀の鍋島ってのが、謎ですね。熊本なら、地震の復興支援って答えも出てくるけど」

「わかったぞ。確か佐賀にも自衛隊の基地があった。今回は特殊な訓練輸送か。当たりだろ」

鋭い指摘をしてくる仲間もいて驚かされたが、下手な笑いでごまかして手配を進めた。夜通しでスケジュールを組み、三峯輸送の城山マネージャー補佐と綿密な打ち合わせを経て、正式な日時が決定された。

「ご心配なく。こちらはすべて準備が整っています。明日でも大丈夫なくらいですが、土曜未明の出発がやはりベストでしょう」

羽越《うえつ》本線の直流区間もあるため、交直流のEH500形式機関車――ECO-POWER《エコパワー》金太郎――を使用する。地域ごとの機関区を越えると機関車をつけ替えるケースもあるが、今回は時間短縮をかねて特例となった。が、念のために、都合三両の機関車を要所で押さえておいた。

運転士は二百キロか、四時間を超えずに交代する決まりなので、計十二人。急病が出たとしても、各機関区に予備の運転員が常に待機しているので、やりくりに問題は出ない。

「今回は付添人として、警察官も一名乗ることになりました」

前日に城山から電話をもらい、井澄はより緊張感が増した。単なる石油の輸送ではないのだ。JR貨物もそのつもりで頼みますよ。そう言われたのだとわかる。

「物騒な話になってきたが、頼むぞ、井澄。社長にも詳しい報告は上げてある。凱旋《がいせん》したら、ビヤホールにくり出そうな」

二日も会社に泊まりこんだうえ、夕方までに青森へ向かい、列車の編成をチェックしたうえ、佐賀の鍋島まで同行する。これほど働かされて、ビールの飲み放題でごまかされてたまるものか。本部長を睨《にら》み返したが、しれっと目をそらされた。

だが、積み荷が何であろうと、安全確実に送り届ける。JR貨物の仕事に変わりはなかった。

関係各所に電話連絡を入れたあと、誰に見送られることもなく、一人で新幹線に乗った。青森まで三時間半。疲れのせいで泥のように熟睡してしまい、慌てて新青森駅で飛び起きて新幹線を降り、タクシーに乗った。

東青森駅には十六時前に到着できた。小さな貨物駅なので、留置線の数は少ない。機関車をつけ替える仕分線のひとつに、連結された平貨車がすでに待機していた。

燃料を入れたタンクコンテナ二両ごとに空貨車を挟み、貨車だけで二十七両編成となる。列車番号は、臨時の特別便ということもあって、９９９９。各支社や機関区との連絡には、いつしかフォーナインという通称が使われるようになっていた。

今回は、井澄と付添人も同行するため、最初の平貨車に、試験測定コンテナを載せてあった。通常の二十フィートコンテナを改造して窓を造り、内部に検査機器を置くためのカウンターと測定者の椅子を取りつけたものだ。昔は車掌車もあったが、老朽化によって廃止され、今では試験測定コンテナが代用されている。

コンテナホームの中央には、三峯輸送と車体に書かれた巨大なクレーン車もスタンバイずみだった。畳んだ腕は五メートル近くもあるだろうか。

この東青森から九州の佐賀まで、三十一時間の長旅になる。仮眠できるようにソファベッドを用意すると伝えたが、城山からは椅子で充分との素っ気ない返事があった。井澄は運転士の交代時に注意事項を伝える役目があるので、うたた寝ぐらいしかできないだろう。

貨車をひと眺めすると、井澄は駅事務所を訪れた。自衛隊側はまだ誰も到着しておらず、城山一人が先に待っていた。井澄を見るなり席を立つと、折り目正しく一礼してきた。

「すべて順調です。予定どおり午前一時に最初のトラックが来ます。二時間で積み替え作業は必ず終わらせますので、どうかご心配なく」

積み荷が到着するまで、駅事務所の仮眠室を使ってもらってかまわない。今日の担当指令が厚意で言ったが、城山は丁寧ながらも頑《かたく》なに断り、事務所前に停めた社の車へ戻っていった。

「ずっと、あの調子でね。何なんですかね、あの男は……」

担当指令が憮然《ぶぜん》とした顔で見送り、耳打ちしてきた。

「よっぽど、我々の前じゃ話しにくい連絡がくるってことですかね」

「そのとおりだよ。しつこいようだけど、全職員に徹底してくれ。コンテナホームに何が運ばれてこようと、列車が鍋島に到着するまでは、絶対に口外しないこと。ＳＮＳでつぶやくのも厳禁だ」

「おー、怖い怖い。燃料かと思ってましたけど、案外、新型の特性爆弾だったりして」

「よしてくれよな。そんなわけあるものか」

笑って否定したものの、輸送を担当する城山の人を寄せつけまいとする態度からは、充分に焦臭《きなくさ》いものが感じられた。

5

午後五時をすぎて、都倉佐貴子は県庁の記者クラブを出た。

議会は開かれていなかったし、広報室からめぼしい発表もなく、例によって収穫なしの一日だった。どうせ仙台総局も、青森の原稿に何ひとつ期待はしていないだろう。

通用口から裏の駐車場へ歩くと、支局の車の前に溝鼠《どぶねずみ》色のスーツを着た二人の冴えない男が立っていた。どちらも四十年配で、県庁の役人ではないとすぐわかるほど目つきが悪かった。

誰何《すいか》の視線を女性に浴びせて恥じない連中となれば、その職業は新聞記者でなくとも見当はつく。刑事だ。一人が素早く懐に手を入れ、自慢そうにお決まりの黒い手帳を取り出した。

「東日本新聞の都倉佐貴子さんで間違いないですかね」

さて、うちの社が何かへまをしでかしたのだろうか。佐貴子の名を知っていたからには、支局を訪ねて出先を聞いてきたと思われる。

「どちら様でしょう。手帳がよく見えなかったものでして」

「県警交通捜査課の者です」

違反切符を切られた覚えはないし、法定速度を遥かに超えてオービスに写真を撮られるような運転はしていなかった。ひとつだけ可能性が思い浮かんだが、空惚《そらとぼ》けて二人に笑みを返した。

「うちの誰かが事故を起こしましたか」

「二日前の夜十時ごろ、この車でどこへ出かけられたか、うかがいたいのです」

ずばりと予想が的中した。

パトカーではない警察車両があの県道を通った際、辺鄙《へんぴ》な路肩に停まる車に不審を覚えたのだ。ものは試しにナンバーをたぐってみたところ、新聞社の車とわかったため、何かしらの忠告を与えにきた。この想像は、さして外れていないだろう。つまり、あまりメディアには知られたくなかった交通規制だった。

「実はあの夜、エネルギーパークの近くで事故が起きまして。目撃者を探していたところ、この車が近くに停まっていたとの情報があったんです」

「あら、どういう事故でしょうか」

「ご存じありませんか。では、エネルギーパークに近い県道で、深夜に何をされていたのか聞かせてください」

二人の刑事の視線がそそがれた。

佐貴子は腹を決めてうなずき返した。

「もちろん取材でした。エネルギーパークや大間《おおま》原発のおかげなのか、下北縦貫道が順調に延長されて、中北村と青森の往復が楽になりましたものね。エネルギーパークの関連施設に勤めるかたが、夜中に県道をどれだけ利用しているものか、ちょっと確認したかったんです」

「それは熱心なことですな」

佐貴子の答えを端《はな》から信じていないと言いたげに、刑事もにんまり笑い返した。

「その事故を起こした運転手は、青森方面からずっと何者かにあとを追われていたようで、怖《おそ》ろしさのあまりにハンドルを切り損ねた、と言ってるんです」

佐貴子もとびきりの笑みで応じた。

「あの日わたしは、みちのく道路を使いましたから、料金所に設置したカメラの映像を見ていただければ、誰の車も追っていなかったことは確認できると思いますが」

二人の刑事は能面のような無表情を気取り、佐貴子を両側から見つめてきた。

「我々はあなたを疑ってるわけではありません。怪しい車を見なかったか、と訊いてるんです」

「残念ですが、何も気づきませんでした」

あの夜の交通規制は、佐貴子たちが中北村へ入る二時間も前から敷かれていたのだ。たとえ事故が事実だったとしても、佐貴子たちと関係あるわけがない。そう指摘した場合、どうして交通規制の事実を知っていたのだと、さらなる質問で攻める腹づもりだったと見える。お生憎様だ。

「では、何か思い出すことがあれば、我々にご一報願えますでしょうか。現場の近くでは今も地元署の者が捜査中なので、近くにお寄りの際はご注意ください」

明らかな脅し文句を口にして、二人の刑事は軽く手を振り、立ち去った。

「いやあ、面白くなってきましたね。どうして刑事が先輩に忠告を与えに来たんでしょうか。実に興味深いですよ」

運転席から木月に電話を入れると、こちらが期待していたほどには驚かず、冷静に疑問を投げかけてきた。

「地元署が今も捜査中だなんて言うんだから、あの現場の近くには二度と近づくなってわけでしょうね」

「その逆もありますって。鼻っ柱の強そうな新聞記者に忠告しておけば、かえって闘志をかき立てて、また現場へ来るに決まってる。そこを、さらに攻め立てる算段なのかも。どうします、これから行ってみますか？　ひょっとしてホントに拘束されたりして。あの支局長なら腰抜かしますね、間違いなく」

上司への辛辣《しんらつ》な批判を隠さず、木月は楽しそうに笑い声を上げた。

「ま、単なる脅しだとは思うけど、わざわざ挨拶に来たくらいだから、記者クラブの出入り禁止くらいにはなるかもね」

「でも、地元の人なら、あの辺りを車で行き来したって何も問題はありませんよ」

「あら、仲良くしてる人妻に、また情報提供を頼む気ね」

「人聞きの悪い言い方しないでください。支局のメンバーは先輩以外、みんな人がいいから信じるじゃないですか」

あとは木月に任せて、佐貴子は車をスタートさせた。青森県警本部には近寄らず、少し遠回りした道から、バイパス沿いの雑居ビルに入る支局へ戻った。

二階の狭苦しいオフィスへ上がると、木月がにやけた顔で待っていた。

「いやいや先輩、ますます面白いことになってきましたよ。見てください、これ」

席に近づくなり、スマホを突きつけてきた。一台の大型トレーラーが右折するところをとらえた写真だった。荷台はカーキ色のシートで覆われていて、貨物コンテナほどの大きさがある。

「これ、どこだと思います」

自慢げに訊かれたが、答えは地元の者ならすぐ導き出せた。背後にカラフルな石油備蓄タンクが見えている。

「意味わかりませんよね。タンクコンテナを輸送するなら、なぜこんな国防色っぽいシートで覆う必要があるのか。深読みしたくなりません？」

佐貴子はデスクの電話に手を伸ばした。すると、木月の笑みが顔中に広がった。

「こう見えても記者の端くれなんで、とにかく備蓄センターに問い合わせてみました。幸いにも電話がつながって……何を言われたと思います？」

「いいから早く教えなさい」

本気で睨むと、木月がいわくありげな表情に変えて、顔を近づけてきた。

「何とまあ、通常の輸送だそうなんですよ。どこへ運ぶのか、個別の案件には答えられないと言われました。おかしなシートで覆ったのは、別会社のタンクコンテナを使ったからで、深い意味はないって言うんです。ところが、ですよ——」

声を低めて言葉を切り、辺りを気にするような目配せをして続けた。

「情報提供してくれた人に言わせると、また県道で交通規制が敷かれてたそうなんです。ホント面白いと思いません？」

間違いない。何かあるのだ。

シートで覆っているところが、いかにも怪しく映る。しかも、この輸送のタイミングで交通捜査課の刑事が忠告に現れたのだ。よほど佐貴子たちメディアの者に知られたくない事情があるらしい。

「ねえ、先輩。友人から車を借りてきますから、ぼくとドライブと洒落《しゃれ》こみませんか。社の車じゃ、味気ないでしょ」

また中北村の県道へ足を運ぼうというのだった。おそらくはドローンと一緒に。社の車はもう警察に目をつけられている。佐貴子は迷わずに言った。

「すぐ車を手配しなさい」

6

午前零時三十分。井澄は仮眠室を出て、当直がつめる指令室に顔を出した。

深夜であっても、貨物駅の構内に明かりは絶えない。この東青森駅は北海道への玄関口に当たるため、ディーゼル機関車へのつけ替え作業が行われる場所だからだ。

ただ、この時間帯に駅へ入ってくる列車は、すべて運転停車のみで通過していき、積み降ろしの作業はなかった。つまりコンテナホームが空くため、その間に燃料タンクを貨車に積むスケジュールを組んだのだった。

「コンテナの積付《つみつけ》検査もしなくていいんだから、我々としては楽な仕事ですよ。けど、本当に問題はないんでしょうか」

起き出してきた井澄の顔を見て、今夜の担当指令が問いかけてきた。

過去にも札幌から岡山や大分まで装甲車を輸送しており、この構内でディーゼルから交直流の機関車につけ替えたことがあった。その時との違いを、駅職員の多くが気にしているのだ。

「積み荷はタンクコンテナだから、扉はないんだ。コンテナの緊締《きんてい》装置のほうは、最後におれが確認して連絡を上げる」

「それって何だか、うちの作業員を寄せつけたくないみたいに思えますよね。積み荷が何なのか、あとで必ず教えてください。どういうタンクなのか興味津々なんで」

「言っただろ。社長が睨みを利かす臨時列車だって。おれの一存じゃあ、どうにもならない。君が上にかけ合ってくれ」

笑いながら言い返したが、担当指令は窓の外へ視線を移し、やけに深刻そうな声でつぶやいた。

「まさしくシークレット・エクスプレスじゃないですか。こんな臨時列車、わたしは聞いたことがありませんね……」

窓の向こうには、巨大なクレーン車のアームが照明を浴び、浮かび上がるように見えている。コンテナホームがさほど広くないので、異様なほどの大きさに感じられる。通常の訓練輸送と違っているのは、誰の目にも明らかだった。

午前一時になるのを待っていたかのように、駅構内へ大型トレーラーが入ってきた。荷台の燃料タンクはカーキ色のシートで覆われていた。警備のパトカーらしき赤いランプも敷地の外に見えた。

「いよいよ作業開始だ。何かあったら連絡をくれ」

井澄は駅事務所を出て、コンテナホームへ急いだ。

ところが、クレーン車の前で城山が振り返ると、小走りに近づいてきて、両手を広げた。

「危険なので、これ以上は近づかないでください。五十トンにもなる大変重いタンクなので、慎重に作業を進めねばなりません。あとは我々にお任せください」

まさか近づくことさえ許されないとは思ってもいなかった。

陸自の訓練輸送を依頼された時も、こういう高圧的な物言いをされたのだろうか。鍋島駅まで試験測定コンテナの中でともにすごす時間が思いやられる。

作業が終わったあとの積付検査まで、井澄は何もすることがなくなった。意外な成り行きに戸惑いつつ駅事務所へ戻り、外部の業者による荷役作業をただ仲間と窓から見物するしかなかった。

燃料タンクは計ったように次々と、ほぼ十分ごとにコンテナホームへ到着した。作業員は総勢八名と少ないが、統制の取れた動きで黙々とタンクをクレーンで引き揚げ、平貨車の中央にひとつずつ積んでいく。

「実に手慣れてますね。あのクレーン車の大きさから見て、かなり重いタンクでしょうから、通常の燃料とはちょっと思いにくいですね」

ベテランの担当指令は、過去にタンクコンテナを扱った経験を持つようだった。若い職員が横でしきりに感心している。

「特殊な燃料を大量に運ぶとなれば、情報を隠しておきたくなるのは無理もないですね。ガソリンより揮発性や引火性が強いんで、特殊なタンクに収めてあるんでしょう、きっと。事前に輸送計画が広まったら、沿線住民から不安の声が出ますね、間違いなく」

「おいおい、おれは何も認めてないぞ。もしおかしなデマが流れたら、間違いなく本部長やおれの首が飛ぶと思ってくれよな」

井澄は駅職員を見回して言った。脅すわけではなかったが、政府による正式な輸送計画なのだ。あとで問題が起きようものなら、必ず社内で大騒ぎになる。

「もちろん、顧客の情報は厳守します。でも、珍しい形の列車編成でしょ。マニアの目に留まったら、ちょっとした話題になりますよ、ネット上で」

担当指令が難しい顔になって言った。

近ごろは〝撮り鉄〟と呼ばれる写真マニアが多い。特に貨物列車は種類も多く、ファンの関心を集めている。もし誰かが気づいて写真を撮り、ネット上にアップすれば、いらぬ臆測《おくそく》が乱れ飛ぶ。情報は抑えておくに限る。

一時半と二時すぎに、下りと上りの貨物列車が入線し、機関車の交換作業が仕分線で行われた。コンテナホームを挟んでいるため、交換作業の邪魔にはならないが、念のためにクレーンでの積み替えはストップされた。

その後は順調に作業は進み、予定より少し早く、三時二十三分に積載完了の報告が城山から井澄のスマートフォンに入った。

「じゃあ、あとは頼む」

井澄はザックを手に駅事務所を出ると、コンテナホームへ向かった。

大型クレーンを二時間にわたって動かしたからか、辺りには排ガス臭が漂い、わずかながら気温も上昇したように感じられた。三峯輸送の作業員があちこちでヘルメットを脱ぎ、盛んに汗をぬぐっている。

タンクコンテナは十八個だが、二両ごとに空貨車を挟んであるので、計二十七両編成だった。コキ200形の貨車には二十フィートコンテナがふたつ積める長さがあるので、両端に空きの部分ができている。

貨車の最後尾に近づくと、城山が二人の男と待っていた。

一人は打ち合わせにも同席した防衛装備庁の役人だった。事務方なので今日もスーツ姿だ。調達事業部課長補佐の新田智仁《にったともひと》。

もう一人は井澄と歳が近そうな胸板の厚い男で、スーツの懐から黒い手帳を取り出して、角張ったあごを引いた。

「警察庁警備課参事官の森安《もりやす》といいます。運ぶ品が危険物に当たりますので、我々にも警備の要請がまいりました。沿線の各県警には、すでに輸送計画を連絡ずみです。何かあれば直ちに動ける態勢は取れていますので、ご安心ください」

自衛隊の訓練輸送に、沿線の県警までが全面協力するというのだった。さすがは政府肝煎りの計画だけはある。

「緊締のレバーは、すでにわたしがすべて確認しましたが、井澄さんの目でもう一度お願いします」

城山が言いながらハンドライトを点灯させて、最後尾の貨車へ井澄を導いた。

装甲車や榴弾砲《りゅうだんほう》の輸送と同じで、燃料コンテナはカーキ色のシートで隠されている。その端が少しでもはみ出していれば、駅を通過する際、プラットホームや信号に接触しかねない。

井澄もハンドライトを灯《とも》した。緊締レバーを前後に動かして緩みがないかを確認し、貨車の裏にも回って、はみ出し部分がないかも、それぞれ見ていった。

すべて問題なし。

「こちら、井澄。積付検査、終了した。気動車を出してくれ」

事務所の指令にスマートフォンで報告を上げた。

フォークリフトによる積み降ろしの邪魔になるため、荷役線の上に架線は張られていない。ディーゼル機関車で留置線まで移動させ、そこで電気機関車を連結する必要があるのだ。

真夜中なので警笛は鳴らさず、気動車に乗る操車係と電話で連絡を取り合いつつ誘導していった。まず入れ替え用の気動車が仕分線から入ってきて、先頭の貨車に連結される。ガシャリ、と重い金属音が響き、貨車が前後に揺れた。自動連結器なので、あとは操車係に任せておいて問題はない。

「では、準備ができたかたから、コンテナに乗りましょう」

次の停車駅までは三時間を要する予定だ。が、三人ともトイレはすませていたようで、荷物を手にすぐ戻ってきた。井澄は最前列の貨車の前部に位置する昇降用タラップへ歩いた。最初に貨車へ上がり、試験測定コンテナのスライドドアを開け放った。

「足元に気をつけてください」

三人の付添人はコンテナに足を踏み入れると、中を見回してから窓際に並ぶ椅子に座った。六畳間よりやや狭いスペースに、本来は計測器を置くためのカウンターがあり、椅子が取りつけられている。

井澄は、申し訳程度の小さな窓を開けて顔を出し、気動車の運転士に合図を送った。

「付添人、搭乗。ドアの閉鎖、確認。出発準備、完了した」

少し遅れてガタリと試験測定コンテナが揺れた。千三百トンを超える二十七両編成の重い貨車がゆっくりと動きだした。

留置線に入って、いったん停車すると、ディーゼルの気動車が切り離されて、代わりに電気機関車が連結される。

交直流両用のEH500——通称ECO-POWER金太郎。峠の急勾配を越えるために、二車体連結方式でパワーを増幅させた力自慢の機関車だ。ゆっくりバックしてきた金太郎が、試験測定コンテナの積まれた先頭貨車に近づき、連結される。

横の仕分線で、ディーゼルに機関車を交換した札幌行きがゆっくりと出発していった。

次がフォーナインの番だった。

「こちら指令室。これより上り線へ進む」

駅の担当指令から電話がきた。コンテナが大きく揺れて、列車が動きだす。

四時三十分。漆黒の夜空の下、シークレット・エクスプレスが定刻どおりに出発した。

7

深夜に再び中北村までドライブと洒落こんだが、佐貴子たちの車が県道に到着した時は、すでに道路規制は解かれていた。パトカーともすれ違うことはなかった。

念のためにドローンも飛ばしてみたが、エネルギーパークの一帯は闇をすっかりまとい、静かな眠りの中にあった。

木月はまだあきらめきれなかったらしく、借りてきた車をUターンさせると、新たなアイディアを提案してきた。

「ねえ、先輩。情報提供者が送ってくれた写真を見る限り、トレーラーは青森方面へ向かったと思えますよね」

写真のトレーラーは県道を出て、間違いなく西のほうへハンドルを切っていた。八戸へ向かうのであれば、逆方向になる。

「青森港には石油会社のコンビナートもあったっけか」

「道路規制を敷いてトレーラーを送り出すなんて、一台だけとは思えませんよね。本当に青森へ向かったとなれば、街道沿いのコンビニとかの防犯カメラに、通過するトレーラーが写ってるんじゃないでしょうか」

取材への協力を願い出て、録画された映像を見せてもらうつもりなのだった。

狙いはわかるものの、大型トレーラーの走行ルートがつかめたところで何が見えてくるというのか。

「やけに熱心なこと」

「だって、おかしいじゃないですか、警察があからさまに忠告してきたんですよ。何か隠したいことがあるに決まってますって。記者として見すごすわけにはいきません」

「君はひょっとして、警察に恨みでもあるのかな」

佐貴子がさらに問いかけると、木月はしばらく答えを返さなかった。フロントガラスの向こうに広がる青森の深い闇を見すえてから、踏ん切るように口を開いた。

「……いえ、警察に恨みはありません。国に恨みがあるだけです」

思いつめたような口調から、少しは理由が想像できた。東北に住む者であれば、国を恨みたいと考えてしまっても不思議はなかった。

「誰がどう見たって、福島の事故は――人災ですから」

いまだ故郷に戻れず、避難生活を強いられている被災者は多い。津波の危険性を専門家に指摘されながら、電力会社は出費を惜しんで問題を先送りにした。国も依然として原発事業を推進している。真の復興はまだ遠い先だ。

「でも、君は東京の出身だったよね。親戚や知人が被災してたわけ?」

「まあ、そんなところですよ」

木月は言葉をにごし、また黙ってハンドルを握り続けた。被災の体験を語りたがらない者は今も多い。口にすれば、思い出したくない光景が甦《よみがえ》ってくる。

気持ちはわかるが、記者という仕事に就く以上、自分たちの主張を言葉で表していく必要がある。その程度の自覚は彼も持っているだろうから、つまり佐貴子がまだ彼にとって、単なる同僚でしかない証拠だった。

いったん支局へ戻って、佐貴子はソファで、木月は寝袋を引っ張り出して、それぞれ仮眠を取った。

六時すぎに起き出して行動を開始した。街道沿いのコンビニに電話を入れたところ、大手チェーンはどこも本社の許可が必要だと言われた。

「こうなったら直接交渉してみましょう。お礼を匂わせたら、少しくらい見せてくれるオーナーはいますよ、絶対に」

コンビニ業界は人手不足のうえ、厳しい契約条件もあって、本社に不満を持つオーナーは多かった。安易に映像を提供したのでは、許可を得なかった事実がばれてしまうが、記者にただ見せるだけであれば、その証拠は残らないと言える。

佐貴子はみちのく道路に近いコンビニへ車を走らせた。奥から出てきたオーナーに名刺を出して協力を求めると、意外にもあっさりと了解を得られた。

「いいですけど、何があったのかぐらいは教えてくださいね。いつ新聞に載るんですか、その事件ってのは」

大きなニュースになるから、あとで必ずわかる。そう言ってごまかして、ずけずけと事務室に入らせてもらった。昨夜から今朝までの映像を早送りで見ていった。

深夜の時間帯は店を閉めているが、防犯カメラの映像は一秒にふたコマずつ撮影されていた。過去に店内のＡＴＭが壊される被害が系列店であったためだという。

国道沿いとはいえ、夜中に通りかかる車の数はかなり少なかった。大型のトラックが思い出したように店の前を通過していく。

午前零時三十四分の映像だった。スマホに送ってもらった大型トレーラーの写真と見比べた。

間違いない。フロントの形状も、荷台にかけられたシートの色も同じだった。すぐさま木月に報告を入れる。

「見つけたよ。零時三十四分に国道を通っていった。そっちは説得できた？」

「ええ、実に協力的でした。一万円を提供しましたからね」

彼は今、市街地から港へ向かう青森ベイブリッジに近いコンビニにいるという。

「みちのく道路からだと、深夜なんで十五分もあれば、こっちの店の前を通過するはずですよね。トレーラーは一台ですか」

指摘を受けて、さらに映像を進めてみた。すると、七分後にもう一台、そっくり同じ大型トレーラーが通りすぎていった。

「おかしいですね。一時半をすぎても通らないな……」

「こっちはまた一台、通っていった。今度は零時五十五分。トレーラーの前を黒い車が先導してる」

「警備の車ですよ。でも、ベイブリッジ方面には来ていませんね。どうも空振りみたいです。急いで次に移動します」

港へのルートはひとつではなかった。また経費では落とせそうにない一万円の取材費を提供するつもりなのだ。

木月からの報告を待つ間も、佐貴子は映像の確認を続けた。

通りすぎるトレーラーの数をチェックするうち、ペンを持つ手に力が入った。次々と五分から十分ほどの間隔を空けて、計十八台もの大型トレーラーが国道を走りぬけていった。何台かで折り返しのピストン輸送でもしているのか。

解像度が悪いうえ夜中とあって、トレーラーの車体はよく見えず、社名が書かれているかどうかはわからなかった。輸送会社に問い合わせる方法は、残念ながら採れそうにない。

「こっちはまた空振りですね。三時をすぎても、一台たりともトレーラーは現れません。おかしいですよね……」

「ひょっとすると、最初の何台かは秋田方面へ向かったのかな」

東北自動車道の青森インターへ向かったのであれば、国道をまっすぐ通りすぎていくため、港方面へは近づかない。が、確か秋田の男鹿《おが》市には、やはり国の石油備蓄基地が置かれていた。では、秋田よりもっと遠い地か……。

「不可解すぎますね、先輩。十八個ものタンクコンテナですよ。秋田にも備蓄基地があるんだから、わざわざ秋田方面へ輸送する必要があるとは思いにくいし。青森港のコンビナートにも向かっていない。ちょっと不自然すぎますよ」

確かに謎だ。青森のコンビナートには近寄らず、どこへ石油を運ぼうというのか。

「ごめん。いったん切るよ」

一方的に通話を終えて、佐貴子はスマホに地図を表示させた。

やはり青森市より西に、石油を精製できる場所があるとは思えなかった。では、青森を経由して別の地に輸送するルートがほかにあるか……。

港から船で運ぶのであれば、中北村のすぐ東には、むつ小川原港があった。わざわざ青森方面へ向かう必要はない。

やはり東北道か……。首をひねりながら地図をスクロールして、指が止まった。

これではないのか。

もうひとつ、青森市内に輸送ルートが存在する。国道でも高速道でもない、別のルートがもう一本あるのだった。

指を動かして、地図を拡大した。大型トレーラーが通りすぎた国道のすぐ南に、「東青森駅」との表示が読める。

東北新幹線の開通にともなって、東北本線の県内部分が第三セクターの〝青い森鉄道〟に引き継がれた。ただし、東青森駅は、もうひとつの重要な役割を担う。

日本貨物鉄道――JR貨物――のコンテナ取り扱い駅になっているのだ。

タンクコンテナであれば、貨物列車に載せての輸送ができる。

しかし、どこへ運ぶのか。

警察が道路規制をして十八個のタンクコンテナを送り出し、わざわざ貨物列車に移し替えて輸送する。東北圏内であれば、そのままトレーラーで運んだほうが面倒はないし、絶対に早く到着できる。

貨物列車の利点は、一度に多くの荷物を遠隔地へ運べることにある。わざわざ列車に載せ替えたのであれば……。

東北ではない。もっと遠い場所が目的地だ。

ほかには考えられなかった。震災の直後、東北で不足した燃料の供給に、JR貨物が日本海側から迂回して石油を輸送したことがあった。今回も、それに似た輸送なのだ。

木月に電話をかけ直すと、当然の疑問をまず返された。

「でも、先輩。日本で今、石油が不足してる地域なんか、ありますかね」

あれば当然、大きなニュースになっている。どう考えても、納得しがたい。そもそも石油を運ぶぐらいのことで、警察が忠告を与えにくるものか……。

単なる石油の輸送とは考えられない条件がそろいすぎていた。

8

東青森駅を出発した臨時列車フォーナインは、新青森駅から奥羽《おうう》線に進んで南下した。市街地では時速五十キロに抑えて、まだ早朝で通勤客も少ない駅のホームを通過していく。弘前駅をすぎると、東の空がうっすらと明るみ、左右に田園風景が開けてくる。時速八十キロへスピードを上げて、緑の中を走りぬけていった。

「秋田貨物駅への到着は七時二十八分の予定です。ここで下り貨物の発車を待ち合わせて、運転士も交代しますので、十分の停車時間があります。次の停車駅まで二時間はありますから、必ずトイレ休憩を取っておいてください。ご案内します」

フォーナインが出発したあとも、三人の付添人は無言を貫き、狭い窓の外を眺めるでもなく、じっと測定席に座り続けていた。彼らにとっても責任の重い任務なのだと予測はつくものの、まるで求道者めいた寡黙さに井澄は息苦しくてならなかった。

気を利かせてバスガイドのような口調で呼びかけたが、彼らの態度はにべもなかった。先にメールで送付した運行計画表を手に、城山が素っ気なく答えてきた。

「到着予定の時刻はすでに把握ずみですので、ご心配には及びません。万が一に備えて携帯トイレも持参しておりますので」

どうりで防衛装備庁の役人が大きなナップザックを持ってきたわけだ。あの中におそらく自衛隊員に配られる携帯食も用意されているのだろう。

あとはまた沈黙が続いた。

四人の男が狭いコンテナ内で口をつぐみ、列車の揺れに身を任せるのみ。戦地へ赴く兵士の心境が理解できそうな居心地の悪さだった。

井澄は息抜きをかねて立ち上がり、後ろの窓際へ移動した。東京本社で待機する星村本部長に電話で連絡を入れる。

「遅いぞ。こっちから電話しようと思ってたところだ」

いきなり早口にまくしたてられた。男たちを横目に、井澄は声を落として訊いた。

「……うかがいます」

「実は、運転士の水谷《みずたに》君がおかしな情報を列車無線で伝えてきた」

「はい、そうですか」

付添人の耳を気にして、曖昧に言い返した。

「おまえが選んだ運転士だから、優秀なんだとは思う。けど、妙なことを言いだしてる。どう考えても、積み荷は液体の燃料じゃない、と言うんだよ」

予想外の指摘に、鼓動が大きく跳ねた。

水谷は運転士として十年の経験を持つ。タンクコンテナを使った石油の輸送も手がけてきた。

「すぐ後ろの貨車に乗ってて、何か気づかなかったか。彼はおまえと話したがっていた。けど、そっちには荷主が一緒にいるんで、迂闊《うかつ》な話はしにくいだろ。だから、まず本部指令室に伝えてきたってわけだ」

まったく気づかなかった。あらためて列車の揺れに神経を集中させてみる。

ちょうど大きく左へカーブする区間だった。列車はさしてスピードを落とさず、線路の傾斜に合わせて車体をわずかに傾けながら進んでいく。

液体を満載したタンクコンテナを運転する際、最も気を遣うのが、停車する時だった。急ブレーキをかければ、タンクの中で液体が揺れ戻しを起こし、後続する貨車が不規則に揺れる。連結器に緩衝装置《かんしようそうち》は取りつけられているが、二十両を超える編成になると、液体の揺れ戻しにつられて前後に伸び縮みの動きが起こり、列車が時に悲鳴のようなきしみを上げる。

そのため、自衛隊から秘密厳守と言われていたが、了解を取ったうえで、運転士にだけは燃料の輸送だと伝えてあった。

水谷はフォーナインをスタートさせて、通常のタンクコンテナとは思いにくい感触を抱いたらしい。話が違うのではないか。運転士の経験を持つ井澄と話したいが、荷主の前で彼らへの疑念を大っぴらに語り合うわけにはいかなかった。

「……わかりました。次の秋田で打ち合わせてみます」

「おまえの判断を待つ。もし後ろに積んでるのが、本当に燃料じゃなかったとなると、重大な契約違反に該当する。あちらさんが素直に認めるかどうか、大いに不安はあるがな」

怒りを押し殺すような声だった。気持ちは同じだ。

彼らは絶対に認めはしないだろう。が、中身が燃料でなかったとすれば、多くのことにうなずける。突然の依頼で、列車の編成を急がせたうえ、情報の秘匿を求めてきた。東青森駅で貨車に積み替える際も、井澄たちをコンテナに近づけさせなかった。

――燃料かと思ってましたけど、案外、新型の特性爆弾だったりして。

東青森駅で担当指令が冗談交じりに言っていたが、常識で考えて、ありえないだろう。航空自衛隊は大型の輸送専用機やヘリコプターを持つ。わざわざＪＲ貨物の手を煩《わずら》わせて、爆弾の類いを運ぶ必要はないはずだ。

大量の燃料を運ぶには、海上輸送の手段があった。けれど、海が荒れた場合は、緊急輸送ができなくなる。だから、列車での輸送も訓練しておく必要があるのだろう。そう考えていた。

「彼と打ち合わせはしますが、さして問題はないと思います。時間調整はすぐにできますので」

聞き耳を立てていそうな男たちを気にして、井澄は言った。

「任せたぞ。とにかく水谷君の話を聞いて、連絡をくれ」

「了解です」

まもなく到着する秋田貨物駅は、新幹線も発着する秋田駅の三キロ手前に設けられていた。貨物専用の駅で、乗客の利用はない。この奥羽線を通る貨物列車は、積み降ろし作業の予定がなくとも、ほぼ秋田貨物駅で停車して運転士が交代する。

土崎《つちざき》駅をすぎて列車の速度が落ちたのを見ると、井澄は席を立った。窓をわずかに開けて、寡黙な三人の男たちに告げた。

「あと二分で秋田貨物駅です」

停車の告知にかこつけて、それとなく窓から外をのぞいた。意味もなく指差し確認の振りをする。ブレーキをかけたフォーナインの挙動を見るためだった。

言われてみれば、確かに後続の貨車の動きが、液体を運ぶ時より、いくらか固いように感じられた。前後の揺れ戻しも、通常のタンクコンテナより少なかったろうか。

燃料を満杯に入れて、タンク内での遊びがないため、とも考えられる。もしくは、強固に造られた燃料タンクが重いせいで、通常のタンク車より影響が出にくかったのか……。

フォーナインは速度を落とし、下り線から分岐する四番の着発線へ入った。五番線との間には着発線ホームがあり、コンテナホームと仕分線がその西に広がっている。

着発線ホームには、駅職員と交代の運転士が待っていた。停車と同時に、駅の担当指令から井澄のもとに電話が入る。

「こちら指令室。停車、完了。助役が駅事務所まで案内します。指示にしたがってください」

「フォーナイン井澄、了解しました」

電話に答え、指さし確認をしてから測定コンテナの扉のキーを解除した。

殺風景な貨物駅のホームに降り立った。城山たちを助役に任せると、井澄は先頭の機関車へ走った。すでに引き継ぎを終えた水谷運転士が乗務員ドアの前で待っていた。

「お疲れ様。本社指令から話は聞いたよ」

「念のため、坂本《さかもと》君にも伝えておきました。井澄さんはどう思いましたか」

水谷の表情と声は硬い。本当に燃料輸送なのか。そう問いつめる眼差《まなざ》しを突きつけられた。

「貨車の動きを窓から見てみた。確かに揺れ戻しは少なかったかもしれないな」

「まともな運転士だったら、すぐにわかります。間違いありません」

水谷は断言しながら、荷主たちのほうを振り返った。目だけを井澄に戻して訊いた。

「どうして自衛隊が我々に嘘をつくんでしょうか」

「まあ、待てって。決めつけるのは早すぎるだろう。通常のタンクコンテナではないんだ。事故が起こらないよう、厳重な基準をクリアして造られていると聞いた。その中に燃料を目一杯つめたんで、揺れ戻しが起こりにくいのかもしれない」

納得とは遠い目を返された。が、こちらがどう指摘しようと、自衛隊の回答は見えていた。彼らが燃料と言うからには、最後までそう押し通してくるはずだった。

相手が民間企業であれば、多少は強くも出られるが、彼らは総理大臣が指揮権を持つ政府の組織なのだ。残念ながらＪＲ貨物の側に、燃料タンクを開けて中身を確認させろと迫る権限はない。

「報告は社に上げておく。うちの本部長も心配はしてたから、何かしら手は打ってくれるだろう。だから、ここだけの話にしておいてくれないか。前にも言ったように、この臨時列車はトップシークレット扱いなんだよ」

水谷はいかにも不承不承というように、短くあごを引いてみせた。この先も多くの運転士が同じ疑念を抱くだろう。交代時に注意事項として伝えていくほかはなかった。

運転席にも顔を出して、秋田総合鉄道部の坂本運転士に事情を伝えたあと、井澄は本社の星村に電話を入れた。

「……そうか、おまえの感触としても、クロか」

「断定はできません。特殊なタンクコンテナでしょうから」

「どうする。上を通じて、探りを入れてもらうか」

「ぜひお願いします」

「まあ、あちらさんはおおむね認めないだろうな。けど、もし爆弾の類いだったら、あとで大問題になる。というより、問題にすべきだと、おれは思う。今すぐ社長に相談してみよう」

星村も同じ疑念にたどり着いていたのだ。もし燃料でなければ、ほかに何が考えられるか。予想される回答は、そう多くない。

「とにかく走りだした列車だ。もう後戻りはできない。頼んだからな。うまくやってくれよ」

井澄はスマホを持ち替え、腕時計に目を走らせた。

あと四分で発車し、次は九時四十分に、酒田駅で再び運転士の交代がある。

スタートからまだ三時間。長く気の重い旅は始まったばかりだ。

この仕事を終えて東京に戻れば、ひと月ぶりに香奈と食事を楽しめる。娘の笑顔を思い浮かべて自分をなだめ、井澄は無愛想な男たちを出迎えるべく、駅事務所へ向けて駆けだした。

9

東青森駅は新幹線の開通を機に第三セクターに引き継がれて、今は無人駅になっている。地図で確認したあと、佐貴子は漁港大通りを左折して、ショッピングセンターの前に車を停めた。この奥にＪＲ貨物の敷地が広がっている。

さて、どう攻略するか。

夜討ち朝駆けは記者として当然の策なので、早朝から突撃取材に出る手はあった。が、手ぶらで攻めるよりは、証拠らしきものをつかんでおいたほうが話は早い。木月が到着するまでの時間を使って、周辺の探索に取りかかった。

貨物駅の横にはスーパーの駐車場が設けられていた。防犯カメラは見つけられても、残念なことに駅の入り口へは向けられていなかった。次に搬入口を探すと、裏手に警備員の詰め所があった。

「おはようございます」

うたた寝していた初老の警備員に猫なで声で話しかけた。名刺を出すと、眠たそうな目が迷惑げにまたたかれた。

「悪いけど、おれは何も知らないよ。ほんと迷惑だってば。夜通しずっと、うるさくてかなわなかったからね。警察まで出張《でば》って何をやってたんだか……」

あっさりと読みが的中して小躍りしたくなった。大がかりなコンテナ積み替え作業が行われていたに違いない。佐貴子はとびきり優しく微笑みかけた。

「騒がしくなったのは、夜中の一時すぎからでしたよね」

「そうだね……それくらいだったかな」

またも的中。備蓄センターを出たトレーラーを警察が警備していたと思われる。

「パトカーが警備しながら、次々と大きなトレーラーが到着したんですね」

「だから、おれはわからねえって。こっから駅は見えねえんだから」

「パトカーの赤い光はどれくらい見えましたかね」

「何度かこの前を行き来してたかな。夜だからサイレンは鳴らしてなかったけどね」

これで攻める材料は手に入れられた。備蓄センターから運び出されたタンクコンテナは貨物列車に積み替えられて、どこか遠くへ運ばれたのだ。

「おかしいですよ。どう考えても理屈に合わない。単なる石油の輸送に、警察が忠告を与えに来るわけがありませんって。絶対、密かに運びたい品なんですよ。突撃しましょ」

五分ほどして車で到着した木月は、話を聞くなりＪＲ貨物の敷地へ歩きだした。警察の忠告に真っ向から盾突く気だ。

支局に電話を入れておいたほうがいいだろう。生憎と土曜日で朝も早く、アルバイトの子しか出ていなかった。支局長かデスクのどちらかが出社するはずだが、いざという時に限って頼りにならない連中だ。

慌てて木月を追いかけて、事務棟らしきプレハブめいた屋舎へ走った。鍵はかけられておらず、木月は勝手にドアを開けて、大声で中へ呼びかけた。

「失礼します。東日本新聞の者ですが、緊急取材にまいりました」

ドアの先は靴箱の置かれた狭いスペースで、奥に廊下と階段が見えた。何度か呼びかけると、上から声と足音が聞こえた。

「何のご用でしょうか」

見上げると、四十年配の青い作業着の男が踊り場の上に顔をのぞかせた。

「近所の住人から苦情が寄せられました。真夜中にパトカーまで来て、大きなタンクを何個もトレーラーで運び入れてる。うるさくて仕方なかったって」

たちまち男の表情が引きしまった。佐貴子たちを眺め回してくる。

「いつも騒音には充分気をつけています。迷惑はかけていないと思いますが」

「いったい何を運び入れたんですか。あまり見かけないタンクコンテナだったとかで、住民のかたが心配してました」

住民感情を盾に取って企業を追及するのは、報道陣がよく使う手法だ。が、若い木月がここまで食らいつこうとするとは想像もしていなかった。

「通常の貨物にすぎません」

「でも、青森からタンクコンテナが輸送されるなんて、これまではあまりなかったですよね」

「いいえ、よくある貨物です」

男の言い方は頑《かたく》なだった。

「実は、貨物の時刻表をチェックしてみたんですけど、深夜の時間帯にここから出る始発便はありませんよね」

貨物列車の時刻表が世に出ているとは知らなかった。あるいは、木月のはったりか。

作業着の男は階段の上で、にべもなく首を振った。

「臨時便は時刻表に載っていません。顧客情報をみだりに話せませんから、どうかお引き取りください。では……」

「中北村の石油備蓄センターから運び出されたタンクですよね」

さっさと踵《きびす》を返した男の背に、木月が身を乗りだしながら呼びかけた。が、二階の廊下の先へ作業着の背中が消えた。

「今の人、演技が下手でしたね。明らかに表情が変わりましたから」

事務棟を出ると、木月が目配せとともに言った。

「確かにあの態度じゃ、言葉とは裏腹に通常の貨物じゃないって、認めるようなものだものね」

「ＪＲ貨物の本社に問い合わせたら、行き先を素直に教えてくれるでしょうか……」

「ひとつ訊いていいかな。どうしてそこまで入れこむわけ？」

考えこむ木月を、正面から見つめて問いかけた。

作業着の男に負けないほど、見返す木月の目が左右に泳いだ。が、質問には答えようとせず、多くのコンテナが積まれた広場のほうへ少し歩いてから、振り返った。

「先輩は納得できるんですか。今の人も何かを隠したがってましたよね。警察も手を貸している。どう見たっておかしいですよ」

「ここにコンテナを搬入した本当の依頼主は、国家石油備蓄センターなんかじゃない、そう疑ってるんだ、君は」

木月はまた遠い目で貨物駅の構内を見回した。

中北村の住民から情報を寄せられた時から、現場をドローンで探ってみたりと、彼は並々ならぬ執着心でこの取材に取り組んでいた。

佐貴子は再び支局に電話を入れた。やっと支局長が出社していた。

「どうした。こんな朝っぱらから何してる。とっておきのネタでも拾ったのか」

夏目《なつめ》支局長はまったく期待していないと言いたげに、呑気な口調で応じてきた。

震災が起きた時は新潟へ異動していて取材チームには選ばれず、出世のチャンスを逃したと、今も口癖のようになげきたがる。そのくせ、自らネタを嗅ぎ回る行動力には欠け、地方の支局長の椅子で満足しきっている中間管理職の鑑《かがみ》だった。

その尻を蹴飛ばす意味もこめて、佐貴子はこれまでの経緯を伝えた。

「……警察までが関与してるなんて、絶対に裏があるとしか思えません」

「なに言ってんだよ。大量の石油を運ぶとなったら、そりゃ警察だって警備に動くさ。事故が起きたら大変だ」

「でも、貨物駅の職員も、顧客の情報は教えられないと言って、我々の質問には答えてくれなかったんですよ」

「別に不思議はないだろ。警備の都合で詳しい輸送ルートは隠しておきたかったんじゃないのか」

「支局長、輸送ルートを隠したいなんて、何かと似てるとは思いませんか」

佐貴子は声に力をこめた。

横で木月が目を寄せてくる。彼も同じ答えを導き出していたとわかる。

「もったいつけるな。何と似てる？」

「まだわからないんですか。地図を見てください。備蓄センターの周囲に目を配れば、支局長だってすぐ答えを見つけられます」

「おい、急にクイズなんか出してくるなよ。どうして地図を見なきゃ――」

ようやく思い当たってくれたらしく、支局長の声が途切れた。記者でなくとも、エネルギーパークの基礎知識は良識ある県民なら持っている。

話を進めにかかろうとしたが、電話の向こうで時ならぬ大声が聞こえた。

「支局長。県警の人が来てるんです。木月って記者はどこにいるかって」

佐貴子は息を呑《の》んだ。アルバイトの子が間違いなく、〝県警〟と言っていた。横で様子をうかがう木月に目を走らせる。

佐貴子に忠告を与えてきた県警が、今度は木月を名指しして支局を訪ねてくるとは……。

「あとでかけ直す」

慌ただしく電話は切れた。

10

三人の付添人が試験測定コンテナへ戻るのを見届けると、井澄は後ろに連結された貨車のほうへ歩いてみた。コンテナにはカーキ色のシートがかけられ、タンクの姿は隠されている。シートの中をのぞくことで、積み荷の手がかりがつかめないかと思ったのだ。

いかにも貨車の状態を気にして近づいたと見せかけるため、腰をかがめてホーム下の台車をのぞきこむ振りをした。

　二両目の貨車へ近づき、シートを少しめくったところで、後ろから声がかかった。

「何かありましたかね、井澄さん」

　振り返るまでもなく、三峯輸送の城山だとわかる。まるでこちらの意図を読んだかのようなタイミングに思えて、井澄はわざと深刻そうな目を作り、前の貨車の上から呼びかけてきた城山を見返した。

「実は、運転士がおかしなことを言ってまして。液体を入れたコンテナとは少し貨車の挙動が違っていた、というんです」

　城山は視線を揺らすことなく、淡々と言葉を返してきた。

「運転士のかたが誤解するほど、わたしどもの新型タンクは優秀だったようですね。特殊な燃料なので、タンクの中でおかしな揺れ方をしないよう、圧搾《あっさく》窒素で中の圧力を調整できるようにしてあります」

　さも自慢そうに胸を張ったが、反論の余地のない言い訳を口にできて満足している顔に見えた。どう尋ねようと、彼らは一切認めるつもりはないのだ。

「なるほど、そうでしたか。うちの系列にオイルターミナルという石油貨物の輸送会社があるんで、その関係者に今すぐ教えてあげたい情報ですね」

「生憎と特許の申請がまだ進んでいません。各方面の上層部が難色を示していると聞いています」

政府が情報を隠したがっているのだ、と暗にほのめかしていた。国の意向を理由にすれば、しらを切り通せる。積み荷の中身の偽装ができる。そう考えての言い訳だ。

「さあ、そろそろ出発の時間ですね」

城山がわざとらしく腕時計に目を走らせた。本当にひと筋縄ではいかない男だ。

仕方なく矛《ほこ》を収めて、井澄は測定コンテナの中へ戻った。すでに二人の官僚は席に着き、ともに井澄をじっと見すえてきた。時に居丈高な態度を見せる顧客に出くわすことはあったが、明らかに今のは牽制の眼差しだった。彼らも国家の側にいるとの強い自負を持っているようだ。

井澄は平静さを装い、あえて悠揚と席に着いた。近年は合理化を進めた結果、会社は多少の黒字を計上できている。昔ほど国に迷惑はかけていないし、相手が自衛隊であろうと取引先のひとつにすぎなかった。空咳《からせき》で気分を落ち着けつつ、駅の指令室に報告の電話を入れた。

「こちら測定コンテナの井澄です。全員そろいました」

「了解です。定刻どおり、出発します」

下りの貨物列車はすでに着発線ホームから出発していた。臨時列車フォーナインはゆっくりと動きだし、四番線から上り本線へと戻り、速度を上げた。

次の停車駅は酒田で、一時間五十分で到着するスケジュールだった。秋田貨物駅を出て五分で列車は市街地を抜け、ゆるやかに右へカーブしながら森の緑が出迎える。

測定コンテナの中は、再び重く気まずい沈黙が支配した。

時速九十キロへとスピードが上がり、やがて森が開けてゆくと、右手に日本海が見えてくる。窓を開ければ朝の潮風を満喫できるが、男たちは相も変わらず、むっつりと黙りこんだままだ。

下浜《しもはま》駅の先で長いトンネルをぬけ、ＪＲが建てた風力発電の巨大な羽根車が目に入ってくると、手にしたスマホが震えた。東京の星村本部長からだった。

「おい、なぜか今日に限って、社長と重役たちがそろって外回りに出かけてるらしいぞ。土曜日だってのに、熱心なことだ。まるでおれたちから文句が出るのを予想して、わざと仕事を入れておいたのかと疑いたくなる」

「なるほど……」

荷主の目と耳を気にして、短く言葉を返した。

地の底まで響きそうな吐息に続いて、星村が愚痴まじりに言った。

「どうやら上層部は完璧に牛耳られたみたいだ。悔しいから手を回して、社長室に探りを入れた。そしたら、急に決まった会合だという。しかも相手は、国交省の鉄道部会だっていうから、よくできた話だとは思わないか」

現社長は元国交省の官僚だ。そのつてを使って自衛隊や警察庁に探りを入れられては困るので、先手を打たれたのではないか、と疑っているのだった。

もし国交省から呼び出されたとすれば、肝煎りどころか、政府までが何かを隠したがっている意図さえ感じられる。ますます通常の燃料輸送とは思いにくい。

「さらに、もうひとつ裏づけ情報が入った。秋田で交代した坂本君も同じ意見だそうだよ。彼も震災後の緊急輸送を担当したからな。とはいえ、我々は輸送のプロとして、たとえ貨物の中身が何であろうと、安全確実に目的地へ運ぶまでだ。余計なことは考えずに、先方とうまくやってくれ」

井澄の下手な反骨心を案じて、電話をくれたらしい。すでに走り始めた列車だとの自覚はあった。事を荒立てたところで、ゴールは近づかないし、会社が得るものもなかった。

「ここまで順調ですので、運行管理のほうはお願いいたします」

「おい、おかしな邪推はよしてくれよな」

こちらの冷めた口振りから、星村が察して言い返してきた。

単なる燃料ではないから、自衛隊は箝口令《かんこう》を敷いてきた。もし情報が広まりでもして、何か突発事態が起きようものなら、沿線に少なからぬ迷惑が出かねない。

森安という警察官僚も言っていた。ルート上の各県警には輸送計画を連絡ずみで、何かあれば直ちに動ける態勢が取れている、と。

悪くすれば、すでに自衛隊の動きを察知した何者かがいて、通常のトラック輸送では危険だとの判断が下されたのではないか。列車を使った輸送のほうが、秘密裏に、早く目的地へたどり着ける。

そう邪推はできるが、カーキ色のシートで覆われたタンクコンテナは目立つ。時刻表にはない臨時列車でもある。一部の鉄道ファンが気づけば、噂が広がりかねない。ファンサイトを常時チェックしてもらったほうがよさそうだった。

井澄は通話を終えると、念のためにメールを星村に送った。鉄道ファンに気づかれては困る。文字どおりのシークレット・エクスプレスを定刻どおり走らせて、無事に積み荷を届ける。

今は何より安全が最優先されるのだった。

11

慌ただしく電話が切れると、佐貴子は横で押し黙る木月を見つめた。

「どういうことかな。この朝っぱらから支局に警官が来て、何で君を名指ししたのか」

木月は目をそらすなり、路上駐車させた車へ歩きだした。

佐貴子は前に回りこんで手を広げ、ストップをかけた。

「もう一度訊くけど、君が情報を仕入れた相手は誰？　その人から君の名前が、芋づる式に警察へ伝わったんじゃないでしょうね」

「ここを離れましょう。我々が立ち回りそうな先だと睨んで、警察が様子を見に来るかもしれません。下手したら、今度は拘束も考えられます」

「物騒な予測をしたくなる理由を教えて」

木月は唇を嚙《か》み、友人から借りたという車のドアに手をかけた。

「待ちなさい。一人で逃げるつもりじゃないでしょうね」

「ぼくは逃げません。――父とは違う」

怒りを感じさせる視線をぶつけられた。

今は木月の言葉を信じるしかない。詳しい事情を問いただしたいが、こんな路上で警官に囲まれたのでは大事だった。念のために県警本部や支局から距離を取り、青森市民体育館の駐車場で落ち合うことを決め、それぞれ車で貨物駅を急いで離れた。

佐貴子は木月の車のあとを追った。言葉どおりに彼は逃げることなく、市民体育館へ車を走らせた。駐車場で横に車をつけると、木月は運転席のドアを開けて降り立ち、佐貴子のほうの助手席へ乗りこんできた。

問いつめたい気持ちを抑えて、言葉を待った。

木月はフロントガラスの奥に広がる運動場を眺めながら切り出した。

「噂は先輩も聞いてますよね。ぼくがコネで入社したってことです」

「もちろん、耳には入ってる」

「ぼくの父は——本州電力の役員でした。末席に近い立場でしたが」

本州電力。あの震災時に、福島で炉心溶融事故を起こした原発を持つ会社だ。東日本新聞にも、本電は多くの広告を出す得意先のひとつでもあった。

「福島で原発事故が起きたのは、入社一年目の三月でした。ぼくは現場へ出たいと、何度も上に訴えました。ですけど、福島へ行くどころか、なぜか関西への出張を命じられたんです。父が、うちの幹部に手を回したからだと、あとになって母から聞きました」

君が責任を感じることはない。そう安易ななぐさめは口にできなかった。

新聞記者になって一年目。父親の力で入社できたという負い目も、彼にはあったと思われる。だから、全力で仕事に取り組みたい。父親が勤める会社で起きた緊急事態なので、自分が行くべきだと勢いこんだのだろう。

けれど、願いが叶うどころか、事態は正反対になった。しかも当時は、父親が手を回したことを知らずにいた。

「父があの原発にどこまで携わっていたのかは、いくら訊いても教えてもらえませんでした。ただ、あの事故の翌年、父は関連会社へ逃げたんです。故郷を離れざるをえなくなり、苦しんでいる福島の人たちに手を貸そうともせずに……」

「で、せめて青森に異動となったからには、核燃料サイクル施設に関心を持っておこうと考えたわけか」

「はい。時間を見つけては、情報をもらえそうな人を探しました。ですので、記者の端くれとして、相手がどういう立場の者であろうと、取材源に関しては、口が裂けても言えません」

「立派な覚悟だけど、怪しい連中と親しくしてたわけじゃないでしょうね」

佐貴子は大いに不安だった。

ドローンを使って調査を試みた熱意は、父親の件があったからなのだ。原子力業界への反発心も根底にはありそうだった。さらに、原発反対を訴えるグループの一部には、過激な行動を辞さない者たちもいた。

おそらく県警の公安部辺りでも、過激なグループに監視の目をそそいできたのだ。その調査の中で、木月の名前が出てきた。調べてみると、夜中に備蓄センターの周辺で車を停めていた都倉佐貴子の同僚でもある。だから、警察は支局を訪ねてきた。

「おかしな具合になってきましたよね」

「刑事が忠告してきたうえ、君にまで捜査の手が及びかけている。この先の取材はかなり厳しくなるか……」

「先輩だったら、知ってますよね。サイクル施設の取材をしたわけですから」

何を訊かれたのか、想像はついた。あえて黙っていると、木月がひと呼吸置き、声を低めた。

「――核燃料の輸送は、事前に日時も経路も発表されません。テロを防ぐ目的で、情報管理が徹底されているからです」

記者として最低限の知識は持っていた。核燃料は放射能を帯びている。人体や自然環境への影響はないレベルだと言われるが、輸送ルートに当たる沿線の住民は、不安を覚えやすい。テロの危険性を排除するとともに、反対運動を抑え、国民にいらぬ不安を与えないようにする狙いがあるのだ。

そういう国の方針に対抗するため、核燃料の輸送を独自に監視する市民グループも存在する。おそらく木月は、核燃料サイクル施設を監視するグループに近づき、何かしらの情報を手に入れていたのだろう。

「待ってくれる。確か製造された核燃料はトラックで輸送されてたと思うけど」

佐貴子は以前、先輩から教えられて、ネットにアップされた画像を見た記憶がある。神奈川県下にある核燃料の製造工場から、大型トレーラーで新潟の原発へ輸送する際の映像だった。

放射能を帯びた核燃料が、深夜とはいえ、堂々と都心の高速道路を走っていたと知り、驚きを隠せなかった。

「それに、中北村のサイクル施設では核燃料を製造はしてないけど」

「ええ、製造はしていませんが、使用済み核燃料の再処理工場が稼働しています」

記憶にはあったが、佐貴子はスマホで検索し、あらためて確認してみた。

使用済み核燃料を再処理して、ウラン資源を再び取り出し、燃料として再利用していく計画を、日本政府は推し進めている。そのために設立されたのが、中北村の核燃料サイクル施設だ。

核燃料の再処理工場をはじめ、使用済み核燃料貯蔵施設や低レベルと高レベルの放射性廃棄物管理センターも設立され、ウラン濃縮工場も操業中だ。日本の原子力産業を根底から支える重要な施設なのだ。

「確か再処理工場は、まだ正式に稼働はしてなかったはずだと……」

サイトの情報と知識を照らし合わせながら、佐貴子は訊いた。

「今は試験段階ですが、これまで四百トン以上の燃料を再処理してたと思います」

「その再処理した核燃料をどこかへ密かに運ぼうとしてる」

「いいえ、それはありえません」

あっさりと否定されて、佐貴子は首をひねった。

「どうして？」

「再処理して取り出されるのは、まだ使用できるウランと、発電の過程で新たに生成されるプルトニウムです。それらを加工して燃料に造り直したものをＭＯＸ《モックス》燃料と呼んでますが、今サイクル施設の中に、その製造工場を建設中で、完成はしていません」

つまり、ＭＯＸ燃料はまだ施設内で造られていないのだった。

「じゃあ、再処理して取り出したウランやプルトニウムは、施設内に保管されたままだと……」

「そう発表されていたはずです。何しろ燃料を製造する工場の完成がまだなので、どこかへ運び出す必要もありませんから」

「濃縮工場があるんだから、そこで生成されたウランって可能性はあるでしょ」

佐貴子はサイトの地図を見つつ、言った。

「でも、昨年度の実績で、濃縮されたウランは、輸送用の特性シリンダでたった二本分だけなんです。今回は少なくとも十八個ものタンクコンテナが運び出されています。今は国内で稼働中の原発は限られてますから、大量のウランを出荷する意味がわかりません」

原発担当の記者に引けを取らない知識だった。佐貴子は感心しながらも、さらに問いかけた。

「じゃあ、ほかに何が考えられるって……」

「それが思いつかないから、不思議でならないんです。なのに、警察がぼくを名指しして支局に来るなんて、どう考えても納得がいきませんよ」

木月は、サイクル施設を監視するグループから情報を入手したと思われる。施設の隣に位置する石油備蓄センターで、なぜかおかしな動きが見られる。しかも、県警の刑事が佐貴子に忠告を与えてきた。必ず裏に隠し事があるのだ。が、タンクコンテナで何を運び出したのか、誰も予測をつけられずにいた。だから、木月が取材にかこつけて調査に動いたのだった。

「となると……我々が次に食らいつく先は、JR貨物しかない、ってわけか」

佐貴子が次の一手を語ると、木月が首をねじり、あっけに取られたような目になった。

「警察が動いてるんですよ」

「そうね。けど、単なる石油の輸送にしては、どう見てもおかしいでしょ」

「いや……もし核燃料に類するものの輸送だった場合、テロを未然に防ぐためにも、警察がガードを固めるのは当然で、新聞社であっても取材は許されないケースも出てくるかと――」

「記事にできるかどうかは、あとの話。サイクル施設が関係してたなら、備蓄センターを使って輸送をカモフラージュするなんて、ちょっと大げさすぎる。そのうえ、君たちから見ても、運ぶべきものが思い当たらないなんて、謎だらけじゃない。いいかな？　国民の前に真実を報道していく。それこそが記者の本分でしょ。このまま見逃していいわけがない」

警察からあからさまな忠告を受けたのを、根に持っているわけではなかった。隠された真実を見出し、広く世に伝えていく。原子力の周辺には、国民に詳しく事情を伝えないほうが好都合だ――そう考える者が目につく気がする。

業界の悪《あ》しき体質があれば、異を唱えていく務めが、公器としての新聞社にはあるのだった。

佐貴子は東北の地図を思い浮かべた。

青森から貨物列車はどこへ向かったのか。石油か核物質。その予測はついていないが、どちらも燃料と言っていいものだ。近場であれば、トラック輸送で事足りる。

貨物列車のメリットは、長距離の輸送にある。全国に敷かれた鉄道網を、独占的に利用しての輸送ができるのだ。となれば、目的地は関東より西か。

「木月君。今すぐＪＲ貨物に詳しい人を探して」

「了解です」

佐貴子はスマホを使い、ＪＲ貨物の支社や営業所を探した。本社は東京。東北の支社は、仙台と盛岡。青森以外で最も近い営業所は八戸にあった。エンジンをスタートさせながら言った。

「八戸へ行くよ。青森営業所じゃ、まず何も答えてくれないでしょうね。でも、近くの営業所になら、何か情報が下りてきてるかもしれない」

「教えてくれますかね」

「口をすべらしてくれそうな人を、まず探す。とにかく飛ばすからね」

驚き顔を見せる木月に言い、佐貴子はアクセルを床まで踏んだ。

12

『例のタンクコンテナは東青森駅からＪＲ貨物で早朝に出発したもよう。いまだ支局からテルなし。明らかに県警が動く不可解さ。情報請う』

Ｋから届いたメールを読んで、河本尚美《かわもとなおみ》は心を決めた。すでに会社へは病欠の電話を入れたが、このまま手をこまねいているわけにはいかなかった。

尚美は車を市道の路肩に寄せて停めた。先崎優《せんざきゆう》に電話を入れる。

「――連絡ありがとう。例の荷物の行方がつかめたんですね」

彼も昨日から仲間と夜を徹して調査に動いていた。核燃料サイクル施設に近い専用港へ車を飛ばし、停泊する船を確かめにいったのだった。国が四十七億円をかけて造っておきながら、いまだＭＯＸ燃料の製造がスタートしていないため、ただ停泊するしか能がない巨大な輸送船は、港から動く気配を見せていなかったという。

多くの日本人は何も知らされていない。政府ひもつきの開発機関が関連会社に製造を依頼して、金利を加えた五十億円が今後も支払われていく。しかも、維持管理に年間九億円もの大金が、さらに国から湯水のように与え続けられるのだった。

強固なタッグを組む電力業界と官僚の言いなりで、政治家は税金の膨大な浪費を見て見ぬ振りを続けている。業界が政党への献金を欠かさず、さらに政治家の地元へ交付金や補助金を落とし、有権者を潤してくれるからなのだ。そうやって官僚は天下り先に資金を落とし、業界の甘い汁を吸い続けていく。

「どうやら貨物列車を使ったみたいです。Kからの情報なので、まず間違いないと思われます。しかも、タンクコンテナで十八個もあったというんです」

「そんな大量になのか……」

「もしかしたら、いくつか目くらましを狙って水増しを図ったのかもと疑ってみましたが、すべて列車に積んだ可能性が高いそうです。なので、MOXじゃないのは確実だと思われます」

「じゃあ、何をどこへ運ぶ気なんだ」

のどもとにこみ上げる怒りを噛み砕くような言い方だった。大学の研究室で原子力を学んできた彼にも予測のつかない事態になっていた。

「さらに警戒すべき情報がもうひとつあります。なぜか今朝から、竹岡《たけおか》さんと連絡が取れなくなっているんです」

「例の居酒屋で働いてる人だな」

核燃料サイクル施設やその関連会社の作業員がよく利用する店で、一年前から働いてきた男性だった。よほど興味を引かれる話を耳にして、自ら調査に動いた結果、当局に疑念を持たれて拘束された、とも考えられる。

運び出されたタンクコンテナの一件で、関係者が神経をとがらせていたことは想像に難くない。警察に背後関係を調査されてしまえば、福島の原発事故で身内が被害を受けていたことを知られた可能性はあった。

「彼を介して、Kと知り合い、連絡を取り合っていたんだったよな」

「はい。わたしがもっと慎重になるべきでした。念のためを考えて、二人ともメール連絡専用の携帯を使っていたので、問題はないだろうと甘く思ってました。ただ、Kの同僚が県警交通捜査課から忠告を受けたと知らせがきて、心配していたところでした……」

「もう間違いない。隣接する備蓄センターを隠れ蓑《みの》に使って、連中は何かを密かに施設から運び出したんだ。たぶん警察は上から警備を命じられただけだろうな。ひょっとすると――表ざたにできない突発事態が起きたのかもしれない」

彼らの一大事を期待するかのように、先崎は言った。原子力に携わる者らはいつも秘密裏に事を処理してから、些細《ささい》なミスだったと事実を隠蔽したうえで公表する。高速増殖炉の事故がいい例なのだ。

「でも、何をどこへ運ぶ気なのか。まったく予想が立ちません」

尚美が声を細らせると、先崎もしばらく黙りこんだ。

濃縮ウランを大量に慌てて輸送するほど、原発の燃料は不足していない。国内の原発は半分以上が再稼働の安全基準を満たさず、追加の工事に追われているのだ。

「貨物列車は明け方に出発したんだね」

「今から追いかける気ですか」

「食らいついて調べるしかないさ」

「わたしも手伝います。連れていってください」

サイクル施設の監視を命じられて二年になる。震災直後の原発事故からは、もう十年にもなる。沼地に首まで埋めるような、長く苦しい日々だった。

耳の奥には今も夫の最後の声が張りつき、ふとした折に甦る。

――大丈夫、心配するなよ。低利で融資が受けられそうだ。飼料を買いつけて戻るから、あと少しの辛抱だ。待っててくれ。

自宅は避難区域に入っておらず、電気も電話も通じていた。けれど、原発から十数キロほどしか離れていない小さな牧場で飼育された牛を買いつけてくれる者がいるはずはなかった。村の緊急融資は少なく、壊れた畜舎を満足に直すことさえできず、電力会社との補償交渉も遅々として進まずにいた。

資金繰りは見る間に悪化し、夫は金策のために福島市内へ日参し、腹をすかせた牛たちが鳴くのを、尚美は息子と二人でなすすべもなく見守った。

ついに夫からの連絡が途絶え、警察に相談しようと決めたその日の朝だった。当の警察から電話が入った。

——河本正貴《まさたか》さんのご自宅で間違いないでしょうか。

あえて感情を排したような警察官の声に、尚美は胸をしめつけられた。正貴とはどういう関係かと問われて、妻だと答えるのが精いっぱいだった。すると警官は思いもしない言葉を投げかけてきた。

——別れたばかりの奥様ですね。

夫は二日前、尚美に無断で離婚届を役場に提出していたのだった。

金策の当てがなく、牛の飼料どころか、息子の保育園の費用も払えそうにない。畜舎と自宅の改装費は二割しか返済しておらず、このままでは保証人になってくれた親戚に迷惑が及ぶ。せめて妻と子だけは……。

夫は財布に残っていた金で安酒をあおり、夜の町を徘徊《はいかい》する若者たちと騒ぎを起こし、一人を殴りつけた。その仲間に追われて逃げたあげく、幹線道路へ飛び出したのだという。事故か自殺か、判断に迷う状況だったらしい。

両親からは、離婚したと認めておいたほうがいい、と言われた。赤の他人になれば、負債は背負わなくてすむ。

夫をはねた運転手の弁護士は、自殺としか考えられないと主張し、夫の行動を尚美の前でなじり続けた。同情には値するが、自らの命で借金を清算しようと謀《はか》った保険金詐欺と決めつけた。

夫が追いつめられていたのは疑いようのない事実だった。原発事故さえ起きなければ、家族三人で貧しいながらも笑って暮らせていた。ところが、夫は命を落としたうえ、尚美とは夫婦でもなくなり、息子は大切な父親を失った。

尚美は、夫が勝手に離婚届を出したのだと、声を大にして真実を訴えたかった。けれど、正直に打ち明けたら、家と牧場の借金をすべて背負わされる。妻子の明日を考えて離婚届を出した正貴の心情に報いるためにも、合意のうえで届けを出したと言うべきなのだ。両親と親族の説得に、悔しいかな、尚美は負けた。

ところが、相手方の弁護士は、保険会社とも手を結んで責任を回避するため、執拗《しつよう》な手段を取ってきた。離婚届に残された尚美のサインが偽物だと主張し、筆跡鑑定を申請したのだった。

親族も対抗して弁護士を雇い、夫は原発事故によって錯乱状態におちいり、自暴自棄のあまりに喧嘩騒ぎを起こしたのであり、自殺ではないと主張した。死を考えてもおかしくない状況にあったとしても、すべては原発事故で牧場経営が破綻を来しかけたためなのだ。

むなしく不毛な争いだった。

新聞やテレビは原発事故の責任追及と巨額に及ぶ賠償の行方を報じても、片田舎の名もなき零細酪農家の苦境に関心は寄せなかった。住み慣れた家を追われ、肉親を亡くし、尚美たちよりもっと苦しんでいる被災者は山ほどにいたのだった。

福島の弁護士には多くの救済依頼が持ちこまれており、和解交渉はまったく進まなかった。尚美は息子と埼玉の実家へ身を寄せた。いつしか震災から十カ月がすぎていた。

母に勧められて気晴らしのため、大宮の駅前へ足を伸ばした。

改札を抜けて歩道橋へ出たところで、尚美はめまいに襲われた。土曜日とあって、買い物を楽しむ人で街はごった返していた。

震災直後は計画停電や電車の運休もあり、景気は冷えこんだ。けれど、大災害からまだ一年も経っていないのに、都会は家族連れや若者の笑顔であふれていた。震災や原発事故などなかったかのように、日常を満喫する人々が多くいる現実を見せつけられた。

福島の原発は、関東へ電力を供給するために造られたのだ。この人たちの暮らしを支えるため、故郷を奪われた人々が今も苦しんでいるのに……。

夫は何のために自ら命を絶たねばならなかったのか。その疑問が胸をしめつけて、尚美は歩けなくなった。息子を抱きしめ、歩道橋の上でうずくまった。

絶望の怒りが腹の奥底を押し破って暴れ、叫び出す寸前だった。抱きしめた息子が泣き出しても、体の震えは止まらなかった。母が呼びかけてくる声は聞こえず、耳の奥には買い物客の異様な笑い声がずっと響き続けていた。

気がついた時は、病院のベッドの上だった。

救急車で搬送されながら、ずっと独り言を発していたという。心身に変調を来して、長期の入院を余儀なくされた。

その知らせを聞きつけた夫の親族が、弁護士を通じて子どもを引き取らせてもらうと言ってきた。精神的に不安定な母親とその親族に、大切な一粒種の養育を任せてはおけない。尚美の両親も、当然ながら弁護士を立ててあらがった。が、肝心の母親が裁判所に出廷できない状況では、打つ手がなかった。半年後に退院が決まった時には、四歳の息子を奪われていた。

父と母は泣いて尚美に謝った。力になれなくてごめん、と言い続けた。その言葉が遠くなり、尚美はまた意識を失い、病院へ逆戻りとなった。

家族も友人も地元の知り合いも、同情はしてくれた。でも、ただそれだけだった。役にも立たないなぐさめをくり返し、偽善の涙を見せて、終わりだ。むなしい会話が嫌で、部屋に引きこもった。

いつまた精神的におかしくなるかもしれないと言われ、第三者立ち会いのもとで月に二度しか息子と面会できない。そう無慈悲に宣告されて、正気を保っていられる母親がどこにいるだろうか。裁判所に子を取り上げる権利などない。その信念に突き動かされて幼稚園へ出向き、息子を抱いた。

息子も笑顔を見せてくれた。ところが、警察を呼ばれて、引き離された。

狂った母親が近づいてきたのでは危険だ。ほかの子に何をするかわかったものではない。そう幼稚園側は、向こうの弁護士に言いくるめられていたからだった。

裁判所はありえない判断を、またも下した。夫の両親の許可がなければ、会うことさえ禁じられた。

わたしは狂っていない。息子を何より大切に考えている。法廷で叫べば叫ぶほど、引き離された。

むなしい時間を持てあました。友人が止めるのも聞かずに、尚美は地元で開かれた原発事故の研究会に参加した。夫を奪った事故について、一から学んでいかないと、立ち直れない気がした。

その会場で声をかけてきたのが、先崎優だった。彼も震災で身内を亡くし、一族そろって故郷を奪われてもいた。三十八歳。尚美と歳も近かった。

——事故を起こした原子力業界と、原発政策を推進してきた国を監視し、国民の前に真実を伝えていくことが、日本の未来のためには重要なんだ。

報道各社は電力業界から多額の広告収入を得ているために、顔色をうかがうばかりで、真実を伝えはしない。役人は天下り先を確保するために電力業界と手を結び、国の予算を浪費する姿勢をあらためもしない。原発を認可した自治体は、運転開始の十年も前から何十億円もの交付金を毎年もらい、さらに多額の固定資産税が入ってくるうえ、雇用と税収の増加が見こめる。電力会社に厳しいことを言うような演技をしつつ、さらなる協力金を手にしたがっている。やつら関係者にとって、原発は金という甘い果実を結ぶ大切な巨木なのだ。

「わたしも手伝う。一緒に連れていってください」

尚美は重ねて先崎に言った。

彼は言葉を返さなかった。けれど、電話を切りはせずにいてくれた。彼の迷いを振り払おうと、続けて言った。

「どうやって調べるつもりなんですか、貨物列車の中身を。先崎さんなら、具体策をもう思いついていますよね」

「……危険がともなう」

「大切な仲間を、一人で危険にさらすわけにはいきません」

「ありがとう。でも、ぼくは一人じゃない。全国に志を同じくする仲間が何十人もいてくれる。あなたとも出会えて、本当によかった。心強い限りだよ」

「教えてください。わたしも手伝います。何をすればいいんでしょうか」

「簡単なことだ。子どもにでも思いつく。どこかへ向かっている列車の積み荷を調べるにはまず――停車させてやる必要がある。違うだろうか」


八戸駅に近いコーヒー・スタンドで、先崎優と待ち合わせた。

尚美がコイン・パーキングに車を停めて店へ向かうと、ドアが開いて先崎が走り出てきた。度の強い眼鏡の奥から、背の低い尚美を見下ろすようにして言った。

「急ごう。ひとまず東京へ向かう」

「どこで、どうやって停めるんですか」

並んで駅へ急ぎながら尋ねると、先崎は手に持っていた雑誌を差し出してきた。

受け取ると、鉄道貨物協会が発行している貨物時刻表の最新版だった。

「これを見ると、東青森から関東へ向かう列車であれば、八戸方面から東北本線を南下していくルートしか設定されていないのがわかる。けど、サイクル施設から遠い東青森駅へわざわざタンクコンテナを運んだとなれば、目的地は関東の近辺じゃない」

「もっと西だと言うんですね」

「JR貨物としては、列車を効率的に動かしたい。わざわざ遠回りするコースは絶対に取るわけがない。列車は間違いなく秋田方面へ向かったはずだ」

新幹線の改札前で先崎は足を止め、掲示板を見上げた。

次の上り新幹線は十時十六分に到着する。

「五十九ページだ」

前置きもなく言われて、尚美は戸惑いつつ時刻表のページをめくった。関東の地図が描かれ、ＪＲ貨物が使用する路線が青い線で記されていた。

「見てくれ。東青森駅から日本海側へ向かう列車は、必ず羽越線を経由して北陸へ入る」

時刻表の地図を目で追った。秋田駅から延びる羽越線は、新潟県の新津駅で信越線につながっていく。

「待ってください。この南長岡駅から上越線も枝分かれしていますが……」

尚美は途中にある駅を指で示した。南長岡駅の先に上越線への分岐があり、関東の浦和や川崎方面へも進めるのだ。

「だから、柏崎《かしわざき》の仲間に協力を依頼した」

そうか……。尚美は時刻表の地図に再び目を落として、合点がいった。

新潟県柏崎市の沿岸には、柏崎刈羽《かりわ》原発がある。しかも、上越線と分岐する南長岡駅から西へ二十キロほどの距離だった。先崎たちのグループには、柏崎刈羽原発の動向を監視する仲間もいる。

「列車がどこへ向かっているのか、まだ断定はできない。けれど、南長岡駅は必ず通過するはずなんだ。高速道路を使ってのトラック輸送をさけてＪＲ貨物を頼った以上、関東より西の遠隔地でなければ不自然すぎる。そこでまず、南長岡から北陸を通って西へ向かう信越線を――断つ」

肌が粟立《あわだ》つのを感じた。貨物の時刻表を見ただけで、先崎は論理的に答えを導き出した。トレーラーを十台以上も連ねてタンクコンテナを輸送するのでは目立ちすぎる。が、ＪＲ貨物は日本全国に輸送網を持つ。その利点に目をつけたからには、核燃料サイクル施設から遠い地へ運ぶのだとしか考えられない。

もし信越線が通れなくなれば、貨物列車は嫌でも上越線を経由して西へ向かうしかなくなるのだ。

「君にもわかるだろ。上越線の先に、原発はない」

先崎のこめかみが激しくうねった。東京、名古屋、大阪――大都市圏の近くに原発は造られていない。そこに住む多くの住民が使う電気を生み出すためでありながら、福島や新潟、福井や静岡といった、都会から離れた地に原発は建てられている。もし万が一の事故が発生すれば、そこで生み出した電気を使うことのない者らが被災するのだ。

「では、先崎さんは、どこか遠隔地の原発が目的地だと……」

「まだ可能性の段階だよ。推し量る材料が少なすぎる。ただ、十八個ものタンクコンテナが搬出されたとなれば、濃縮ウランではまずありえないだろう。ＭＯＸ燃料とも考えられない。謎だよ。その反対に、全国の原発からサイクル施設へ向かうタンクであれば、まだ理解はできる」

尚美にも想像はついた。いくらか勉強はしてきたつもりだ。

使用済み核燃料は、各原発の貯蔵プールで冷やされたあと、専用船で青森のサイクル施設へ運ばれて、再処理される。が、その逆にサイクル施設から原発へ運ばれねばならないものがあるとは思えないのだった。

「どう考えようと、通常ではありえない輸送だよ。わざわざ隣の備蓄センターを経由してタンクを運び出し、ＪＲ貨物を使って運ぶ。絶対に何か裏がある。不正の臭いしかしないと言っていい。だから、ぼくたちの手で突きとめるしかない」

賛成だ。隠蔽体質を持つ原発業界に風穴を開ける。

尚美は確かな手応えを得て、握りしめた手に力をこめた。

13

車が第二みちのく道路へ入ったところで、やっと夏目支局長から電話がきた。時刻はすでに九時が近い。三十分以上も外へ電話できないほど、警察による聴取が執拗だったらしい。

「おい、今すぐ木月の携帯の電源を落としたほうがいいぞ。警察はかなりの入れこみようだった。居場所がわからない場合は、裁判所に令状を取ると息巻いて、こっちを脅してきたほどだからな」

「木月君、スマホの電源を落とせって、支局長が言ってる」

「会社の携帯は使っていません。ご安心を」

彼は助手席で自分のスマホを使い、取材できそうな相手を探していた。やはり警察に追われるべき心当たりを、彼は持っているのだった。

「とりあえず、木月は国体予選の取材、おまえさんは周辺の市役所回りと言っておいた。そのうち携帯が鳴るから、うまくごまかしてくれ」

「今、警察や輸送方面に詳しそうな人を探しています」

佐貴子は曖昧な言い方をした。支局長を信じていないわけではなかったが、警察に鼻薬をかがされて、抱きこまれたケースも考えられる。素直にＪＲ貨物の話を伝えて、先にガードを固められたのでは真実を見出せなくなる。

「なあ……木月はいったい、どういう連中をネタ元にしてたんだ」

「わたしにも口を割らないので、今はよくわからずにいます。けれど、警察の動き方から見て、向こうには我々によほど探られたくない事情があるとしか思えません」

「一応、東京にも伝えておこう。おれまでとばっちりはごめんだからな」

支局長は頬被《ほおかぶ》りを決めこむつもりだ。まあ、そういう人であるのはわかっていた。

佐貴子は不平を匂わせて言った。

「支局長の自由にしてください。でも、指名手配を受けるまでは、まだ執念深く動きたいと思っています」

「これ以上、警察に睨まれるのはやめてほしいよ。のちのち記者クラブでの取材に支障が出る」

「わかってます。何かつかめた暁には、わたしから東京に直で報告を上げますので、ご安心ください。では……」

「おい、待て――」

返事を聞かずに通話を切った。もし特ダネを引き当てようとも、支局長は蚊帳《かや》の外に置かせてもらう。部下を守ろうとしない上司には当然の報いだが、慌てぶりが笑いを誘ってくれる。

佐貴子が運転に専念するのを見て、木月がスマホを振りながら呼びかけてきた。

「少し事情がわかってきました。貨物列車の運転士は、自分の所属する地域の運転だけを担当するそうなんです」

「だから、どういうこと？」

「つまり、もし関東やその西まで臨時列車を走らせる場合は、青森からだと少なくとも十人近くの運転士が必要になってくるんです。なので、非番だった運転士が集められたはずで、東北の乗務員基地には必ず声がかかったんじゃないか、と言われました」

「運転士に当たればいい、と……」

「かなり信憑性《しんぴょう》の高い情報です。けど、八戸に乗務員基地は置かれていないそうなんです」

佐貴子はハンドルを掌《てのひら》でたたきつけた。何のために八戸営業所へ急いでいるのか。

「この近くだと、仙台と秋田にしか置かれていません。盛岡貨物ターミナルにも待機所はあるみたいですが」

八戸から仙台まで、新幹線でも一時間十五分はかかる。高速道路を走るのでは、おおよそ三時間半は必要だろう。

八戸営業所を訪ねて真正面から臨時列車について質問しても、顧客情報の秘匿を盾に口をつぐまれてしまう気がする。攻め落とすには、まだ材料が圧倒的に少なすぎた。しかも、警察が木月の行動を調べ始めてもいるのだ。

「八戸はあきらめて、仙台に行くしかないか……。県外へ出たほうが少しは安心でしょうし」

「見つけました。七戸十和田《しちのへとわだ》駅を九時二十五分に発車する新幹線があります。急げば間に合いますよ」

ネットで時刻表を調べた木月が顔を上げた。彼もまだ食らいつくつもりなのだ。

佐貴子は腹をくくった。ここであきらめたのでは、記者として失格だ。

「駅までナビゲートして。それと、仙台駅のどの辺りに乗務員基地があるか調べなさい。どう考えたって、何かある。突撃しましょう」

「了解です」

14

午前九時三十九分。フォーナインは秋田から百四キロを南下して、酒田駅に到着した。すぐ西の酒田港駅まで貨物の支線が延びているため、旅客駅でありながら、構内には貨物用の仕分線が設けられている。ここで下りの貨物列車を待つので、二十分間の停車時間があった。

「次の南長岡駅までは三時間強を要するので、ここで必ずトイレ休憩をすませておいてください、お願いします」

寡黙を貫き通す三人の付添人に声をかけてから、井澄は試験測定コンテナのドアを開けた。

機関車の横には、隣の東新潟機関区から来た運転士の三条《さんじょう》が待っていた。

「やはりおかしいですよ、井澄さん」

坂本運転士が鞄を手に降りてくるなり、測定コンテナのほうを睨みながら言った。

「いくら窒素を充塡する新型タンクでも、中で燃料がまったく揺れないなんて、常識ではありえませんよ。相手が誰であろうと、積み荷を偽るのは立派な契約違反になりますよね。本社はどうして黙ってるんです」

「声が大きい。東京で今、本部長がいろいろ確認中だ」

「いつまで確認に時間をかけるつもりですか。呑気なことを言ってる間に、鍋島へ到着してしまいますよ。のらりくらりと相手がごまかそうとするのは勝手ですけど、もし何かあったら、国はどう責任を取るつもりなんですかね」

坂本運転士は一気にまくし立てた。社長が国交省に呼び出されて不在だと告げたら、この場で防衛装備庁の役人を問いつめかねない勢いだった。機関車に入った三条運転士が何事かと見つめてくる。井澄は声をひそめた。

「気持ちは同じだよ。でも、自衛隊とその後ろにいる国を今は信じるしかないだろ。機関区に戻っても絶対、口外はしてくれるなよ」

「どうして我々だけが、ろくな説明もなしに、危険な仕事をしなきゃならないんです。それほど、うちの会社は立場が弱いってことなんですかね」

「危険だと決まったわけじゃない。物騒なことを言わないでくれよ」

なだめる言葉を返すしかないのだから、説得力には欠けていた。

坂本が言うように、もしタンクの中身が燃料でなかった場合は、立派な契約違反となる。そうわかっていながら、仲間の運転士を説き伏せようとする自分は、組織の狭間で態度を使い分けるコウモリや風見鶏にも思えてくる。

井澄は意を決すると、測定コンテナを振り返った。

城山マネージャー補佐が先頭に立ち、三人がこちらへ歩いてくる。

「城山さんから説明していただけますでしょうか。彼も納得しがたいと言ってるんです。タンクの中に燃料が入っていたら、もっと列車が前後の揺れ戻しを見せるはずだと——」

城山は一切表情を変えずに、井澄たちの前で足を止めた。眉を寄せて、二人を見比べるようにしてから、いかにも煩《わずら》わしげに口を開いた。

「何度も同じことを言わせないでいただきたいですね。特殊な燃料ですから、中で絶えず揺れ続けないよう、様々な工夫を凝らした新型タンクなんです。物資の輸送に長けたJR貨物さんであれば、安心はしていますが、今後も安全第一の運転を心がけてください」

言葉遣いは丁寧でも、目つきを見れば本心はうかがえた。民間人が余計な詮索はせず、ただ運行に専念してくれ。

「わかりました。やはり本社を通じて、詳しいタンクの概要を問い合わせるしかないようですね」

「疑問点があるなら、どうぞお尋ねください。ですが、自衛隊に関するあらゆる法令を調べてからにすべきだと思いますがね」

「どういう意味ですか」

対決姿勢を感じ取って、坂本が正直にも声をとがらせた。

「我々輸送を請け負う者も、すべての情報を開示されているわけではないのです。その点を、どうかご理解ください」

にべもない答えに、坂本が押し黙る。防衛に直結する機密は、法律によって守られている。一民間企業が問いかけようと、表面上の回答しか得られそうにない。

城山が二人を追いかけて駅事務所へ向かうと、井澄は大きく息をついた。

「ずっとあの調子で煙に巻かれてるよ。本社もなすすべがない状態と言っていい」

「井澄さん。タンクの中身を調べる方法は、本当にないんでしょうか」

坂本はまだ納得できないようで、後ろに続く貨車を睨みつけた。カーキ色のシートが列をなして見える。

「実は、秋田貨物であのシートを少しだけめくってみた。けど、のっぺりした金属製の胴体部分が確認できただけだったよ。自衛隊の名称や危険物のマークは見つけられなかった」

「本当に問題はないんでしょうか」

坂本が悔しげに声を絞り出した。爆弾のようなものを貨物として運んで心配はないのか。

不安と怒りが声を震わせていた。

「たとえトラック輸送の場合でも、同じことは言えるだろうな」

井澄は駅の周囲に目をやりながら、気休めを口にした。

トラックと違って貨物列車は大量の危険物を一度に運べる。一台のトラックで突発事態が起きた時とは、比べものにならない惨事につながりかねない不安がつきまとう。

「彼らの言う新型タンクの性能を信じるしかないだろ」

本当に彼らの説明を真に受けているんですか。深刻そうな目をぶつけられて、井澄は正直にも視線をそらしかけた。

慌てて目をすえ直したが、坂本は一人で駅事務所へ歩きだしていた。

15

間一髪のタイミングで「はやぶさ」に間に合い、佐貴子たちは仙台に到着できた。時刻はもう十一時になる。

「ちょっと見つかりませんね。鉄道ファンに連絡を取ってみたんですけど、さすがに知り合いの運転士はいない、って返事をもらうばかりでして」

新幹線を降りるまで、ずっとデッキで電話をかけ続けていた木月が申し訳なさそうに頭を下げた。そうそう棚からぼた餅とはいかないだろう。

「こうなったら正面から乗りこもう」

「相手にしてくれるといいんですが」

「新聞社を敵に回したい企業があるわけないでしょ。誘導尋問にかけてでも聞き出してみせる」

地図で調べたところ、仙台駅から東へ貨物の支線が延びており、宮城球場の隣に貨物ターミナル駅が置かれていた。駅を出てタクシーに乗り換え、直行した。

広大な敷地内にコンテナが所狭しと山積みにされ、東青森駅とはスケールが違っていた。東北最大の都市とあって取り扱う貨物の量が多いのだろうが、屋舎のスケール感はさほど変わらず、古めかしく見えた。

「突然ですが、臨時列車の編成についてうかがいたくてまいりました」

貨物駅の事務所を訪ねて名刺を出すと、青い作業服を着た中年男性が応対してくれた。

「東京本社に問い合わせを入れたんですけど、現地で聞くのが一番だと言われましたもので」

さしたる武器にもならない笑顔を作り、佐貴子は相手を見つめて言った。

「え？　本社の紹介なんですか……」

いかにも疑わしげな目を向けられた。

佐貴子が言葉に迷っていると、木月が横から助け船を出してくれた。

「お手間は取らせません。二、三うかがわせていただきたいのです。最近になって、運転士のかたが集められたそうですね」

悪くない訊き方だ。すでに本社から話は聞いていて、あくまで確認にすぎない。そう思わせることができれば、相手も少しは話がしやすくなる。

「ええ、まあ……。うちにも声はかかりましたけど、今回は選抜されませんでした。なので、運転日の組み直しをしなくて助かりました」

「あれ、そうだったんですか。仙台総合鉄道部の運転士のかたは、みな優秀だと聞いてきたんですが……」

見事な話の進め方に感心した。褒めあげたうえでの質問なので、さらに相手のガードは下がってくれる。

「ルートの都合もあったんでしょうね。うちだと仙台周辺と東北の東が担当ですから」

「なるほど。日本海ルートを通る臨時列車だそうですからね」

すでにルートは知っているのだ。そう思わせるため、佐貴子も断定的な言い方をして相手を見た。

すると、中年男性が驚いたような顔になった。

「あれ？　みだりに口外するなって言われてたのに、ずいぶん話が違うな……」

社内に箝口令が出されていたらしい。やはり特別な列車だとの状況証拠がそろっていく。

すかさず佐貴子は質問を重ねた。

「ご存じないんでしょうか。臨時列車は今朝早く、東青森駅を出発したんです」

「ああ……今日でしたか」

「ええ、なので、もう情報解禁になってると思ったんですけど。どうも本社のかたは慎重で、はっきりとした答え方をしてくれなかったんです」

木月もすぐに合わせて話を進めてくれる。

佐貴子はさらに下手な笑顔をこしらえた。

「臨時列車の編成を担当されたのは、やはり本社の営業部のかたですよね」

「いえ、ロジスティクス本部って部署があるんですけど、貨車や運転士の手配は、そこが受け持ってたと思います」

「ちなみに、担当のかたのお名前なんか、わかりませんよね」

じっと相手の目を見つめて訊いた。普段からもう少し化粧に力を入れておけばよかった。

男に問われるより、少しは反応もよくなってくれると期待しつつ、視線を送った。

「……えっと、運転士の中じゃ、ちょっとした有名人なんですよ、イズミさんは」

「全国に名の知れ渡ったかたなんですね、そのイズミさんは」

「関東や東北の運転士で知らない人はいないと思いますよ。元運転士で、臨時列車があるたび、声をかけられてきた人で、幹部に見こまれて本社に呼ばれたって聞きましたから」

「なるほど、元運転士なので、臨時列車の編成も任されている。今回の特集記事にもってこいの人じゃないですかね、先輩」

確かな手応えに、木月も声を弾ませた。この仙台から運転士が選ばれていたら、話を聞き出すのは難しかったかもしれない。

「ありがとうございます。本社のロジスティクス本部にあらためて取材を申しこんでみます」

礼を言って駅事務所を出ると、直ちにJR貨物の本社に電話を入れた。ロジスティクス本部のイズミさんをお願いします。

「本日イズミは出張に出ております」

編成の担当者が、列車運行の当日に出張している。佐貴子は鎌《かま》をかけて言った。

「ああ……。東青森駅から出発した例の臨時列車の件で、イズミさんも動かれているわけですね」

「申し訳ありません。詳しい出張先はスケジュール・ボードにも記載がなく、ちょっとわかりかねます」

「至急、問い合わせたい件があって電話をさせていただきました。仙台総合鉄道部のかたからうかがったんです。イズミさんの連絡先がわかりますでしょうか」

「どういったご用件でしょうか」

佐貴子は迷った。電話に出た女性は部署の誰にも尋ねようとせず、躊躇《ちゅうちょ》なく質問で返してきた。最初から出張先を教えるつもりはない、というようなものに感じられた。

イズミの出張は社外秘とされているのではないか。ますます積み荷と行き先に気が引かれる。

「先ほどもお伝えしましたように、東青森駅発の臨時列車について確認させていただきたいのです。イズミさんが運転士を集められた、と聞きましたもので」

「お待ちください」

鉄道唱歌の保留メロディに切り替わった。手応えありだ。

木月が目で首尾を確かめてきたので、小さくうなずき返すと、回線がつながった。

「東日本新聞のどちら様でしょうか」

落ち着いた男の声が尋ねてきた。

「はい、仙台総局のウエダマサミと言います。つい先ほど、仙台総合鉄道部のかたから、今朝早く東青森駅から出発した貨物列車について話をうかがわせてもらったところなんです。詳しい話は、そちらのイズミさんに聞いてほしい、と言われました」

「仙台総合の誰から聞かれましたか」

「名刺をいただけなかったので、お名前までは……。五十年配で黒縁の眼鏡をかけたかたでした」

相手に迷惑をかけないよう、年齢と外見をごまかして告げた。

「仙台にそういう者はいませんね。何かの間違いだと思います」

ぴしゃりと扉を閉ざされた。やはりガードが堅い。特別な臨時列車なのだと、ますます手応えが強くなる。

「いえ、確かに今しがた、話をうかがったばかりなんです」

「申し訳ありません。広報室を通してお尋ねください。では、失礼いたします」

本社の堤防は予想どおり分厚く、びくとも動かなかった。取りつく島もなく電話を切られた。

佐貴子が首をすくめてみせると、木月が決めつけて言った。

「確実に何か隠してますね。JR貨物まで共謀してるとなると――単なるタンクコンテナじゃありえませんよ」

さて、どうしたものか。

このぶんでは広報室を通して質問しようと、まともな返事は得られっこない。搦《から》め手を探すしかなさそうだった。

「臨時列車の編成はロジスティクス本部って部署が担当してるわけですよね」

木月がふくみをこめたような目を向けてきた。何か打開策を見つけたようだ。

「取引先を当たってみましょうか」

言うなり木月は右手を駅事務所の横へ差し向けた。

猫が描かれた看板を掲げる倉庫のような建物が見えた。ＪＲ貨物に輸送を依頼する運送会社から話を聞こうというのだった。

直ちに大通りを横切って、運送会社の受付へ走った。営業の担当者を呼んでもらって協力を願い出る。こういう時は、相手の興味を引くためにも真実を伝えたほうが話は早い。

今朝、東青森駅から十数個のタンクコンテナを載せた貨物列車が出発した。時刻表には出ていなかったので、臨時列車についてＪＲ貨物に問い合わせたが、なぜか相手にされなかった。そちらで以前、臨時列車の手配をした際、ロジスティクス本部のイズミという社員と打ち合わせをした者がいないだろうか。

「どうですかね。うちはそう臨時便を使ってはいなかったと思いますが」

運送会社によっては、ＪＲ貨物と組んでコンテナ輸送に特化した高速列車を走らせていた。荷物の増える時期には、臨時に増便をするのだという。

別の運送会社を訪ねるしかなさそうだった。礼を告げて立ち去りかけると、担当者が何か思い出したらしく、あごをさすりながら佐貴子たちに言った。

「ああ……もしかすると、その臨時便は自衛隊の訓練輸送かもしれませんね」

初めて聞く話に、佐貴子は手帳を開きながら尋ね返した。

「自衛隊に協力する輸送を、ＪＲ貨物が請け負っているんですね」

「年に一度くらいだとか聞いた覚えがあるんですけど、遠く北海道や九州まで大型車両や装備品を貨物列車で運ぶ訓練をしてたと思います」

自衛隊が依頼主となれば、ＪＲ貨物が口を固く閉ざしても不思議はない気がした。国防上の機密、という理由づけができる。

青森県には原子力関連施設がいくつもあり、万が一の事態に備えるために、自衛隊の基地が多く設けられている。陸自第九師団司令部の青森駐屯地。空自の三沢基地。海自はむつ市の大湊《おおみなと》に港と航空基地を構え、八戸と弘前にも駐屯地があった。

「ひょっとして、依頼主が自衛隊って可能性はあるかな」

礼を言って運送会社を出たところで、木月に話を振った。

「どうでしょうか。可能性は低いとしか思えませんね。なぜなら警察は、ぼくを名指しして支局を訪ねてきたんですから」

自慢とも受け取れるほど自信たっぷりに断言された。やはり彼が情報提供を受けた相手は、原発に反対するグループだ。

「考えられるとすれば、自衛隊を隠れ蓑に利用する手でしょうかね。国防上の機密に抵触するので、外へ情報を洩らしてくれるな。そうＪＲ貨物に注文をつけて、密かに何かを運ぼうとしてるのかもしれません」

もし本当に自衛隊まで担ぎ出しての輸送となれば、サイクル施設のみならず、政府の中枢までが今回の臨時列車に関係していそうだ。それほどの輸送物とは何が考えられるか……。

佐貴子は手帳を閉じ、深く息を吸った。わさわさと肌が粟立ってくる。とんでもないネタを引き当てたのかもしれない。次々と不可解な事実が現れてくる。

「もう怪しいなんてものじゃないですね、先輩。次の運送会社を訪ねましょう」

言われて横を見ると、飛脚のマークを掲げたライバル会社の社屋が建っていた。臨時便を多く出しているとなれば、ロジスティクス本部の担当者を知っているかもしれない。

木月が横断歩道へ走るのを見て、佐貴子もアスファルトを蹴った。

16

羽前水沢《うぜんみずさわ》駅を通過すると、沿線の景色は田園地帯から山間へと変わる。長短合わせて十のトンネルをくぐりぬけた先で、右手に日本海が開けてくる。

井澄はザックからパンとジュースを取り出し、予定より遅いブランチを手早く終えた。三人の付添人も、パックづめにされた自衛隊の携帯食を黙々と口に運んでいた。

これほど会話の弾まない会食は初めてだった。

かつて自分が運転した訓練輸送の時も、付添人の自衛官は無駄話を一切せず、終着駅まで任務を果たしたのだろう。出発から六時間も経つのに、彼らはろくに会話も交わさず、どこかへ連絡を入れる素振りもなかった。

本社の指令室にも、自衛隊や警察の関係者が同席すると聞いた。無言で運行状況を見守っているとすれば、さぞや星村たちも居心地の悪い思いをしているに違いなかった。

味気ない食事を終えると、フォーナインは順調に新潟県内へ入った。

まもなく村上駅の手前で、デッド・セクション（無電流区間）に差しかかる。

電力供給が交流から直流へ切り替わるのだ。列車はスピードを落とさずに惰性《だせい》で通過するので、鉄道ファンでなければ気づく乗客はまずいない。

デッド・セクションを順調に通りすぎて市街地へ差しかかると、手のスマホが震えた。

見ると、電話番号だけが表示されていた。仕事先はもれなく登録してあるので、間違い電話か。そう思いはしたが、交代した三条運転士が何か伝えてきたとも考えられるため、井澄は壁際へ歩いて通話ボタンをタップした。

「――はい、井澄です」

「お忙しい時にすみません。東日本新聞仙台総本部のミズタと言います。突然お電話差し上げたのは、前に井澄さんとお仕事をご一緒した戸川運輸仙台支店の森園さんに、大変興味深い話をうかがいましたもので、ぜひ直接お話を聞かせていただけないかと思った次第なのです」

伸びやかな女性の声がひと息にまくし立ててきた。こちらに言葉を返す暇を与えず、さらに続けて言った。

「今お時間よろしいでしょうか」

井澄は窓へ身を寄せ、小声で返した。

「生憎と仕事で外へ出ておりますものでして――」

「もしかすると列車の中でしょうか？　ガタゴトと貨車が揺れるような音が聞こえてますから」

女が明らかに声を弾ませた。

井澄は送話口を手で覆った。

「仕事で移動中なんです。後日あらためて取材の件を、うちの広報室を通してお伝えください」

「それがですね、急ぎの用件なんです。何しろ今朝がた東青森駅を出発した臨時列車のことを聞いたものですから」

井澄は驚き、三人の男に背を向けた。電話の声は彼らに聞こえていなかったと思うが、スマホを強く耳に押し当てる。

なぜ新聞社の者が電話をかけてきたのか。フォーナインについての問い合わせだという。

女の声が急に押しつけがましい響きを帯びた。

「もしもし、失礼ですが、電話は切らないでいただきたいのです。でないと、少々厄介な問題に発展して、東京本社の記者がそちらのロジスティクス本部へ押しかける事態になると思うんです」

戸川運輸の仙台支店と仕事をした記憶は、当然ながらあった。が、その時の担当者が、なぜフォーナインのことを知っていたのか。

ひとつの可能性が思い浮かんだ。井澄は三日前、仙台総合鉄道部の運転士に電話を入れた。その時の話が、戸川運輸の知り合いに伝わったのか。だが、あの時は運転士のスケジュールを確認したのみで、フォーナインの出発日時はまだ決まっていなかった。

もしやネット上に、早くも何かしらの情報が流れているのか……。

「今朝早くに東青森駅から出発した臨時列車は、井澄さんが手配なさったものですよね」

「――いいえ、違います」

「嘘はやめていただけませんかね。仙台総合鉄道部のかたから話は聞いてるんです」

「何かの間違いでしょう。失礼します」

とっさに言って通話を切った。

動悸《どうき》を鎮める間もなく、すぐまたスマホが震えた。早く出ろと、しつこく呼び出しが続く。

三人の付添人も、井澄の様子を見て、ただならぬ気配を感じ取ったらしい。城山が鋭い眼差しを向けてきた。

「どなたからの電話だったんですか」

震え続けるスマホを握りしめて振り返った。三人の男が視線を向けてくる。

「どういうことなのか、よく事情がわかりません。新聞記者が、この列車のことを問い合わせてきたんです」

驚いても当然なのに、城山は表情を変えなかった。森安という警察官僚が素早く手帳を取り出しながら訊き返してきた。

「どこの新聞社の、何という者ですか。電話番号も教えてください」

この列車の存在を知られたとわかり、警察官がここまで色をなすとは想像もしていなかった。彼らにとっては、秘中の秘だったわけだ。ますますタンクの中身が燃料とは思えなくなる。

井澄が知る限りの情報を伝えると、森安がコンテナの後ろへ歩き、携帯電話を取り出した。

「どうかご心配なく。念のための報告だと思います」

警察官僚が慌ただしく動きだすのを見て、なぜ民間人の城山が言い訳めいた説明をするのか。

すでに彼らは、井澄をはじめとするＪＲ貨物の社員がタンクの中身に疑念を抱き始めたことを知っている。この期に及んでまだ事実を認めるつもりはないようだった。

一分もせずに電話を終えた森安が席に戻りながら、井澄に言った。

「やたらと鼻の利く記者は、どこにでもいるものです。たぶん自衛隊がＪＲ貨物と組んで訓練輸送を行ってきた事実を知らないために、おかしな誤解が生まれているんだと思います」

警察官僚までが、明らかに言い訳とわかる説明を口にした。横で防衛装備庁の役人も、わざとらしいまでに大きくうなずいてきた。

「念のために確認させてください。仙台総合鉄道部に、今回の列車のスケジュールを伝えましたか」

口調は丁寧ながらも、捜査に協力せよと目が告げていた。

「所属する運転士のローテーションを各機関区に尋ねました。なので、電話の内容から、臨時列車の編成に本部が動いていることはわかったと思います」

「なるほど。それで納得ができました。あなたが臨時列車の編成に動いていた。東青森駅に多くのコンテナが集まってきた事実がある。そのふたつの情報を手に入れた者が、おかしな想像をかき立てているんでしょう」

問題はどこにも存在しない。そう語ってみせたようでありながら、森安はまだ情報漏洩の犯人捜しをするような目つきを崩さずにいた。

井澄の手の中で、またスマホが震えた。しつこい記者だと思って画面を睨むと、本社の星村からだった。たぶん彼も警察官から問い合わせを受け、確認のために電話をしてきたのだろう。

「――はい、井澄です」

「緊急事態だ。落ち着いて聞いてくれ」

予期していなかった言葉に、息を呑む。三人の男が再び何事かと見つめてくる。

「JR東の本部指令所から、東新潟機関区に緊急の連絡がきた。長鳥《ながとり》駅の先で架線事故が発生したもようだ。二分ほど前から信越線が上下線とも停まっている」

井澄は貨車の揺れを感じて、足を踏ん張った。こんな時に架線事故――。

長鳥駅の正確な場所を思い出せず、井澄は急いでザックに手を伸ばした。計画書の中に入れておいた地図を引き出し、素早く三人の付添人に言った。

「この先で架線事故が起きました」

事故と聞いて、三人の男が一斉に身を揺らした。森安が素早く携帯電話を取り出しにかかる。彼のもとにも連絡がきたようだった。

「どうして事故が起きたのか、詳しい状況はまだつかめていないんですか」

井澄はスマホをあごで挟みながら言って、地図を広げた。長岡から六つ先にある駅だとわかる。

「現場の確認に向かっているところだ。その報告がくるまで、フォーナインは南長岡駅で待機してもらうことになった」

「まさか架線が切れて、途中で列車が立ち往生してるわけじゃないでしょうね」

上下線とも停まったとなれば、電力供給に支障が出たとしか思えない。あってはほしくない予想を口にすると、星村の声が大きくなった。

「落ち着け。こっちもまだ一報が入ったばかりだ。運転士の三条君には列車無線で知らせてある。こちらの本部に待機する自衛官も、今幹部と連絡を取り合っている。あらゆる状況に対処できるよう準備しておくしかない」

井澄は地図に目を走らせた。架線に障害物が引っかかっているだけであれば、まだ救われる。

「正確な場所はわかっているんですね」

「それも確認中だ。とにかく今は現場からの情報を待つしかない」

「井澄さん、長鳥駅の両側にはトンネルがあるじゃないですか」

城山がスマホを手に席を立った。彼も現場の地図を検索して、不安に襲われたのだ。

あらためて地図を見つめた。どこで事故が起きたのか。その場所によっては、復旧作業が手間取るかもしれない。長鳥駅の東と西にトンネルがある。つまり、駅の周辺は山間部なのだ。

ただし、近くを県道が走っているので、そこから現場に接近できれば、直ちに復旧作業には取りかかれる。が、気動車を取り寄せて人員を送るとなれば、復旧まで何時間も要する。もし立ち往生する列車があれば、それを牽引してどかしたうえで現場へ向かわねばならず、悪くすれば半日近くも時間を取られかねない。当然ながら、フォーナインの運行は予定より大幅に遅れを来す。

井澄は一瞬、娘の香奈の人懐こい笑顔を思い浮かべた。JR貨物の社員としてはまず、何より安全な輸送を考えるべきとわかっていた。が、フォーナインの運行に遅れが出れば、佐賀空港発の羽田行きに間に合わなくなる。そもそも定刻どおりに到着できても、ぎりぎりのスケジュールなのだ。

こんな時に限って事故が起きる……。

たとえ早期の復旧ができても、まずは信越線を平常運転に戻すことが優先される。JR貨物は他社の路線を使わせてもらっている立場なので、長時間の待機も考えられる。

「南長岡では十七分の停車を予定しています。その間に架線事故の現場へ行けるでしょうかね」

井澄は不安を口にした。あと二十分で南長岡に到着する。残された時間はあまりに少ない。

「まず無理だろうな……」

星村が苦々しげに声を押し出した。現場はＪＲ東の支社や車両基地から遠いのかもしれない。

「あらゆる状況に対処できるよう準備すると言いましたよね、本部長」

わかりきった確認であるにもかかわらず、星村は言葉を返さなかった。

「復旧が遅れそうな場合はどうするつもりなんですか」

「とにかく緊急停車だ」

また星村の声が苦渋に満ちる。

めぼしい対策は本部でも見つけられていないのだった。フォーナインの終着駅は佐賀県の鍋島駅で、この先はＪＲ西日本と九州のダイヤにも迷惑をかけず、運行計画を修正していく必要がある。そう簡単に解決策が見つかるとは思いにくい。

「――今、新たな情報が入った。ＪＲ東に警察も協力しているそうだ。向こうでも対策本部の設置が決まった」

警察までが手を貸すとは……。聞き捨てならない話に、動悸が速まった。井澄は最も怖れていた予測を言葉にした。

「まさか事故ではなく、事件の可能性があるんじゃないでしょうね」

不穏当な発言に、三人の男が動きを止めた。目だけで互いの顔色を探り合う。携帯電話を手にしていた森安が、井澄を見て言った。

「新潟県警が近くの県道を封鎖するそうです。現場はまだ判明していません」

ほぼ同時に星村からも、同じ報告がスマホに流れてきた。本社のロジスティクス本部にも警察からの情報は遅滞なく送られてきている。

「悪いが切らせてもらうぞ。安全本部との対策会議が始まる。終わり次第すぐまた連絡する」

「待ってください――」

声をかけたが、通話を切られた。

会議を始めるまでもなく、打てる手段は多くなかった。復旧を待つか、ルートを変えるか、ふたつにひとつなのだ。

列車が前後に揺れて、フォーナインのスピードが落ちた。南長岡駅への到着まで、可能な限り時間を稼ごうというのだ。三人の付添人はまたそれぞれ電話を手に連絡を取り合っている。

井澄は地図に目を落とすと、胸に浮かんだアイディアを実現できるものか、懸命に思考をめぐらせた。

17

なぜ先崎優は新幹線で東京へ急ごうというのか。尚美には答えが見つけられなかった。

十八個ものタンクコンテナを載せた貨物列車は、東青森駅から奥羽線を経て日本海側へ向かったはずで、だから柏崎刈羽原発を監視する仲間に連絡を取ったと思われる。

目的地は関東より西だ、と先崎は確信を得ているのだ。もし新潟県内で列車の足止めができれば、新幹線を経由して先回りができる。

二人は自由席に座らず、並んでデッキに立ち続けた。先崎はスマホの送話口を手で覆い、全国に散らばる仲間と連絡を取り合った。

彼が最も知りたがったのは、Kとの連絡手段だった。けれど、相手は曲がりなりにも新聞記者で、見知らぬ者から急に連絡がきたのでは警戒する、との予想はできた。Kは竹岡との個人的なつき合いから、互いの情報を交換し合っていたと聞く。

「……彼の友人として、君からKに連絡が取れないものかな。もちろん危険はあると思う。今のところ竹岡君が警察に拘束された可能性はあるだろうしね。でも、備蓄センターを経由して東青森駅へ運ばれたタンクを見たのは、今のところ彼しかいない」

先崎は窓の前で声をひそめた。尚美はそっと肩を寄せて、彼の肌のぬくもりを感じながら耳をすませた。

「……そうなんだよ、コンビニの防犯カメラの映像であっても、タンクの形状はつかめたに違いない。……ぼくも調べてみたけど、JR貨物が利用するタンクコンテナにはいくつも種類があって、問題はその形状なんだ。通常のドライコンテナ同様に箱形のフレーム内にタンクが収められていたのか。それとも円筒形のタンクだけだったか。……それだけでもいいんだ。Kに連絡を取って確認できないかな。何としても聞き出してほしい。……ああ、頼む」

通話を切ると、彼はまた別の仲間に電話をかけた。尚美は横で自分のスマホを使い、JR貨物が扱うタンクコンテナを検索してみた。

多くが箱形のフレーム内に円筒形のタンクを収める構造になっていた。ただし、中身は液体と決まっているわけではなかった。粉末状の鉱物、粒状の穀物、アスファルトに液化ガス……。それぞれ用途によってタンクの強度が違い、加圧や冷却の設備を持つタイプまで種類は様々だった。

電話連絡がひと息ついたのを見て、尚美は彼の端整な顔を見上げて訊いた。

「もしかすると……古いタンクコンテナの中に何か危険なものを隠したと疑ってるわけですか」

的外れな質問をしたつもりはなかったが、先崎の口元に笑みが浮かんだ。

「正直ぼくにもわからない……」

嘘だ、と尚美は直感した。大人の事情をのぞきたがる子どもへ向ける悩ましげな目に見えたからだ。

先崎が今度は優しく微笑みかけてきた。

「本当だよ。彼らは何かを隠そうとしている。でも、貨物列車を使って何が運べるのか。サイクル施設にはウラン濃縮工場があるけど、去年の出荷量は搬送用シリンダでたったの二本分だった。もちろん、石油製品の輸送にかこつけて、何かをまぎれこませる手口は大いに考えられる。でも、わざわざ列車をチャーターするより、トラック数台で少しずつ時間差をつけて輸送したほうが目立たないし、経費も少なくすむはずなんだ。どこに貨物列車を使うメリットがあるのか。知恵をしぼろうとも、見えてこない」

「一度に多くのタンクを運ぶ必要があったからではないでしょうか……」

ほかに答えは思いつかない。が、先崎の首がひねられた。

「一理ある指摘だと思う。ぼくもそこまでは想像してみた。でも、わざわざ西日本へ大量の濃縮ウランを運ぶ必要があるとは、どうあっても考えられない」

そもそもウランの濃縮には、国際的な厳しい規制がかけられていた。なぜなら、原発の燃料とする低濃縮ウランと、核爆弾の原料となる高濃縮ウランは、製造原理がまったく同じだからだ。そのため、国の管理下でウランの濃縮は行われており、国際機関への報告も義務づけられていた。

トイレへ向かう乗客が、尚美の背後を通りすぎていった。ドアの閉まる音を確認してから、さらに先崎へ寄り添って言葉を継いだ。

「でも、ウランのほかに施設からわざわざ外へ持ち出すべきものがあるでしょうか」

核燃料の処理に関連する施設は、ほぼもれなく中北村に集められている。搬入するならまだしも、外へ核燃料を持ち出す必要はないはずなのだ。

「仲間もみな、見当がつかないと言ってたよ。唯一、考えられるとすれば、使用済み核燃料の受け入れ施設で何か不手際があり、一部を安定的に貯蔵するのが難しくなって各原発へ戻す必要ができたか……」

尚美は急いで記憶をたぐった。中北村の使用済み核燃料貯蔵施設はすでにほぼ満杯の状態になっていた。現在の貯蔵量は三千トン近かったと思う。

日本各地の原発でも、貯蔵プールの容量は限界に近づいていた。

だから国は、再処理工場とMOX燃料工場を稼働させて、新たな核燃料を精製していく〝核燃料サイクル事業〟を早く軌道に乗せたいのだった。

再処理によって得られたプルトニウムと燃え残りのウランを発電に利用していくことができれば、エネルギー問題に明るい展望が開ける。が、再処理にともなって、さらなる高濃度放射性廃棄物が排出される。その最終処分場を、国はまだ決められずにいた。

「でも、もしサイクル施設で事故が起きれば、地元にかなりの動揺が走るはずです」

その兆候があれば、現地に散らばる仲間が絶対に気づくはずだ。いや、だから竹岡が警察に拘束されるはめになった、とも考えられる。

「今後も可能な限り、サイクル施設と竹岡君に関する情報を集めてほしいと、みんなには伝えておいた。いずれにせよ、警察まで動いているとなると、通常の輸送とはまず考えにくい。必ず何かが起きていると見ていい。絶対に彼らはその事実を隠そうとして、今回の貨物列車を走らせたとしか思えない……」

悔しげに声が押し出された。先崎の知識をもってしても、予測をつけられずにいるのだ。

尚美も懸命に考えてみる。

核燃料の輸送は、テロ防止の観点から、日時やルートが事前に発表されることは絶対にない。専門の輸送会社が請け負っていて、JR貨物への依頼は過去になかったと思う。そのテストケースとして十八個ものタンクコンテナを運ぶのでは、少し大がかりすぎる気もした。

先崎は何かしらの事故を疑っているのかもしれない。昔から原子力業界には、事故隠しの悪癖があった。国のエネルギー政策に協力しているのだから、自分たちは守られて当然。そういう甘い考えを持ってきたように感じられる。

自主検査によって不具合が見つかったのだから事故ではない、と主張するのは日常茶飯事で、時に現場の作業員から情報がリークされて、隠蔽の事実が発覚したこともあったと記憶する。それでも、原子力村の住人たちは頑なに事実を認めようとせず、見苦しい言葉の置き換えを駆使して、事故とは呼べないレベルなので安心していい、と言い続ける。

原子力発電には、この先も国の莫大な予算がつぎこまれていく。政治家の地元に何百億円もの協力金を湯水のように与えようと、電気代に上乗せすれば痛みはともなわず、すべて国民が賄《まかな》ってくれる。電力業界から政党へ渡る献金も、我々の電気代から出ていることを国民はもっと自覚したほうがいい。

原発に関係する隠し事を、絶対に許すわけにはいかない。誰かが真実を暴き、広く世に訴えていく必要があるのだ。

先崎が眼鏡を押し上げ、スマホに表示させた地図を見せてきた。

「すでに仲間が動いてくれている。この刈羽の近くで、架線に障害物を引っかけてもらう予定だ。すぐに排除はできるだろうから、ＪＲにそう迷惑はかけなくてすむ。貨物の時刻表から見て、刈羽の手前のコンテナ駅はここ――南長岡になる」

原発に近い刈羽駅は、新潟と柏崎の海岸沿いを結ぶ越後線にある。

信越線も新潟と柏崎を結んでいるが、やや内陸部を通る。南長岡は上越線と分岐する手前に当たる駅だった。

「信越線の先で架線事故が起きたとなれば、まず間違いなくこの南長岡駅で停車して、復旧を待つはずだ。ただし、待ちを選ばない、という選択肢も考えられる」

すぐには意味がわからず、先崎の目を見返した。

「我々が睨んだように、西日本のどこかを終着駅に予定しているなら、何も信越線を通って日本海側から向かわなくてもすんでしまう」

スマホに表示された地図に目を戻して、納得できた。

信越線は南長岡駅の先で、上越線と分岐する。さらに高崎線を経由して中央線や東海道線から西へ向かうルートも可能なのだ。

架線に異物を引っかける者とは別に、仲間が南長岡駅へ向かう予定なのだろう。けれど、上越線へとコースを変えれば、列車は足止めされることなく、先へ進んでいける。たとえ仲間が駆けつけようと、早々に通過されてしまえば、積み荷の確認はできなくなる。

「臨時列車とはいえ、運行スケジュールは決められているはずだから、そう簡単にルートの変更はできないと思う。けど、万が一の事態にも備えておく必要がある。だから、ぼくらが東京へ向かってるんだ」

決意を感じさせる目がそそがれた。

急ぎの輸送でなければ、列車は南長岡駅で停車する。もし直ちにルートを変えて目的地へ向かうとなれば、よほどの裏事情が隠されている、と判断できる。

そのために先崎は、自ら先回りするしかないと考えたのだ。

臨時列車の積み荷は何か。真実を暴き出すことが必ず日本の未来のためになる。隠蔽と不正の先には、怖ろしい結果しか待っていない。

地図を表示させたスマホが小さく震えた。先崎が素早くメールをチェックし、尚美に目を戻して力強くうなずいた。

「成功だ。信越線で上下の列車がストップしてる」

18

運送会社を訪ねてＪＲ貨物の担当者の名前と連絡先を聞き出すことには成功した。佐貴子はすぐ電話を入れたが、相手にもされずに切られてしまった。ただし、電話の向こうで列車の走行音が確かに続き、さらにはカーブに差しかかったらしくパンタグラフが架線にこすれる甲高《かんだか》い音もかすかに聞き取れたのだ。

「ひょっとして命中したんじゃないですかね、先輩の当てずっぽうが」

外部スピーカーにも音声を出していたので、木月にも列車の走行音は聞こえたらしい。

佐貴子は眉を最大限に寄せて言い返した。

「当てずっぽうじゃないって。名推理って言いなさい。自衛隊までからんでる臨時列車となれば、編成の担当者が一緒に乗っていても当然でしょうが」

自慢げに小鼻もふくらませてみたところで、握りしめたスマホが震えた。

着信表示は電話番号だけ。残念ながら、ＪＲ貨物の井澄がかけてきたわけではなかった。間違い電話でもないとするならば――。

「いよいよ警察ですかね」

木月が言って警戒心をみなぎらせて、辺りの路上に視線を振った。

「だったら俄然《がぜん》、燃えてくるね。とにかくＪＲ貨物の本社に突撃しようか」

ここまで来ると、自分たちに採れる手段は限られてくる。佐貴子は電話には出ず、大通りへ歩きだした。通りかかったタクシーをつかまえて、仙台駅へＵターンする。

警察であれば、佐貴子の私用スマホの番号を調べ出すこともできるだろう。もしくは、たった今話した井澄充宏が、怪しい者から電話が入った、と警察に番号を教えたとも考えられる。

「まずいかもしれませんね。先輩の携帯の番号まで警察に握られたんじゃ、いろいろ不都合になりそうですし」

木月に言われて、すかさずスマホの電源を落とした。これで社から支給された携帯と同じく、電源を入れたところで警察に居場所を知られる怖れが出てきた。ＧＰＳ機能を切ったとしても、中継局の基地ぐらいはすぐに調べ出せる。

「普通は、捜査令状がないと電話会社の協力は得られないはずだけど」

「もし本気なら、別件で何か容疑をでっち上げて令状を取るでしょうね。彼らの得意技ですから」

「となると、警察の出方がちょっとした見物《みもの》かも」

「――はい。ぼくと先輩、二人の新聞記者に、もしおかしな容疑をなすりつけてきたら、よっぽどの裏事情があるってことになりますね」

警察といえども、メディアは敵に回したくないだろう。派手に記事を書かれるし、会見の席でも責め立てられる。悪くすれば、人事への影響も出てくる事態が予想される。

それでもなお、佐貴子たちの取材を妨害してくるならば、今回の裏には表ざたにできない特別な事情があると、自らの行動で教えるようなものだ。もしかすると、支局や本社の幹部に圧力をかけるぐらいは試みてくるかもしれない。いずれにせよ、今回の臨時列車を使っての輸送は、警察という政府の公安機関までが関係していると見てよさそうだった。

もはや単なる通常貨物の輸送ではありえなかった。

さらに、気がかりな点がもうひとつあった。佐貴子は言った。

「ねえ、木月くん。そろそろ次の自白をしたらどうなのかな」

足を組み替えながら、横目で木月の表情をうかがった。正直者の視線がわずかに落ちた。

「やっぱ、そうだったか。さっきメールが来てたでしょ。つまり新幹線の中でも、例の情報提供者と連絡を取り合ってたってわけかな。――そろそろ白状なさい」

「……先輩の前で隠し事はできないみたいですね」

見た目にも肩を落とし、木月が大きく息をついた。

タクシーが赤信号で停車する。佐貴子は急《せ》かすことなく、言葉を待った。

木月が窓の外へ目をそらしながら、重そうに口を開いた。

「実は……情報提供者の知り合いと名乗る人物から、タンクコンテナの詳細を執拗なほどに訊かれたんです。けど、ぼくはろくに見てないので、先輩が防犯カメラの映像を見せてもらったコンビニの場所を教えるしかなくて……」

「待ちなさいって。君は現役の新聞記者だよね」

あえて佐貴子は厳しい口調で告げた。

取材源の秘匿は、ジャーナリストが守るべき基本的な職業倫理のひとつだった。もし軽々しく他人に教えようものなら、誰も安心して情報を提供してくれなくなり、取材の手段が限られてしまう。

さらには、追及先が仕返しや口封じという卑劣な対抗策を取ってこないとは限らず、善意から取材に協力してくれた者に多大な迷惑を与えかねないのだ。

かつてあるテレビ局が、過激な宗教団体に取材源とその内容を教えてしまい、弁護士一家が惨殺されるという、あってはならない悲惨な事件が起きた。刑事事件の取材はもちろん、ジャーナリストたる者は相手が誰であろうと、情報源を口外してはならないのだ。

木月がさらに視線を落とし、足元に向けて声をしぼり上げた。

「すみません。いけないとはわかってたんですけど……。絶対に許してはならない、また彼らは何か隠蔽しようとしている、公器と言っていい新聞社の者なら、彼らの悪事を白日の下にさらさなくてどうするんだ、君たちには事実をありのまま報道していく責任がある、そう言われてしまい……」

「気持ちはわからなくもないけど、君はジャーナリストとしての己の存在意義に、自分の手で泥を塗りつけたも同じってこと」

運転手に聞かれてもかまわないと思い、佐貴子は声を落とさずに言った。

「どうして思いとどまらなかったの。もし何かあったら、どう責任取るつもり」

偉ぶって言ったのではなかった。佐貴子は純粋に先行きを危ぶんだのだ。

JR貨物が何を運んでいるのかは、まだ不明だ。木月に情報を寄せた仲間が疑っているように、石油備蓄センターをカモフラージュに利用したうえで、核燃料サイクル施設がもし本当に何かを秘密裏に運び出したとすれば、ウランや核燃料などの放射性物質である可能性が出てくる。

策を弄《ろう》したような輸送の手段に不信感を覚え、真実を暴き出すべきとの信念から、情報を伝えてきた者らが極端な行動に出ないという保証はなかった。テロに近い騒動を起こし、もし甚大な被害が出ようものなら、メディアの一員である木月には、相応の責任が生じてくると言えるのだった。

重い沈黙を乗せたまま、タクシーは仙台駅のロータリーに到着した。

佐貴子は領収書をもらって先に降り、一人で駅へ歩いた。すると、後ろから木月が硬い声で呼びかけてきた。

「――先輩。申し訳ありませんが、ぼくは一緒に行けません」

それが彼の出した結論だった。

立ち止まって向き直ると、深く頭を垂れる木月の姿があった。

「先輩と会社に……迷惑がかかります」

「ひょっとして危ない連中かな」

「いいえ。ぼくが知り合ったのは居酒屋の店員で、震災後の原発事故で家と故郷を奪われた過去を持ち……決して悪い人じゃないと思うんです。ただ、原発とサイクル施設を監視するグループに参加してると言ってました。その仲間と名乗る人物から、電話とメールがあったんです」

気持ちはわかる。

彼は自分の父親が罪を犯して逃げたと考え、福島の事故に責任を感じていた。だから、震災で傷ついた人に寄り添い、協力してしまったのだ。優しさを逆手に取られ、実質的なグループの一員と見なされていたのかもしれない。

「ぼくが一緒に取材を続けていたら、先輩がもし大きなネタを手にできても、手柄になるどころか……社でも対応に困ることになりかねません」

「ここで別れて、どうするつもり？」

「弁護士と社の信頼できる幹部に相談したうえで、警察に行って正直に話します。もちろん、先輩が何をしてるのかは、まだ絶対に言いません」

今にも泣き出しそうな目で見つめる木月に、うなずき返した。

「わかった。自分で決めたのなら、そうしなさい。わたしは納得できるまで動いてみる。で、知り得た情報は、本社と同時に、君にも伝える。約束する」

「ありがとうございます！」

真っ昼間の駅前広場で、直立不動の若い男に涙ながら深々と頭を下げられるなんて経験は初めてだった。野次馬の注目を浴びていたが、かまいはしない。佐貴子は無理して笑顔を作り、彼に手を振った。

「じゃ、行くね」

佐貴子が走りだすまで、木月は顔を上げようとしなかった。

仙台駅の構内を駆けて新幹線に乗り、佐貴子は東京へ急いだ。

支局長の許可を得ての移動は危険だった。すでに警察は佐貴子に警告を与え、木月の調査にも動いていた。長いものに巻かれやすい支局長だから、すでに体制側と手を結んだ可能性はあった。

同じ意味で、本社の上層部への報告も今はまだためらわれた。ある程度の確証を得てからでなければ、上への説得が難しいことを、残念ながら多くの現場記者が経験から知っていた。

佐貴子は自由席の隅に腰を落ち着け、この先の戦略を思案した。

攻めどころは、二方向ある。

ひとつが、ＪＲ貨物ロジスティクス本部の井澄充宏。彼が今回の臨時列車を編成したと思われる。しかも、今日に限って出張しており、彼の電話の背後には列車の走行音が聞こえていた。臨時列車に同乗している可能性はかなり高い。

このままＪＲ貨物の本社へ乗りこんだとして、望みどおりの取材ができるものか。

もし木月が情報を得ていたグループが疑っているように、サイクル施設が内密に何かを搬出したとすれば、正面突破は難しいだろう。警察まで動いていたし、国の石油備蓄センターを経由するという偽装までしたわけで、政府機関の深い関与までが疑われる。

その点を逆から見るならば、すでに警察という国家権力も協力しているのだから、原子力関係の輸送はもう疑いないと思えるのだった。

けれど、木月も指摘したように、核燃料サイクル施設で製造された濃縮ウランをわざわざ偽装までして輸送する意味はどこにもなかった。

もしウランの類いではないとすれば、ほかに何が考えられるか……。

青森支局の記者でありながら、原子力関係とサイクル施設の知識が自分には欠けすぎている。

もうひとつの攻めどころを当たっていくしかなさそうだ。

「――よし」

佐貴子は次の取材先を決めた。原子力産業の情報に強い有識者から話を聞くのだ。今サイクル施設で何が行われていて、偽装までして運び出す必要があるものとは何か。本社の科学部であれば、多くの学者とのパイプを持つ。ヒントを与えてくれそうな知識人の当てがあるはずだ。

佐貴子はデッキへ歩くと、スマホの連絡先を表示させた。一年前に縁が切れて、即座に個人名は抹消していたが、今も同僚の一人には違いなかった。

踏ん切りをつけて、本社科学部の電話番号を選んで深呼吸をくり返した。

ワンコールで電話がつながった。

「青森支局の都倉ですが、岩田《いわた》副部長は今日、出社されていますでしょうか」

「お待ちください」

休みであれば、別の者に頼めばいいと考えていた。彼が異動になったあとは何度もスルーされたが、こういう時に限ってつかまるのだから、皮肉なものだ。

「――久しぶりだね。青森での活躍は、人づてに聞いているよ」

憎たらしいほどに落ち着き払った声だった。番号をタップして動悸を速めた自分が恥ずかしくなる。佐貴子はひと息に告げた。

「仕事でどうしても頼みたいことがあって電話しました。原子力関係者と少しは面識がありますよね」

「もちろん、なくはないが――。青森支局の仕事となれば、核燃料サイクル施設の関連かな」

「そのとおりです。今東京へ向かっています。これからすぐ会って話を聞けそうなかたを、ぜひとも紹介してください。お願いします」

19

信越線で架線事故が発生した。そう伝えるさなかに、森安参事官と防衛装備庁の新田が手にするスマートフォンも鳴り出した。事態を察した城山もどこかへ連絡を取り始めた。が、現場の状況はまだどこにも報告がきていないようで、三人は通話を終えると、深刻そうな顔を寄せて密談を始めた。走行音の合間に「別ルート」という単語が何度も聞こえてくる。復旧が遅れた場合の相談なのだ。

「井澄さん。そちらとうちの幹部が対策を協議中だと聞きましたが、今からあらゆるケースに備えておくべきだと思うのです」

また城山が彼らを代表するように言い、鋭い視線で催促してきた。

井澄も実は同じことを考えていた。

「つまり、信越線を使わずに鍋島まで向かうルートを、今のうちから確保すべきというのですね」

三人を見回すと、防衛装備庁の新田が補足するように言葉を継いだ。

「すでに何度も申し上げたとおり、今回の輸送は国からの正式な要請です。有事に備えた訓練という名目になってはいますが、その有事の中には、過去に発生した震災のみならず、大型台風や大規模火災なども想定されています」

「ですので、架線事故のみならず、沿線での火災や水害によってルートが寸断されるケースは、今後も起こりうるでしょう。そういう突発的な緊急時に、ＪＲ貨物さんがどこまで対処できるのかも、今回の訓練輸送の目的にふくまれていると考えていただきたいのです」

城山がまた進言してきたが、要するにＪＲ貨物の機動力が試されるのだぞ、と国家権力を笠に脅しをかけてきたようなものだった。

井澄は列車のスピードがまた落ちたことに注意を払いながら言った。

「現場からの報告を悠長に待ってはいられない、というわけですね」

それほど急いで積み荷を送り届ける必要があるのか。言葉を換えて尋ねたつもりだった。

今度は警察官僚の森安が語気と目つきを強めて言った。

「すでにお伝えしたように、多くの警察官が沿線の警備に動いています。特に到着駅の周辺では交通規制も予定されているのです。もし予定がずれこんでいけば、各県警の負担がかさんでいくことになります。我々にとっても、機動力が試される事態と言えますが、国民の貴重な税金から予算を得ている以上、経費面の負担は極力抑えつつ、有事に備えた訓練という重要な任務を果たしたいという気持ちが強くあります」

城山があとを引き取るように続けて言う。

「もちろん各ＪＲさんの通常運行を犠牲にしろとは言いません。ダイヤグラムの隙間をぬってこの列車を編成していただいた事情は、我々も熟知しています。しかし、現場からの報告をただ待つのでなく、次善策の準備を同時に進めていくことには大きな意義があると思うのです」

おそらく東京でも、同じ要請が本部指令室で出されているのだ。

正直に言えば、井澄も彼らに賛同したい。鍋島駅への到着が遅れてしまえば、東京への便に乗れなくなる。が、あくまで個人的な事情にすぎないため、井澄は気持ちを整理し直して、まずは一般的な解説を三人に披露した。

「各社の運行に支障が出ないよう、スケジュールを変更していくのは、さほど難しくけないと思います。天候状況や突発的な事故などで、ダイヤに影響が出るケースは珍しくないからです。機関区の指令室では、各鉄道会社とダイレクトに情報交換ができる体制が整えられています。ただし、通常はあくまでルートの変更はせず、遅延をできる限りカバーするよう各方面へ手配していくことになっています」

「ルートの変更はできないのですか」

城山が難詰《なんきつ》に近い口調で訊いてきた。

「いいえ。できないことはありません。ただ、貨物列車のルートを変更するには、新たな路線の状況を熟知した運転士の手配を、まずつけなくてはなりません」

最初の打ち合わせでも、運転士の手配に最も時間がかかる、と伝えていた。貨物は積み荷の重量が客車よりかさむため、カーブの前であらかじめ速度を落とし、路盤への影響を小さくする必要がある。すべての信号箇所を把握し、円滑なスピード調節ができないと、事故を誘発するリスクが生じるためだ。

特に今回の積み荷は、車軸にかかる負担が大きく、より慎重な運転が求められる。新人の運転士に任せられる仕事ではなかった。

城山が百も承知だとばかりにうなずき返した。

「わかります。ですので、今すぐ運転士の手配を始めていただきたいのです。確か乗務員基地には、予備の運転士が常時、待機する決まりになっていると言われましたよね」

「本部に伝えれば、手配には動けます。ただ、信越線がストップしたことで、ほかの貨物列車への影響も出てくると思われます。もし駅で停車する時間が長くなってくると、規定を超える運転時間になってしまい、予定していた交代が玉突きのようにずれていくことも考えられます。待機の運転士が足りなくなる事態も起こるのです」

「井澄さん。政府が関与する訓練輸送なのですよ」

当然ながらフォーナインの運行を優先すべきではないか。城山がまた高圧的な言い方をしてくる。

「今すぐ本部に話を通してください」

警察庁の森安参事官も横から言い添えた。

「どうか誤解はしないでいただきたいのです。我々は国の意向があるから、この列車を優先して走らせろと言っているわけではありません。もうお気づきかもしれませんが、信越線で発生した架線事故が、故意に仕掛けられた可能性もあるのではないか、と我々は見ています。もしこの予測が当たっていた場合、南長岡駅で長く停車することはリスクになりかねないのです」

穏やかな口調ながらも、目の奥に暗い影が射して見えた。故意、という単語が耳の奥に残り続ける。

「まさか何者かが、このフォーナインを停車させるために架線を切ったとでも……」

「あくまで可能性のひとつにすぎません。ですが、最悪のケースに備えた対処も必要だと考えます。ご理解ください」

この列車に警察官僚まで乗りこんできた意味が、ようやく納得できた。

彼らはもとより何者かが列車を襲う可能性もある、と警戒していたのだ。だから、JR貨物にも情報をいたずらに広めないよう強く求めてきた。これまで井澄たちが石油を輸送する際、ろくな警備をしてきていない現状に驚きもしたのだった。

もはや通常の訓練輸送ではありえなかった。まさしくシークレット・エクスプレスなのだ。密かに、かつ速やかに、十八個のタンクコンテナを送り届けねばならない理由が彼らには存在する。

名目どおりに、単なる燃料輸送と見なすわけにはいかなかった。運行中に何者かが襲ってきても不思議のない特殊な荷物だから、彼らは情報統制と警備に神経をとがらせてきた。

森安が姿勢を正し、井澄に小さく頭を下げてきた。

「お願いです。今すぐ運転士の手配に動いてください。信越線で架線事故を起こせば、この列車は手前の南長岡駅で停車せざるをえなくなる。貨物列車の知識を持つ者であれば、楽に想像ができたと思えてなりません。南長岡駅の周辺は住宅地になっていた覚えがあるのですが……」

貨物の専用駅なので、敷地は広い。が、その周りは近年、宅地化が進み、南長岡も旅客駅として整備してほしいとの要請が、地元の自治体から出されていた。

「新潟県警に話をつけて、南長岡駅の警備に人員を出すよう命じたところです。しかし、長時間の停車はリスクにつながります」

窓の外を流れゆく景色のスピードがまた落ちた。まもなくフォーナインは南長岡駅に到着する。事故が起きてからまだ三十分あまり。彼らとしても万全の警備には不安があるのだ。

井澄はスマホを握り直し、星村に電話を入れた。が、コール音が続くばかりで、出てくれない。本部指令室は対策を練るのに追われているのだ。

しばらくすると、星村から折り返しの電話がきた。

「そこにいる警察官から話は聞いたな」

「はい。運転士の手配に動いてくれていますよね」

「もちろんだ。うちの運輸部を総動員して、ダイヤのどこに空きの時間帯があるか、データ整理も始めてる」

「では、上越線へのルート変更が決定されたと――」

まだ現場の状況を見に人が送られたところで、復旧作業は始まってもいなかった。おそらく信越線の先へは当分進めないと予測はできる。

「電力供給がストップしたことから見て、架線の一部が切れたことはもう疑いない。短時間での復旧は困難だ。ルートを変更して対処していくしかない、と見なされたよ。何しろテロの危険性も考えられるっていうんだから、当然の策だ」

本部ではもっと過激な言葉が飛び交っていたのだ。確かに列車が襲われかねないとなれば、立派なテロ行為と呼ぶ以外にはない。

「こっちにも警察の幹部がつめて、事態の推移を見守ることになった。彼らの許可なく指令室を出入りすることも禁じられた。フォーナインが無事に到着するまで、どうやら軟禁生活を強いられるようだ」

そこまで厳戒態勢が敷かれるとは……。

警察は本気でテロを警戒している。

事前に何かしらの不穏な情報があったとも考えられる。もしそうであれば、ＪＲ貨物に一切の危険性を知らせず、輸送計画をスタートさせたことになる。相手が政府機関とはいえ、重大な契約違反に当たる。

それとも、万が一の事態に備えた訓練を今もしているわけなのか。いずれにしても早急に手を打たねばならない。

「非番の者を呼び出すにしても、時間はかなりかかりますよね」

井澄も言いながら、手配の目算を立ててみた。

日本海側のルートを断念するとなれば、東海道線か中央線を経由して名古屋を通り、関西支社の米原《まいばら》駅まで、新たな運転士を確保しなければならなかった。

しかも、通常の列車編成では、日本海ルートから上越線と高崎線を経由して名古屋へ向かう便は設定されない。遠回りになるからだ。

そのどちらのルートを選ぶかにもよるが、ざっと見積もって米原駅まで、五人を今から短時間で手配する必要がある。待機している運転士で間に合えばいいが、そう簡単に新たな招集はできないだろう。

井澄は運行計画表に目を落とした。

「あと五分弱で南長岡に到着します。でも、本部長、そこで待っているのは東新潟機関区の松岡《まつおか》君です。高崎から先の運転経験はほとんどなかったと思います……」

東新潟機関区に配属される運転士は、主に信越線の運行を担当する。上越線から先は、南長岡派出基地と高崎機関区のエリアに当たる。

井澄は不安をぬぐえなかった。

「上越線へルートを変更して、松岡君に高崎操車場まで任せるとしても、二時間半で到着してしまいます。次の高崎機関区に手空きの者がいるでしょうか」

幸運にも予備の運転士が待機していても、フォーナインを牽引するＥＨ５００形式機関車を扱い慣れた者だとは限らなかった。このECO-POWER金太郎は、主に東北線や山陽線で使用されてきた。上越線は勾配線区用に作られたEH200形式機関車――通称ブルーサンダー――の受け持ち区間なのだ。

三人の付添人も事態を悟り、息を呑むような表情になった。運転士の手配がつかなければ、たとえ南長岡をすぐ出発できても、次の高崎操車場で足止めされてしまう。

「だから、手配に動いてると言っただろうが。運輸部が今、高崎と折衝中だ。必ず見つかる。首に縄をつけても引っ張ってきてみせる」

星村は裏づけのない願望を力説した。

だが、焦る必要はないと教えるために、井澄は言った。

「もし手配がつかなかった場合は――とっておきの禁じ手がひとつあります」

「おい、何を言ってるんだ」

訊き返すというより、恫喝《どうかつ》にも等しい響きがあった。

さすがはロジスティクス本部を預かる星村だ。同じ禁じ手に気づいていたと見える。

井澄はのどの渇きを抑えつつ、言った。

「ほかに手はありません。高崎から先は――わたしが運転します」

「寝ぼけたことを言うな、井澄。おまえは昨日からろくに寝てないだろうが。いくら運転士の経験があろうと、半年もブランクがあるうえ、睡眠不足の者に大切な臨時列車を任せられるものか」

すらすらと叱りつける言葉があふれ出してくる。

たぶん星村は、ずっと胸の内で自問自答をくり返してきたのだ。フォーナインには上越線を乗りこなしてきた元運転士が乗っている。手配が間に合わない場合は、最後の手段として使えそうだが、彼に任せて本当に大丈夫なのか。

「ご安心ください。テロだとか物騒な話を聞かされたので、眠気など感じてるゆとりはありません。出発からただ列車に揺られていただけなので、幸いにもまったく疲れていません」

「冗談はよせ。三日前から働きづめじゃないか。明確な服務規程違反になるぞ。責任者のおれの首を、そんなにしめたいのか、おまえは」

「でも、わたしなら、震災後の緊急石油輸送も、陸自の訓練輸送も手がけてきました。打ってつけの運転士ですよ」

「おまえが東京に早く帰りたがってたのは、部内の者なら察しはついてた。だから、おかしなことを言いだすんじゃないかと警戒してたんだ」

「政府の要請でもあるんです。高崎から先のルートだったら、何百回と乗りこなしてきました。このフォーナインを停めないためには、最善の策です」

「待て。おれの横で役員連中が頭を抱えてる。——あいつは本部に来て、まだ半年なんです。ブランクのうちには入りません。運輸部の手配が間に合わなかった時の次善の策にはなります。ほかに方法があるなら、教えてください」

星村が役員たちに説得を試みる声が聞こえた。

井澄はスマホを手にしたまま、コンテナ内で見つめる三人の男に言った。

「本社の指令室も、この列車を停めない方向で動いています。何者かに襲われかねないリスクが本当にある、と考えているわけですよね」

彼らは答えを返してくれなかった。代わりに星村がスマホを介して言った。

「そのリスクを最大限に減らすためにも、フォーナインを停めてはならないと警察庁の幹部が言ってきた。南長岡に到着したら、警備の警察官が乗りこむ予定で、手配を進めてるそうだ。武装した自衛官も乗せられるか、今関係者が協議中だ。警備には万全を期す、と約束してくれている」

このままフォーナインを佐賀の鍋島駅まで走らせて、本当に万全の警備ができるのか。

途中駅で列車を停めることは簡単だ。が、長時間の待機は、沿線へのリスクにつながる。南長岡駅は住宅地の中にあるため、停車を長引かせることはできない。そう警察幹部は考えている。

だからといって、次の高崎操車場で待機できるとも思えなかった。敷地が遥かに広いうえ、周囲は南長岡より街の規模も大きい。警備を固めるとなれば、準備に時間も要する。

警察は、列車を停めずに走らせ続けたほうが安全につながる、と判断したのだ。このフォーナインの運行計画は厳しく情報統制を図ってきたとの自信があるからだろう。何者かが信越線の架線を切断し、この列車の足止めを画策してきた可能性はある。ルートの予想はできても、明確な現在地がわからなければ、テロ行為は仕掛けられない。今は絶えず移動していったほうが安全になる。

「森安参事官、ＳＮＳにも注意を払ってください」

井澄が気づいて指摘すると、男たちが身を揺らした。

「鉄道ファンのサイトがいくつもあります。貨物の時刻表も出版されていますが、陸自の訓練輸送は掲載されません。それでも、写真がファンサイトにアップされることがあるんです。彼らは情報を仕入れるために、ＳＮＳで仲間に呼びかけ、連絡を取り合っています」

「そうか……。この列車はほかと比べてあまりにも特徴的すぎる。しまったな。そこまでは考えていなかった」

城山が悔しげに声を押し出した。

フォーナインのタンクコンテナはすべてカーキ色のシートで覆われていた。しかも、空貨車を挟んでいるので、通常の貨物列車との判別はひと目でついてしまう。

「すでに何者かが、珍しいタンクコンテナを引いた臨時列車が東青森から出発したと、どこかのサイトに書きこんでいるかもしれません。目眩《めくら》ましのためにも、急いで偽の情報をアップしたほうがいいと思います」

三人にはもちろん、スマホの向こうにいる星村にも意見を言った。

森安が直ちに反応して、携帯で電話をかけ始める。

「井澄さん。ほかに気をつけるべきことがあるでしょうか」

城山に言われて、さらに思考をフル回転させた。

鉄道ファンの中には、写真を撮るためであれば、他人の敷地を踏み散らかして恥じない不届き者もいて時に問題となる。が、今は臨時列車を探す意図を持つ者がいた場合の話だった。何も線路の脇でなければ、列車の通過を見られないわけではなかった。

「空です。確か列車の撮影にドローンを飛ばしたファンがいたと思います」

「森安さん、今すぐドローンを警戒してください」

城山が窓に駆け寄った。上空を警戒するように外を見上げる。

色めき立つ二人を見て、井澄は怪訝《けげん》な思いにとらわれた。防衛装備庁の新田一人が、事件に巻きこまれた傍観者のように声をなくしたままでいる。空自の燃料ではなく、爆弾に類するものではないか。そう疑っていたが、事情は違っていたのかもしれない。彼ら防衛省の特殊な荷物であれば、責任感からもっと慌てていいように思えてならない。

もしや彼ら自衛隊も、警察と同じで、輸送の警備に協力しているにすぎないのか……。

「上の結論が出たぞ。聞いているか」

　スマホから星村の声が流れ出た。

「はい。許可が出たのですね」

「高崎で次の運転士が手配できなかった時は、仕方ない。ただし、念のためにルートをよく知る運転士にも乗ってもらう」

「必ず了承は取ってください」

「心配するな。東新潟機関区に事情は伝えてある」

「我々のあとを引き継ぐ運転士にも、リスクの件は隠さず、必ず伝えてもらえますよね」

「当たり前だろ。警察が渋い顔をしようと、詳しい経緯は必ず伝える。安全第一が我々JR貨物のモットーだからな」

「ぜひお願いします。もしリスクを理由に仕事を断る者がいても、勤務評定を下げたりはしないでください。最悪、運転士が見つからないルートがこの先できた場合は、わたしが運転します」

「無茶を言うな。鍋島到着は、明日の昼になるんだぞ。それに関西方面は運転経験がなかったろうが」

　星村が色をなすのは無理もなかった。いくら詳細な路線図を機関区から取り寄せても、マニュアルと首っ引きで貨物列車を時速八十キロで運転できるものではない。

だが、速度を充分に抑えて走れば、何とかなるはずだ。

それに、ルートを変更するからには、在来線のダイヤグラムを乱さないよう、この先の時間調整は必須になる。時に貨物駅の仕分線に入って、定期列車をやりすごす必要も出てくる。警察は停車時間を少なくしろと注文をつけるはずで、時間調整は運輸部の力量次第になってくる。

「もし運転が決まった場合は、もう余計な心配はするなよ。新鶴見《しんつるみ》までの運転に専念してくれ。その先は、必ずおれたちが次の手段を見つけてみせる。いいな」

「了解です。新鶴見までとなれば、東海道線を経由していくんですね」

井澄はルートを予想しながら訊いた。

「そのほうが警察も警備をしやすいそうだ。中央線だと、どうしても山間部が多くなってしまう」

山間でもし万が一の事態が起きた場合、現場に人を送りこみにくい。しかし、東海道線の周辺には市街地が多く、もし列車が襲われでもしたら、周囲に被害が及びはしないか。そう不安になるものの、防衛装備庁の新田一人が蚊帳の外に置かれていることから想像するに、タンクの中身が自衛隊の爆弾類とは考えにくい状況になっていた。

では、なぜ警察がこれほど警戒したがるのか。

市街地を進んだほうがいいと判断が下されたのだから、爆発の危険はないと思われる。

それでもフォーナインを停車させようと企てる者の目的が想像できず、積み荷の謎はまだ残る。

「とにかく時間が限られてる。おれたちも手をつくすが、今からおまえは高崎機関区と運転に備えた打ち合わせをしてくれるか」

派手な送別会で送り出されて、まだ半年だった。早くも運転士に復帰するとは想像もしていなかった。

「ひとまず了解です。それと――もうひとつ対策を思いつきましたが、少し現実的ではないかもしれません」

「何だ、遠慮なく言ってくれ」

「新たに決まったルートの先で、フォーナインとまったく同じ見た目の列車を編成できないでしょうか」

「もう一編成のフォーナインを作れというのか……」

電話の先で星村が呆然《ぼうぜん》と声を途切れさせた。城山たちも目を見合わせている。

警察が危ぶんでいるように、もしテロに近い行為を企む者がいるとすれば、こちらがルートを変更したと悟って、別の場所でまた待ち受けようとしてくるかもしれない。

「そうか、なるほど……。ダミーの列車を先行して走らせるわけか」

城山が声を上げるなり、森安の意見を求めるかのように視線を振った。

星村が先読みして疑問の声を放つ。

「待てよ。不可能じゃないと思うが、そこまでする必要があるんだろうか」

「可能性の問題です。フォーナインを停めないほうがいいというからには、テロに類する危険があるわけですよね。積み荷を守るためには――」

そこまで言って、井澄は慌てて言葉を呑んだ。

同じ編成の列車を先に走らせることができれば、このフォーナインが襲われるリスクは確実に減る。が、先を走る列車にも運転士は必要なのだ。

「……すみません、撤回します。今のは忘れてください」

「何を言うんですか。素晴らしいアイディアですよ。ぜひダミーの列車を走らせてください」

城山が歩をつめ、視線をぶつけてくる。

井澄はすぐさま首を振った。

「先を走る運転士が危険になる……」

「もちろんリスクはありますよ。でも、ダミーを走らせたからといって、我々の列車が百パーセント安全だとは言い切れません。積み荷を守るためには、リスクを分散させる手はかなり有効だと思います」

「森安参事官。警察はテロを警戒する理由があるんですよね」

井澄は臆せずに真正面から訊いた。

森安が口元を引きしめ、言った。

「――徹底して情報は抑えてきたつもりです。しかし、この先で架線に何かしらのアクシデントが起きたのは間違いない事実です。事故か故意によるものか、その判断がついてから策を練るのでは遅すぎると言っていいでしょう」

「ごまかさないでください。タンクコンテナの中身が危険物だから、あなたがたはテロを警戒している。違うんですか」

「テロが起きると決まったわけではありません。警備の常識として、最悪の事態には備えておきたい。我々は常に、あらゆる事態を想定して行動せねばならないんです」

「ここで議論していても始まりませんよ。判断は本部に任せましょう」

城山が井澄たちの間に割って入った。

JR貨物の本社には、警察幹部が同席している。今や運行計画の実権は、彼らに握られたと考えるべきで、星村たち社員に抵抗の余地が残されているとは思えなかった。

ダミーを走らせることで、自分たちの乗るフォーナインを守る。

運転士の仲間を犠牲にして、自らの安全を図るようなものだった。もしダミーの列車に突発事態が起きた場合、このアイディアを思いつき、口にしてしまった自分を激しく呪うことになる。

「お願いします。早急に動いてください。タンクコンテナを十八個かき集めてシートで覆えば、見た目にはまったく同じ列車になるんです」

早くも森安が電話で誰かに相談を上げていた。

素人が提案したアイディアに警察が飛びつきたくなるほど、テロの危機が迫っているのだ。先を走ることになる列車の運転士には、怖ろしいまでの重圧がのしかかる。

井澄は危惧した。震災後の緊急輸送の際も、余震のリスクが高いというのに、多くの運転士がこぞって自ら手を上げた。おそらく今回も、政府の依頼を受けた重大な任務だと聞けば、闘志をかき立てられて運転を買って出る者はいるだろう。貨物輸送のプロとしての矜持《きょうじ》を持つ運転士は多い。

星村の取りなすような声がスマホから流れ出てくる。

「できる限りの手を打つしかない。とにかく高崎から先の運転に備えてくれ。頼む」

「何より運転士の安全を第一に考えてください。お願いします」

「当たり前だろ。任せておけ」

安請け合いでないことを祈るばかりだった。

20

十三時四分、定刻どおりに〝はやぶさ〟は東京駅に到着した。

先崎は改札を出たところで新幹線の表示板を見上げた。次はどこへ向かうつもりか。尚美は横に寄り添い、黙って待った。

すると、二人の駅員が大きな看板を両側から支えて現れ、改札の横に立てかけた。信越線が架線事故で停まっていると知らせるためのものだった。

尚美はスマホでニュースを検索した。十二時三十分ごろ、信越線の長鳥駅付近で架線が切れ、上下線ともにストップしている。復旧の目処は立っていない。どのニュースサイトもまだ短い記事しか載っていなかった。

先崎が横でスマホを取り出し、メールを読み始めた。

「見てくれ。タンクコンテナの状況が確認できた」

尚美にもメールの文面を見せてくれた。青森で活動するメンバーが、Kからもたらされた情報をもとにコンビニへ走り、防犯カメラの映像を見せてもらったのだった。Kと同じ新聞社の記者と偽れば、相手は素直に信じてくれたと思われる。

『大型トレーラーによる輸送で18個。タンクはカーキ色のシートで覆われている。長さは

20フィートコンテナと同じ。映像が入手できたら、直ちに送る』

どうやら店のオーナーに交渉中のようだ。新聞記者と信じてくれれば、コンビニ本社の認可も下りるかもしれない。

「予想どおりだよ。コンテナの中身はかなりしぼられてきたと言っていい。安全策を取るなら、名古屋の先だ。急ごう」

先崎が言い、券売機へと歩きだした。

安全策を採った場合、なぜ名古屋の先になるのか。今すぐ問いたい気持ちを抑えて、尚美は後ろについて歩いた。新幹線のチケットを二枚買うと、一枚を尚美に渡してくれた。予想に反して名古屋ではなく、新大阪行きだった。

発車メロディーの鳴り響くホームへ上がり、博多行きの〝のぞみ〟37便に乗った。自由席を探しには行かず、再び先崎はデッキに立ってスマホで何かを調べ始めた。

「どういうことだ……。先手を打たれたのかもな」

舌打ちとともに首がひねられた。

尚美が目で尋ねると、スマホの画面を向けられた。どこかのサイトの掲示板のようだ。細かい文字がびっしりと並ぶ。

「鉄道ファンが集まるサイトのいくつかに、情報を寄せてほしい、と書きこんでおいた。東青森駅から今朝早くに十八個のタンクコンテナを積んだ臨時の貨物列車が出発した。見かけた人は教えてくれ、と。そうしたら、これだよ」

先崎がささやきながら、ある書きこみ欄を指で示した。

『珍しく秋田臨海鉄道にタンク車が走ってました。きっとその臨時列車ですね』

『ぼくも今朝、土崎駅のホームで見ました。長い編成でした』

「おかしいと思わないか。ホームで見たと書いておきながら、鉄オタが写真を撮らずにすますなんて、信じられない行動だよな」

先崎はスマホを引き寄せると、指をすべらせて文章を打ち始めた。写真をなぜ撮らなかったのか、と訊くつもりなのだ。

「たぶん誰かが気づいたんだろうな。例の臨時列車を探そうとする者がいる、と。その証拠に、この書きこみがあった時間は、信越線がストップした十分後だからね」

何者かが臨時列車を停める目的で、架線を切ったのではないか。そう考えたＪＲ貨物の社員が、鉄道ファンのサイトをチェックしたわけか。

いいや、違う。尚美は思い直した。ＪＲ貨物の社員ではないだろう。そこまで機転の利く者がいるとは思いにくい。警察にはサイバー対策班があったはずなので、列車のスタートとともに掲示板を監視していたに違いなかった。

「もしかすると、例の貨物列車には警察関係者も乗っているんじゃないでしょうか」

「ぼくも同じ意見だ。単なる輸送ではないから、県警があの周囲の道路に規制をかけて、臨時列車に警戒の目を光らせていた」

「核燃料の輸送には、いつも警察が協力していましたよね」

「いくら警察でも、ファンサイトを閉鎖はできない。もっと情報を書きこんで、鉄オタだけじゃなく、多くのメディアにも知らせてやったほうがいい」

新聞社やテレビ局は、読者や視聴者から情報を寄せてもらうためのサイトを持っている。そこにも不可解な臨時列車の情報をアップしていく気だった。

「走り出した列車は、必ず目的地まで向かうしかない。機関車をふくめて二十両近い編成の貨物列車を、途中で隠すなんて、絶対に不可能だからね」

輸送船を使うのでは、人目につく。反原発グループのいくつかが、核燃料運搬船の動きを監視している。その目を欺《あざむ》くためにも、彼らはJR貨物を輸送手段に選んだ。それほど隠密裏に、急いで大量の何かを運ぶ必要があったのだ。

「架線の修復には時間がかかるから、信越線はしばらく通れなくなる。列車を停めたくない場合の選択肢は、否が応でも上越線に向かうしかないはずだ」

デッキに立つ乗客は二人のほかにいなかったが、先崎が耳打ちするように言い、ザックからまた貨物時刻表を取り出した。貨物取扱駅コード図表のページを開いた。東海地方の路線図とコンテナ貨物の取扱駅が表示されている。

「ほら。これを見れば、ぼくらが名古屋へ向かっている理由がわかるだろ」

言われて東海地方の略図を見つめた。

東西を結ぶ路線が三本、上下にブルーの線で描かれている。ひとつが日本海に沿って走る北陸線。その南には、本州の真ん中を通る中央線がある。残るもう一本が太平洋側の東海道線だ。

例の臨時列車は上越線を経由して西を目指すしかなくなっている。つまり、中央線か東海道線を必ず通るはずだ。

その両線は——名古屋駅で合流する。

「どのルートを通ろうと、必ず名古屋を通過する……」

「そのとおりだよ。当初は東青森から日本海ルートへ向かったことから見て、琵琶湖を越えて西へ向かっていると推測できる。つまり、名古屋で待っていれば、この時刻表に出ていない貨物列車が、必ずぼくらの前を通りすぎていく」

その列車を停めて、真実を自分たちの手で暴き、世に知らしめる……。

わざわざ石油備蓄センターをカモフラージュに使って搬出し、JR貨物で輸送にかかる。時を同じくして、仲間の一人と連絡ができなくなった。どう見ても今回の輸送には不可解な点が多すぎる。

連中はまた何かを隠蔽しようと企てたのだ。メディアは政府の発表を鵜呑みにするばかりで、機能不全におちいっている。国民は何も知らされず、電力料金の名の下に天文学的な原発マネーを奪われ、一部の関係者へとばらまかれていく。明日を生きる子どもたちのためにも、誰かがやらねばならなかった。

計画を実行に移せば、罪に問われる。けれど、裁判の場で彼らの罪を訴えられるし、自分らの動機も堂々と表明できる。怖れることは何もなかった。必ず多くの人々の賛同を得られる行為だとの確信がある。

「出発時刻から計算すると、幸いにも臨時列車が名古屋を通過するのは夜になってからだ。ぼくらには充分、準備のための時間がある」

先崎の脳裏には、もう計画ができているのだ。

彼についていけば間違いは絶対にない、と信じられた。

21

フォーナインのスピードがさらに落ちた。時速四十キロも出ていない。

この時間帯、南長岡駅には新潟行きの貨物列車が停まっている。その間にフォーナインが入線し、下り便の出発を待つ予定だが、警官隊を乗せる準備があるため、時間調整をしているのだ。

井澄は高崎機関区の指令室に電話を入れ、打ち合わせを進めた。その途中で、森安参事官が近寄り、小声でささやいてきた。

「しつこいようですが、停車時間は可能な限り短くしろと、うちの幹部からまた指示がきました。南長岡駅も了解ずみですよね。貨物列車はただでさえ目立ちます。今回は防水シートをかぶせてあるので、ほかの列車と見た目がかなり違っています」

言葉遣いは丁寧でも、威圧的な目で迫られた。井澄は仕方なく高崎との連絡を打ち切り、あらためて南長岡駅の担当指令に電話を入れた。

「東京から急に連絡がきて、驚いてたところです。どうしてルートまで変更しなきゃならないんでしょうか」

「各方面からの要請だとしか今は言えません。あとで星村本部長に必ず文句を言っておきますから、早急に準備を進めてください」

「無茶を言わないでくださいよ。宮内《みやうち》駅から先の信越線はストップしても、新潟までは折り返しの運転が決まったんです。うちには上越線経由の新潟行きが、もう間もなく入ってくるんです。そのうえ折り返しの便も通っていくんですよ」

「五分だけでも都合をつけてください。どこの仕分線でもかまいません。早急に新潟の担当と話をつけていただけませんか。本社からも駅長に話がいっているはずです」

突発的な事故が起きたうえに、臨時列車が入線してくる。冬場の雪による遅延には慣れていても、南長岡駅にとっては降って湧いたような災難と言える。何としても乗り切ってもらわねば困るのだ。

幸いにも、南長岡駅で交代する運転士の松岡英治《えいじ》は中堅のエースと言える男で、上越線の運行経験も豊富にあった。この先の運転に支障はない。

連絡が徹底されていなかったことへの苦情をかねて東京へ電話を入れると、星村からも停車時間を短くしろとの注文がまず出された。

「こっちも混乱してる。大きな声じゃ言えないが、警察庁の幹部がすぐ後ろで目を光らせてるんだ。駅長には話を通したんで、運転士の交代は二分ですませてくれ。トイレ休憩の時間は取れそうもない」

「警官と自衛官はもう南長岡に到着したんですね」

「自衛隊のほうは無理だと判断された。その代わりに、ヘリコプターで上空から警備の目を光らせてくれる。いざとなったら、おかしなドローンも体当たりで撃墜してくれるさ」

「待ってください。そんな目立つことして大丈夫なんでしょうか」

貨物列車の上空をずっと自衛隊のヘリがついて回れば、その下にフォーナインが走っていると相手に教えるようなものだった。ダミーの列車を編成できても、無駄になりかねない。

「そこは向こうも考えてるみたいだ。ずっとついて回るんじゃなく、遠くから警戒するってことだろう。高崎操車場でも機動隊員の補充があるかもしれない。コンテナの中は狭いけど、よろしく頼む」

「何人が乗りこむ予定ですか」

「まだ連絡がきていない。手配できた者を乗せるしかないと言ってるんで、そう大人数じゃないことは確かだと思う」

「ダミーの件はどうなりましたか」

「警察庁から正式にリクエストが出されたんで、運輸部と車両部で動きだしたところだ。おまえは心配しないで、この先に備えてくれ」

「ひとまずは了解です」

ダミーの運行を決断するのだから、テロへの警戒度はかなり高い。なぜ自衛隊の車両で運ばなかったのか、と腹立たしさと焦りが胸を焦がす。

「今こっちで上越線に入ってからの運行計画を練り直してる。武蔵野貨物線を経由したほうがダイヤにゆとりがあるんで、JR東にも迷惑はかけずにすむと思う」

本社は今、火のついたような騒ぎになっているだろう。変更になったルート上で運転士の手配に動き、JR各社のダイヤを見直してフォーナインの通過時刻を見積もったうえで許可をもらい、各機関区に伝達していくのだ。

当然、積み荷は何かとの質問が各所から出る。が、社長案件の緊急便で押し通すしかないのだから、タフな折衝《せっしょう》になる。さらにダミー列車の手配も進めねばならなかった。

「たった今、警察官が南長岡に到着した。新潟県警の六人が乗りこむ。彼らは高崎で交代するそうだ」

ＪＲと同じで、警察にも管轄がある。新潟県警の警察官を急いで手配はしたが、県境を越えての警備活動は難しいのだろう。

だが、サミットなどの国際会議が開かれる際は、全国から人員が集められる。何らかの手続きが必要で、警察庁が各県警と話を進めている最中かもしれない。

「松岡君の了承はもらえたんですね」

「まったく問題なかった。ただし、積み荷が何かは、しつこく訊かれた。特殊な燃料とだけは伝えてある」

フォーナインの貨車を覆うシートの色から、彼なら予想はつけられる。自衛隊の訓練輸送は一部の鉄道ファンにも知られており、もうネットで話題が出ていてもおかしくはなかった。

「ファンサイトのほうは警察のサイバー対策班が動いているから、安心してくれと言われた。あとは頼む」

「フォーナイン、了解です」

窓の外に新幹線の高架が見えてきた。南長岡駅に近づいたのだ。

森安参事官はまだ電話を続けている。城山はメールの確認なのか、スマホを操作中だ。

依頼主とされた防衛装備庁の課長補佐だけが身の置きどころをなくしたような不安まじりの目で二人を見ていた。

手の中でスマホが震えた。南長岡の担当指令からだった。

「コンテナホームに警官を案内したところです。総勢六名。四番線に入線です」

「了解しました」

井澄は付添人の三人に告げた。

「まもなく到着します。運転士の交代が終わり次第、出発しろとの指示ですので、ここから出ないでください」

「指示は受けています」

例によって城山が彼らを代表するように答えた。この男が本当の依頼主ではないのか。疑念を覚えながらも、井澄は言った。

「森安参事官。わたしは機関車の運転室に移ります。警察官が乗りこんだら、ドアの鍵をお願いできますでしょうか」

呼びかけた相手は森安なのに、誰よりも城山が目を見張り、意外そうな表情になった。

細い眉が寄せられる。

「どういうことですか」

「先ほども言いましたように、運転士の手配が間に合わなかった場合、高崎から新鶴見まで、わたしが運転します。その打ち合わせを、南長岡から乗る運転士や高崎機関区の者としておく必要があるんです。この機関車に特有の癖はないか、路線での注意点なども教えてもらわないといけません」

城山の目が忙《せわ》しなくまたたかれた。わずかに視線を外し、思案げな顔になる。こちらの真意を探っていると思えた。

井澄は努めて平静を装った。彼らのほかに六名もの警察官がこのコンテナに乗りこんでくる。その目と耳があったのでは、本社と連絡を取り合う際、自由な意見を言いにくくなる。さらには、新聞記者と名乗った女性から電話が入った件も気になっていた。

城山が森安へと視線を振った。言葉は交わされなかったが、意思の疎通はできたらしく、森安が井澄を見つめてきた。

「お二人に何かあると困るので、わたしが機関車に同乗させてもらいます」

彼らは明らかに井澄の意図を深読みしたのだ。自分たちに隠れて外部と連絡を取りたがっている、と。間違いなく彼らは、フォーナインの情報を外部に洩らされてはまずい、と考えている。

「そうしていただけると、我々も安心して運転に専念できます。お願いできますでしょうか」

心にもない言葉を口にすると、城山たちが意外そうな目を返してきた。

警察官僚の森安は、井澄たち乗務員を監視する役目も担っていたと見える。テロへの警戒心も並々ならず、単なる訓練輸送ではないとの確信がさらに固まっていく。

十三時十六分、フォーナインは予定より十二分遅れて、南長岡駅の着発線に入線した。窓から外を見ると、コンテナホームの広々とした敷地が右手前方に見えている。

井澄はドア横に立った。この測定コンテナを出ても、森安が機関車に同乗する。計算外だったが、どこかで彼らの目を欺き、電話をかけてきた記者に連絡を取れないものか。

彼女の正体はまだ不明だ。架線を切った一味、との見方もできるが、少なくとも真実を聞かされてこなかった井澄たちより、手がかりと言えそうなものをつかんだから電話をかけてきたとも思えるのだ。

フォーナインが着発線をゆっくり進んでいく。入れ替わるように、新潟行きの貨物便が下り本線へ戻っていった。

井澄は先にコンテナのドアを開け、貨車の端へ身を乗り出した。隣のコンテナホームに駅職員と警察官が待っていた。

連結器が金属音を発しながら、フォーナインがゆっくりと停車する。駅職員が最初に進み出て、先頭貨車へ走ってきた。

井澄はタラップを蹴り、砕石の上へ飛び降りた。待っていた警官のうち、二人は私服で、残る制服組は手に物々しい金属製の盾を持っていた。森安がコンテナから出て合図を送ると、六人の警官が貨車へ走りだした。

井澄は素早く駅構内に視線をめぐらせた。周囲にはコンテナが山積みにされ、大型トラックも停車している。人が身を隠せそうな場所は多いが、すでに辺りは新潟県警が隈《くま》無く見回ってくれたはずだ。

機関車のドアが開き、三条運転士が降りてきた。鞄を手にした松岡が進み、引き継ぎに取りかかる。こちらを振り向いた二人に、井澄は走り寄った。

「お疲れ様。もう聞いてると思うが、二分で発車になる。準備を急いでほしい」

短く挨拶を交わすと、松岡運転士が見るからに緊張感を漂わせた顔でうなずき、タラップへ足をかけた。

ここで任務を終える三条運転士にねぎらいの言葉をかけ、井澄も続いてタラップを上がった。久しぶりの運転台が出迎えてくれる。懐かしくもあるが、今は思い出にひたるような時間はなかった。

機関車の運転台は、原則として左側にある。鉄道も左側通行なので、線路脇の信号に近いサイドだからだ。

ドア前から外をのぞくと、森安が六人の警官を測定コンテナへ誘導していた。男たちが無言で列をなして次々と貨車へ上がっていく。

「すまない。おれと一緒に警察庁の参事官も警備のため乗ることになった」

運転台に着いた松岡には、知らせが届いていなかったらしい。井澄の後ろからタラップを上がってきた森安を見て、わずかに身を引くような動きを見せた。

「警備に万全を期すためだ。この先で進路妨害を企てる者がいたら困るだろ」

「お邪魔はしません。この辺りに立たせてもらいます。気にせず、運転に専念してください」

森安は奥へ進み、反対側の窓に身を寄せて姿勢を正した。井澄たちより体格がよく、目つきも鋭いので、急に辺りが狭くなったように感じられる。

井澄はドアを閉めると、驚く松岡の横に戻った。通常はブレーキハンドルの脇に行路表を置くのだが、ルートが変更になったため、台の上は空のままだ。

速度や通過予定時刻などの指示は、そのつど機関区の指令室から伝えられる。事故が起きてダイヤが大幅に変わった時も、各指令室からの指示どおりに列車を走らせていくが、今回は発車から到着まですべて、指示を仰いだうえでの運転になる。

「総員、乗りこみました。測定コンテナのロックも確認完了」

森安がスマホを握り、車掌ばりに窓から後ろを見ながら報告してきた。井澄も壁にかかる列車無線の受話器を手に取った。

「こちら、フォーナイン運転台。交代完了、準備できました」

「こちら南長岡指令。進行信号、青点灯」

「信号、青点灯」

井澄は指示を復唱して、運転席の松岡に告げた。

「点灯、確認。出発します。――マスコン、オン」

松岡も声にして、右手で握ったマスターコントローラーを手前に引いた。車体が大きく身を震わせた。八基の大型モーターが唸《うな》りを上げ、千トンを超える積み荷と貨車を引いてフォーナインがゆっくりと動きだす。

車輪の回転音に続いて、レールの継ぎ目を越える音と振動が続き、列車がスピードを上げていく。本線へ戻るまでは転轍機《てんてつき》（ポイント）をいくつも越えていくため、時速は二十キロに抑えて走る。

上り本線の先の信号も、青。

横で森安が前方と左右に何度も視線を振っている。南長岡駅は住宅地に隣接するが、土曜日の午後とあってか、線路脇の路上に人影は見当たらない。こちらを監視するような車も停まってはいない。

「こちらフォーナイン、ただ今本線に戻りました」

「南長岡指令、了解。上越線まで時速五十キロを保て」

「時速五十。フォーナイン、了解です」

22

仙台から東京まで一時間半。時刻はすでに午後二時をすぎていた。

急いで列車を降りて、新幹線の乗り換え口へ走った。すると、手を振る男の姿に気づき、佐貴子は泡を食って足を止めた。

「いやあ、どうにか間に合ったよ。社の車を借りてきたんだ。さあ、急ごうか」

してやったりの笑顔で声をかけられた。

つい先ほどの電話では、席をぬけられるかどうかわからないと言ったくせに、もしかすると最初から佐貴子を驚かせる魂胆を秘めていたのか。

佐貴子は急ごしらえの無表情を取り繕って、岩田康三《こうぞう》の前へ足を速めた。こちらの表情を見るや、彼は苦笑とともに歩み寄ってきた。

「元気そうじゃないか。青森で頑張ってるみたいだな。一人で東京への取材を任されるんだから、支局長に信頼されてる証拠だよな、うん」

「支局長には無断で来た」

「じゃあ、仙台総局から直々に指示されたのかな?」

「そっちも関係なし。まったくの独断」

横を歩きながら、岩田は大げさに天を見上げてみせた。一年前と変わらず、気障《きざ》なポーズを作りたがる。外見だけでなく、仕事ぶりや性格まで、人にどう見られるかを絶えず意識している男なのだった。

「おいおい。何か上に睨まれる理由があるのか」

「だから言ったでしょ。知り合いの研究者を紹介してくれるだけでいいって」

八重洲中央口を目指して歩きだすと、急に岩田が佐貴子の左ひじをつかんできた。

「こっちだよ。車は丸の内側に停めたんだ。Uターンしてくれ」

佐貴子は踵《きびす》を返し、正面から岩田の顔を見上げて言った。

「最初に言っておく。すでに青森県警からは、おかしな取材はやめろと言わんばかりの忠告を受けたし、同僚を名指しして話を聞きたいとも言われたんで、支局長は及び腰になってる。あなたにも迷惑がかかるかもしれない」

喧嘩腰に言い放つと、岩田は微苦笑を浮かべて一歩退き、また大げさに両手を広げてみせた。

「ますます興味がわいてきたよ。君のほうから連絡してくるんだから、よっぽどの理由があるんだろうと想像はしてたんだ。詳しい話を車の中で聞かせてくれ。さあ、急ごうじゃないか」

岩田はまた佐貴子のひじをつかむと強引に歩きだした。こうやってすぐ、ぬくぬくと自分のペースに巻きこもうとするところも変わっていない。

今は一刻も早く原発に詳しい識者から話を聞きたかった。そう自分を納得させて歩きだしたが、岩田の手はしっかりと振り払わせてもらった。それでも顔色を変えた様子もなく、佐貴子の少し前を歩き、器用に人ごみをかき分けていく。

タクシー乗り場の先に、黒塗りのハイヤーが待っていた。本社への栄転をつかみ、こういう高級車を自在に使える立場になったのだから、羨ましい限りだ。

「東大工学部と並んで、原子力研究の分野では定評のある私大の准教授が協力してくれる。——運転手さん、例の研究センターへお願いします」

岩田は後部座席へ収まりながら運転手に告げると、得意そうに微笑んだ。

「ぼくも最初に言わせてもらうけど、そうやっていつもの喧嘩腰で取材を進めたりはしないでくれよ。いろいろ手をつくして人脈を築き上げてるところなんだ。一からやり直しはごめんだからね」

ジョーク半分ながらも、出鼻をくじいておこうという意図が感じられた。佐貴子は涼しい顔で席に収まり、フロントガラスへ向けて言った。

「そんなに心配なら、この車の中で待っててもらってもいいんだけど」

「ああ、大いに心配だよ。だから当然、ぼくも同席させてもらう」

君には保護者が必要だとばかりに、また余裕の笑みを向けてきた。

車は首都高速に上がり、昼下がりの東京の景色が窓の外を流れていく。

「わたしは誰にでも嚙みつく趣味があるわけじゃない。優柔不断なくせに外面ばかり気取りたがる人が嫌いなだけ」

本音をぶつけると、岩田は聞こえなかったような顔で、見慣れた東京の街に目を向けていた。

「同席するなら好きにして。ただし、お願いだからわたしの質問の腰を折るような発言はひかえてちょうだい。人前でのみっともない罵《のの》り合いは、もうたくさんだから」

「了解した。ぼくは仲裁役に徹することにしよう」

端から紹介した相手に嚙みつくものと、決めつけていた。もっとも電話をかけた時の勢いから、昔の仕事ぶりを知る岩田が危惧を抱いたとしても仕方はなかったろう。

「正義感に燃える君が血相変えて取材に飛んでくるんだから、青森で名をはせるサイクル施設に関連する話だよな。けど、独断で新幹線に飛び乗るとは、ちょっと穏やかじゃない。ヒントぐらい教えてくれよ」

猫なで声を使われようと、毅然《きぜん》とした態度を取るまでだった。

「とにかく黙って見ててくれない」

「そうか。ファイティングポーズを崩さないつもりなら、仕方ない」

岩田が背を向けるようにして窓へと身を寄せた。その手にはスマホが握られている。

「──あ、もしもし。東京本社科学部の岩田ですが、支局長さんは本日いらっしゃいますでしょうか」

ぬけぬけと真横で支局に電話を入れ始めた。ひじ鉄を食らわしてやったが、岩田はさらに背を丸めてガードを固めにかかった。

「……ええ、そうなんですよ。仙台時代に一緒だった都倉君から、非常に面白い話を聞きましてね。本社でもちょっと動こうかという話が出ています」

今度はスニーカーの踵《かかと》で足先を踏んでやった。が、岩田は頑として電話をやめようとしない。彼にも少しは意地と記者魂の欠片《かけら》ぐらいはあるようだった。

「……ほうほう、興味深い話ですね。なるほど、警察が介入してくるなんて、確かにおかしいですね。……いえ、もちろん青森支局に優先権があると思いますから、我々は彼女に手を貸すだけにしておきましょう。──はい、何かありましたら、またご連絡を差し上げます。では」

昔から口のうまさはピカイチだった。今も耳触りのいい言葉を並べ立て、夏目支局長の口を割らせることに成功したらしい。

「おい、支局長は協力的だったぞ」

電話を切るなり、横目で見つめてきた。

佐貴子は視線をそらすために窓の外を見ながら言った。

「何言ってんの。本社から電話がきたから、さも理解あるような振りをしてみせたに決まってるでしょ。もしかしたら本当に特ダネかも。だったら、自分も警察に対抗心を持ってるって見せとかないと、すべて部下の手柄になりかねない。そう知恵を働かせたわけ。瞬時に態度を変えるのは、中間管理職の得意技だから」

「君の人物評価は、少し厳しすぎやしないだろうか」

言外に、自分への評価もふくまれる、と匂わせていた。その手に乗るものかと、佐貴子は無言を通した。

「言っておくが、ぼくは君の手柄を奪おうなんて、これっぽっちも考えちゃいない。だから、何をどこまで嗅ぎつけたのか、教えてくれ。君に手を貸したいと本気で思ってるんだ。一緒に被災地を走り回った仲間の一人として、だ」

本当に口のうまい男だ。二人でともにした時間の長さをあらためて思い出させるとは、卑怯な手でもあった。

「原発に詳しい研究者から話を聞きたい。つまり君は、今朝早くに青森を出発したという貨物列車が、サイクル施設と深い関係がある。そう疑って取材に動いてるわけだよな」

どうすべきか、少し迷った。言葉を選んでいると、岩田が体を寄せてきた。

「なあ、ひとつ訊いていいかい」

「何?」

「東青森駅から出発したその貨物列車は、どこへ向かったんだろうか」

「だから、それも調べてるんでしょうが」

「新幹線で東京へ来たってことは、東北線や常磐《じょうばん》線を経由して、こっちに向かったのかな」

それが問題だと、まるでハムレットでも気取るつもりなのか、大仰に低い天井を見上げてみせた。

「地図を思い浮かべてみて。サイクル施設が関係してて、東京方面へ向かうなら、圧倒的に八戸のほうが近いじゃない」

「おい。じゃあ、日本海沿いを南下してるってわけなのか」

今にもまた腕をつかんできそうな勢いで、顔を近づけてきた。

「まず間違いないでしょ。安いボーナス全額賭けてもいいぐらい」

「だったら、ちょっと問題だぞ」

話の先が見えず、佐貴子は身を引いた。もったいつけたがるうえ、大げさな話し方をするので、もどかしいにもほどがある。

「気づいてないのか、君は」

「だから、何？」

「新幹線の乗り換え口にも看板が出てたじゃないか」

岩田の出迎えに驚いたこともあって、乗り換え口に看板があったことなど気づかなかった。

「お昼ごろから信越線が、上下線ともストップしてる。架線事故が起きたらしい」

このタイミングで事故が……。

佐貴子は北陸の地図を思い浮かべた。信越線は新潟と直江津《なおえつ》を結んでいたのではなかったか。

臨時列車の目的地はわかっていない。が、日本海沿いのルートを進んでいると思われる。もし信越線を走っていたとすれば、その先で架線事故が起きたことになる。

「まさか、何者かが架線を――」

「事故じゃないって言いたいのか」

鼓動が高まり、息が苦しくなった。木月が情報を仕入れていた相手は、反原発グループだった可能性が高い。しかも、タンクコンテナの形状を木月に確認してきたのだ。

臨時列車が何を運んでいるか、彼らグループは強い関心を持ったと思われる。わざわざ備蓄センターをカモフラージュに利用して搬出したのだから、外部に知られたくない輸送なのだ。事実を暴き出すためには、列車を停めるしかない。そう考える者が架線を切るという実力行使に出たのではないか。

佐貴子はスマホを握り、木月に電話を入れた。

「どうしたんだよ、急に」

岩田がまた身を寄せてきたが、佐貴子はスマホを耳に押し当てた。警察からの接触を怖れて電源を切っているかもしれない。

幸いにも、コール音が鳴った。が、途中で切れて、留守電機能につながった。もどかしいメッセージを聞き流し、木月のために言った。

「もしもし、信越線が架線事故で停まってる。君の知り合いが停めたんじゃないでしょうね」

「おい、誰にかけてるんだ」

岩田が事態を察して声を上擦《うわず》らせた。佐貴子は留守電への呼びかけを続ける。

「覚悟を決めて、今すぐ警察にすべてを伝えなさい。君の将来がふいになる。正直に言えば、一味じゃなかったと絶対に信じてもらえる。この伝言を聞いたら、すぐ警察に相談しなさい、必ずだからね」

警察と聞いたとたん、正直なまでにも岩田が身を引いた。

佐貴子は通話を終えて、言った。

「つまり、こういうこと」

それでも手を貸してくれるなら一緒にどうぞ、と視線をぶつける。

悩ましげに表情を曇らせた岩田が、長い髪をかき上げてから、佐貴子を見つめ直して微笑んだ。

「なかなか面白そうな話じゃないか」

23

午後三時十一分。のぞみは名古屋駅に到着した。尚美は先崎に続いて小走りにホームへ出た。

「仲間が外で待ってくれてる」

メールをチェックした先崎が足を速め、階段を駆けるように下りていった。いつも冷静な彼にしては珍しくも気が急いていた。

改札を出ると、太閤《たいこう》通り口から駅を出て右へ向かった。バス乗り場が並ぶ先に一台の白い車が待っていた。ナンバープレートからレンタカーだとわかる。

先崎は足早に近づくと、ドアを開けて後部シートに収まりながら、手を差し出してきた。その手を握り、尚美も車内に身をすべりこませた。

「早かったじゃないか、二人とも」

「京都から三十五分だからね。わけはないよ。声をかけてくれて嬉しかった」

運転席の男が振り向き、尚美たちに言った。嬉しいと言いながらも頬に笑みはない。病的に見えるほど痩せぎすで、歳は四十すぎだろう。

「君の予想が当たっていそうだよな。やつらはまた悪質な隠蔽工作を始めたとしか思えない」

助手席の男が言って、最後に尚美を見てうなずいてきた。こちらは小太りで色が白い。

四十歳にはなっていないだろう。ともに初めて見る男だった。

「ここは目立つ。とにかく出よう」

先崎の指示に、運転席の男が素早く身を戻して車を出した。

二人は京都から新幹線で来たと思われる。おそらく福井県の大飯《おおい》か高浜の原発を監視する役目を担う者らだ。

「彼のお兄さんは発電所の下請けで長く働き、週に二十五時間もの残業を強いられたうえ、その帰りに交通事故で亡くなった。電力会社はいまだ責任逃れを続けてる」

先崎が運転席の男を見ながら耳打ちしてきた。助手席の男に視線を移して続ける。

「彼のお子さんは避難先の小学校でいじめを受けて、今も不登校だ」

「もうやめようよ、先崎君。個人的な動機だけで、おれたちは原発に恨みを抱いてるわけじゃない。取り返しのつかない事故は二度と起こしてはならないから、みんな信念を持って監視の目をそそいでるんだ」

「そのとおりだった、谷中《たになか》さん。ぼくが余計なことを言った。申し訳ない。樺島《かばしま》さんも、どうか気を悪くしないでほしい」

運転席の樺島が短く首を振り、助手席の谷中が手のスマホに目を落として言った。

「上村《うえむら》君から早速、報告が来てる。一時間待っても、それらしき貨物列車は南長岡駅に到着しなかったそうだ」

彼の言う上村とは、柏崎刈羽原発の近くに住むメンバーのことだ。彼らの指示を受けて、架線に障害物を接触させて信越線をストップさせ、同時に仲間が南長岡駅へ向かって貨物列車の到着を待ち受けたのだ。が、残念なことに空振りだったらしい。

「この時間になっても、まだ南長岡駅に来ないとは不自然すぎる」

先崎が腕時計に目をやると、運転席の樺島が応じた。

「どこか途中で停車したままか。でなければ、もう通過したか」

「すでに昨日から竹岡君と連絡が取れなくなってるからね。こちらの読みどおりに彼が拘束されたとなれば、悠長に復旧を待ってるはずはないと思う」

あごの先をつまみながら先崎が思案する。

小太りの谷中が振り向いてうなずいた。

「その見方におれも賛成だ。彼らはルートを変えたんだよ。上越線を経由して西へ向かったに違いない。その確認を取るためにも、次の手を打つべきだな」

臨時列車の目的地は西日本方面だと先崎は読んでいた。けれど、上越線を通った場合、名古屋まではふたつのルートが考えられる。

「次は静岡ですね。浜岡の仲間に頼んでみましょう」

浜岡原発は今、再稼働の申請中だ。先崎の言葉を受けて、谷中が手のスマホをタップし始める。

「彼には確認だけを頼んでください」

先崎が静かに指示を伝えた。貨物の時刻表を見たところ、中央線を通る定期列車は普段から多く設定されてはいなかった。ＪＲ貨物の乗務員基地も、塩尻にしか置かれていない。それに比べて東海道線を走る列車は何本もあり、乗務員基地も大井に新鶴見、静岡、愛知と、手厚い態勢が整えられていた。急にルートを変更した場合でも、こちらのほうが対応はできそうに思えるのだ。

「若狭湾が目的地だという可能性はないでしょうかね」

運転席の樺島が新たな疑問を口にした。

先崎が腕を組んだのち、片手であごを撫でながら言った。

「考えられなくはないでしょうね。実は尚美君も似た指摘をしてくれました。サイクル施設には使用済み燃料の貯蔵施設がある。そこで何か異常事態が発生して、原発に核燃料を戻すしかなくなった。その突発的な何かを隠すため、秘密裏の輸送が行われた」

即座に樺島がバックミラーから目を向けてくる。

「もし何かが起きたとなれば、大っぴらに輸送船を使いたくはないでしょうからね」

使用済み核燃料の専用輸送船は通常、各原発からサイクル施設のある青森へ航行する。荷物を積んだ輸送船が逆ルートで運航されたとなれば、嫌でも関係者の間で話題になる。船を使って秘密裏に輸送するのは難しい。

「たとえ目的地が若狭湾でも、東海道線を経由して、敦賀《つるが》には到着できる。我々の前を必ず列車は通るはずですよ」

先崎の言葉を受けて、尚美は貨物時刻表の五十六ページを開いた。名古屋と若狭湾のふくまれた地図が出ている。

滋賀の米原駅まで東海道線で行き、そこから北陸本線を北上すれば、若狭湾に近い敦賀駅に到着できる。

「待ってください。ちょっと違うかもしれません」

尚美は地図の記号に気づいて言った。

先崎が指摘した敦賀駅は、コンテナを取り扱う駅ではなかった。北陸線をさらに東へ進んだ南福井駅まで行かなければ、タンクコンテナの積み降ろしはできないのだ。

尚美はさらに時刻表のページをめくった。日本海縦貫線の下り線を端から見ていく。

「敦賀から南福井までは五十キロも離れています。時刻表を見ると、おおよそ列車で五十分近くはかかる距離のようです」

「その点は確認ずみだ。なので、目的地はまず若狭湾じゃない」

先崎が驚いた様子もなく言い、笑みを返してきた。

「その証拠らしきものもある。いまだ鉄道オタクのサイトには、彼らが慌てて書きこんだとしか思えない情報が次々とアップされている」

「本当ですか」

樺島に問われて、先崎がスマホの画面をスライドさせながら読み上げた。

「ぼくは秋田駅で見かけました。トラベルムックで特集されてた自衛隊の訓練輸送に間違いありません。それなら、わたしも見かけました。北海道から九州まで、装甲車とかを貨物列車で運ぶんですよね。こういう似た情報が、なぜか信越線がストップしたタイミングでやたらと書きこまれている」

「備蓄センターの次は、自衛隊をカモフラージュに使う気だな。どこまで偽の情報を流す気なんだか……」

樺島が言って、ハンドルを悔しげにたたきつけた。

先崎がなだめるように運転席のシートに手をかけて言った。

「彼らもそれだけ必死なんですよ。つまり——偽の情報を流してでも、隠しておきたい突発事態が発生した。この見立てに狂いはないでしょうね」

またも隠蔽なのだ。絶対に許してはならない。

尚美は新たな決意を胸に刻みつけた。

24

臨時に六人の警察官を乗せたフォーナインは、新幹線の高架を左に見ながら速度を上げた。左右に田園風景が開けてくると通常はスピードを上げるが、指示どおりに五十キロを保って走る。

高崎操車場までの上越線は、土曜日なのでダイヤは混み合っていない。指示された速度を保てば、上下の定期列車をやりすごすことはできた。

「井澄さん。やはり液体とは思いにくい感触ですね」

発車から五分も経たず、松岡運転士が緊張気味に目を向けてきた。

井澄は横に立つ森安参事官を見てから言った。

「新型のタンクコンテナだそうだ。中の燃料が揺れないように設計されたと聞いている」

「では、今後もうちで自衛隊の燃料を輸送していくことになるんでしょうか」

「どうかな。今回の輸送に問題がなければ、得意先がひとつ増えるのかもしれない」

「もし正式に決まったとしても、あまり大っぴらに宣伝はしてほしくないですね」

「どうしてだ」

「家族が心配します。自衛官や警察官が警備のために同乗するほど危険な荷物を輸送するなんて、とてもわたしは妻と娘に言えません」

同乗する警察官僚を意識したと見えて、松岡はあえて声を張るように言った。

「お言葉を返すようですが、通常の石油輸送も同じ危険がつきまとうとは言えないでしょうか」

対抗意識からの発言とは聞こえなかった。素朴な疑問だと言いたげに、森安が遠慮がちに井澄たちを見回してきた。

「まったく違うと言えるでしょうね」

直ちに松岡が反論した。気骨のある男として機関区でも知られていた。警察官僚に挑むような目を送りながら言った。

「うちが有する機関車は、貨車との間に発電機や電力変換装置を載せています。だから、たとえタンクが爆発炎上する事態になっても、運転士はまず安全なんです」

「ですけど、沿線にはとてつもない被害が及びますよ」

「当たり前じゃないですか。そんなことを言ったら、タンクローリーでの輸送も、事故に見舞われたら、周囲にとてつもない迷惑をかけてしまう」

「そのとおりでしょうね。タンクローリーのドライバーは危険を承知で任務を果たしてくれている。だから我々は、日本のどこにいても灯油やガソリンを利用でき、快適な暮らしを送れる。世の中には、危険と背中合わせでも、絶対に欠かすことのできない重要な任務があるんですよ」

我々警察官も同じ覚悟を持っている。そう森安は言いたかったのだろう。自衛官や消防士も危険と隣り合わせの仕事だった。

井澄はこれまで石油のタンクコンテナを幾度も輸送してきた。だが幸いにも、身に迫る危険を意識したことは、一度もなかった。可燃性の荷物なので慎重な運転が求められるものの、通常コンテナを積んだ列車の時も気楽に走らせていたわけではなく、いつも注意を怠らず仕事に臨《のぞ》んできた。

貨物列車に乗客を乗せるケースはまれだが、もし油断から事故を起こせば、JR各社はもちろん、その路線を利用する人々に多大な迷惑をかける。ゆえにJR貨物の社員はもれなく、すべての業務の基本となるのは安全だ、と徹底的に教育を受けている。鉄道各社はもちろん、バスやタクシーなどの交通機関も同じだ。それでも時に、事故は起きる。

「言いたいことはわかります。一般道路をタンクローリーが走っているのを見ても、差し迫った危険を感じる者はいないでしょう。でも、自衛隊の燃料だと聞けば、つい身構えてしまうものではないでしょうか。少なくともぼくは今、かなりの重圧を感じながら運転しています」

松岡が線路の先を見つめたまま、背筋を少し揺らしながら言った。

森安がうなずいて、さらに応じる。

「わかりますよ。でも、自衛隊は災害派遣で多大な貢献をしてくれている。多くの国民のため、力をつくし、汗を流してきている。そういう彼らに手を貸す仕事であれば、もっと誇っていいとは思えませんか」

「もちろん理解はしているつもりです。でも、自衛隊の燃料は、彼ら自身の手で責任を持って運ぶべきもののように思えてしまうんです」

もしかしたら実弾訓練に使用される燃料かもしれない。国を守るための訓練であるのは疑う余地はない。それでも抵抗感をぬぐえないのには、日本が過去の戦争で内外に多くの犠牲を出してきたことと関係がありそうに思えた。しかも今回は、本当に燃料なのかも疑わしい。

列車無線が次の指示を告げてきた。

「上越線に入ったら、六日町《むいかまち》駅まで時速七十キロを保ってください。小出《こいで》駅前の右カーブのみ、五十キロ制限は従来のとおりです」

「フォーナイン、了解しました」

分岐の手前に当たる宮内駅を通過した。信濃川の支流を越えた先で、上越線と分かれるのだった。

左手の進行信号は青。松岡が指さし確認をしながら周囲に視線を走らせる。時速五十キロを保ったまま、田畑の横をぬけて左へカーブしながら上越線へ入っていく。

「時速七十」

復唱しながらマスコンを引いて、七十キロの手前でオフにする。あとは惰行《だこう》運転と力行《りきこう》をくり返して速度を保つ。

越後滝谷《えちごたきや》駅を通過して、前方にトンネルが見えてきたところでスマホが震えた。本社の星村本部長からだった。

「残念な報告をしないといけなくなった。高崎から先は、わりと平坦地が続く。だからなのか、高崎機関区にスタンバイする運転士は二人とも、桃太郎ばかりで金太郎の経験がなかった」

とうに覚悟はしていた。近年、高崎線や東海道線は、平坦路線向けに開発されたＥＦ２１０形ＥＣＯ-ＰＯＷＥＲ桃太郎が使われている。その出力は、今フォーナインを牽引するＥＨ５００金太郎より低い。勾配路線用のＥＨ２００ブルーサンダーも走ってはいるが、たまたま待機の運転士に経験豊富なベテランがいなかったようだ。

「そこで、急いでブルーサンダーへつけ替える手も考えてみたが、間の悪いことに高崎操車場に今現在、留置されている車両がなかった。取り寄せている時間もない」

「了解です。手っ取り早く言ってください。要するに、わたしの運転が正式に決まったってことですよね」

「そうだ。働きづめで疲れてるのに、本当にすまない」

「安心してください。残業ばかり押しつけるブラック企業だなんて、決して労基署に訴え出たりはしませんん」

「本気で頼むぞ。もし監査が入ったら、おれと心中だからな」

冗談で返しながらも、声は驚くほどに沈んでいた。まだ悪い報告があるらしい。

「付添人から情報はいってるかな」

「いえ、何も聞いていません」

隣の森安参事官に目をやったが、表情を消すかのように黙りこんだままだった。彼らにとって、進んで報告したくなる話ではないのだろう。

「南長岡の上空に、不審なドローンが飛んでいたとの目撃情報が寄せられた」

掌《てのひら》に汗がにじみ出てくる。

このフォーナインを上空から見張ろうとする者がいたのだ。

「ただ幸いにもフォーナインが出発したあとのことで、すぐにドローンは見えなくなった。もう架線が切れたのは事故じゃない。こっちにいる関係者はすべて、そう確信してる。あとはおまえの腕に託すしかなくなった」

「ダミーの件はどうなりましたか」

星村からの返事が遅れた。

「……もちろん、その手配も進行中だ。とにかくおまえは、半年ぶりの運転に集中してくれ」

「できれば、もうひとつリクエストを出したいんですが」

「まだ何かあるのか」

可能かどうかは不明だった。長く運転士を務めてきたが、過去に同じ形態での運行をしたと噂にも聞いたことはなかった。

井澄は慎重に言葉を選び、新たに思いついた次の策を告げた。

25

栄王大学工学部のキャンパスは、多摩川緑地に近い住宅地の中にあった。

付近の住民は、この敷地内に原子力研究センターがあることをどこまで知っているのか。周囲は宅地なので実験炉があるとは考えにくく、あくまでデータ整理を行う研究施設なのだろう。

佐貴子は岩田に続いて古びた事務棟に入っていった。土曜日なので受付に人はおらず、内線電話で用件を告げると、奥から警備員が出てきて、通行証を手渡された。原子力の研究施設にもかかわらず、あとはフリーパスになるとは意外に思えた。

勝手知ったる場所らしく、岩田は長い廊下の先へ歩いた。

突き当たりが原子力研究センターの入り口だった。手前のホールには豪華なショーケースが並び、過去の実績を誇るかのように英文の証書や科学雑誌が飾られていた。白衣の研究者が政治家や有名人と握手を交わす写真のパネルも並ぶ。

「若手の中でも、気鋭の研究者と目されている人なんだ。根が生真面目すぎるみたいで、あちこちから警戒されて、最近はちょっと冷や飯食らいが続いてるって聞いた」

「学会や業界に警戒されてる？」

「日本はもっと廃炉の研究を進めるべきだ、と言い続けてる先生だからね」

「納得。それで元首相の写真があるのか」

佐貴子は合点がいって、壁のパネルを振り返った。

満面の笑みを見せる小谷野宗一《こやのそういち》の写真が、派手に飾られていた。拉致問題を解決するため北朝鮮を訪問したり、郵政民営化を実現させたことでも知られる元首相だ。

日本は今なお、原子力発電所の有効活用を政策として掲げている。元首相の小谷野も在任中は、脱原発など一度も訴えたことはなかった。ところが、政界から身を引いた直後に東日本大震災が発生し、持論を急変させた。福島の事故を機に、一刻も早く原発政策を見直すべき、と発言するようになったのだ。

「あの元首相も、この大学の出身だよ。自らスポンサーまで探して、廃炉研究をサポートしているぐらいだ。その中心となる若手研究者だから、君の取材に打ってつけだと考えて、アポを取らせてもらった」

「ありがと。せいぜいあなたの端整な顔に泥を塗らないよう努めてみるけど、まあ、覚悟はしといて」

「何とぞお手柔らかにお願いするよ」

車内で佐貴子がかけた電話の内容から、情報源に反原発グループの者がいて、同僚が警察に目をつけられたことも、岩田は承知ずみだ。彼なりに少しは闘志をかき立てられているようだった。

ともに取材へ出かけ、時に意見をぶつけ合った日々が、懐かしく思い出される。が、岩田は気にした様子も見せず、ドア横のインターホンを押して名を告げた。

「東日本新聞の岩田です。お忙しい中、お時間をちょうだいし、ありがとうございます」

ドアが開き、白衣を着た若い男が出迎えてくれた。研究員か学生の助手だろう。

中には何かしらの測定器やパソコンが所狭しと並べられ、五人ほどの若い男女がデスクに張りついていた。訪問者が来ても、振り返る者は一人もいない。

狭い通路を歩くと、奥に応接スペースがあった。窓から河川敷の緑が間近に見える。

窓際でパソコンに向かっていた肉づきのいい男性が、池口直人《いけぐちなおと》准教授だった。まだ三十代の半ばか。暑くもない部屋の中で額に大粒の汗を浮かべている。白衣の袖であごをぬぐいながら、仏頂面で近づいてきた。

「急に話を聞かせてくれだなんて、穏やかじゃないですね」

「電話でもお伝えした青森支局の者です」

岩田に紹介されて、佐貴子は名刺を出した。話がどう転がっていくかわからないので、素性を隠しておきたい気持ちもあるが、仕方がない。

「わざわざ青森からお見えとは、何となく想像がついてくるかな」

「今は情報が少なく、困っております」

佐貴子は准教授の向かいに腰を下ろし、周囲の耳を気にして声を落とした。約束どおりに岩田は何も言わず、隣に座って手帳を開いた。

核燃料サイクル施設からタンクコンテナが秘密裏に運び出された。そう正直に打ち明けたのでは、彼を通じて業界内に噂が広がってしまうかもしれない。目の前にいる准教授も、原子力村の一員には違いないのだ。

そこで事実とは逆に、タンクコンテナがサイクル施設に集められた——そう証言する住民がいて、地元の一部で不安が広がっている。施設に問い合わせたところ、明確な回答を得られなかった。サイクル施設でタンクコンテナが使われるものなのか。佐貴子は穏当な言葉を選びつつ、疑わしく思えてならないとの本心を視線に託して事情を伝えた。

話を進めるにつれて、池口准教授が脱力でもするように背が丸まっていった。急な取材の緊張感が解けたというより、話の先を見きって警戒心をなくしたと見える。返されるうなずきが、どこか軽々しいものに感じられる。

「ああ、なるほどね。そうでしたか……。あなたがたが懸念を抱きたくなるのはわからなくもありません。でも、あのサイクル施設には、地元の人がかなり働かれていたと思います。なので、会社が社員におかしな嘘をついたのでは、噂がすぐ村に広まってしまうでしょうね」

口元をわずかにゆるませつつ、佐貴子たちメディアの心配性を笑うように言った。

福島第一原発の事故は、溶融した燃料デブリを原子炉内からまだ取り出せず、完全に収束したとは今なお言えない状況にありながら、業界にどっぷりと身をひたした者には、世間の抱く原子力への不安が実感できないらしい。

佐貴子は不満を胸に閉じこめ、やんわりと反論した。

「もちろん、サイクル施設で働く人たちを信じていないわけではありません。ただ、うちの社もそうですが、上層部の動きは下に伝わりにくいものではないでしょうか。もし住民の中に不安を抱く人がいたのであれば、疑問は早いうちに解決しておくべき、と我々は考えます」

言葉の端に棘《とげ》をちらつかせたが、准教授の口元に浮かぶ笑みはさらに広がった。

学歴を密かに誇る者らは、知識の浅い一般人を軽んじやすい。佐貴子の頰が強張《こわば》るのに気づいたようで、岩田が横から口を挟んだ。

「先生にはもう、タンクコンテナの用途がおわかりなのですね」

「ええ、うちの助手でも今の話を聞けば、すぐに予測がつけられますよ。サイクル施設に運ばれたのは、タンクコンテナとはまったく別の代物です」

仏頂面で現れたのが嘘のように、笑顔で断定された。

佐貴子は胸の内で手応えを抱いた。彼らにとっては周知のタンクが隠密裏に施設から運び出されたことになる。その中身が、問題なのだ。

「原子力発電の業界は外から色々言われたくないからか、大々的なアピールはひかえているので、仕方ない面はあると思います。けれど、メディアのかたなら、もっと広く関心を持っていただきたいものですね」

准教授はチクリと批判をこめて言い、やおら席を立った。後ろの散らかりきったデスクで捜し物を始めた。

山積みされた書類の下から取り出したのは、A4判ほどのタブレット端末だった。ソファに座り直すと、太めの指をなめらかに動かしたのち、佐貴子たちのほうへ画面を向けた。

金属製らしき円筒形の物体が描かれたイラストが表示されている。

核燃料サイクル施設のある青森県で記者をする者として、最低限の知識は持っていた。円筒形の上部にふたつの分厚い蓋《ふた》が描かれているところから見て、使用済み核燃料を収めるキャスクだと思われる。

「原子力発電所では、こういった円筒形の容器が、大小いくつも使われています。燃料の原料となる天然六フッ化ウランの輸送用シリンダーや、放射性廃棄物の輸送に使うドラム缶、さらには高濃度の廃棄物を処理するためのガラス固化体を収容するステンレス製のキャニスター……」

キャスクとは英語で樽《たる》を意味する。キャニスターはお茶や砂糖などを保存する容器のことを言う。ガラス固化体は、高レベルの放射性廃棄物をガラス原料と一緒にして固めたものだ。

記憶をたぐってうなずき返した佐貴子の反応を満足そうに見て、池口准教授が淡々と続けた。

「六フッ化ウランの輸送に使うシリンダーの直径は一・五メートルほどで、キャニスターはもっと細くて五十センチぐらいでしょうか。ドラム缶のほうは一メートル前後の太さで、どれもコンテナのサイズよりは細いものなんです」

新幹線の中でネット検索したところ、ＪＲ貨物で使うタンクコンテナの直径は二・四メートルだった。長さは、二十フィートコンテナだと六・一メートル。三十フィートのタイプだと九メートルに及ぶ。コンビニの防犯カメラの映像で確認したコンテナの長さは、二十フィートだと思われる。

「では、タンクコンテナと同じ大きさの容器には、どういったものがあるのでしょうか」

「以前はありませんでした」

今はあるのなら、それを早く教えてほしい。研究者とは、やたらともったいつけた言い方をしたがるものだ。

苛立《いらだ》ってみせるわけにもいかず、佐貴子は横の岩田に視線を振った。我関せずと涼しい顔で何かメモを取っている。

池口准教授がタブレットを操って別のイラストを表示させた。

「これですよ。――乾式キャスクがちょうどタンクコンテナと同じサイズになってるんです」

池口はもったいぶって口を閉じ、佐貴子たちの反応を面白がるように見つめてきた。そのまま笑みを浮かべているので、質問で返すしかない。

「キャスクと言うからには、使用済み核燃料を収容する容器のことでしょうか」

「さすがにご存じでしたか」

完全に甘く見られていた。

岩田が同席しているのだから、女の記者と見て軽んじてきたわけではないだろう。岩田は慣れたものなのか、表情ひとつ変えもしない。自分の出番はまだと思っているらしい。

佐貴子は不愉快さを胸に押し隠し、あえて低姿勢に言った。

「これまで原発を取材する機会には恵まれてきませんでしたが、青森支局に籍を置く者の一人として、基本的な知識は持っているつもりです」

「それなら話は早いですね。中北村に造られたサイクル施設には、使用済み燃料の貯蔵施設がありますよね。発電に使ったあとの燃料は、熱と微量の放射能をしばらくは出し続けます。なので、役目を終えて原子炉から取り出したあとは、発電所内の燃料プールで一定期間冷却してから、処理に回す決まりになっています」

福島第一原発では、プールの水が止まって冷却できなくなり、燃料棒が露出した結果、熱で燃料ペレットの被覆管が溶けて水素が発生し、爆発を引き起こしたのだった。テレビで何度も流された映像が脳裏に甦ってくる。

「ただし……使用済み燃料を再処理していくには、無視できないコストがかかるし、中北村の再処理工場は様々な問題をクリアするのに時間を要したため、今はまだ本格稼働がスタートしていません。けれど、日本各地でこのまま原発を動かし続けていった場合、使用済み燃料は毎年千トン近くも増え続けていくばかりなんです」

サイクル施設の中に造られた使用済み核燃料の貯蔵施設は、ほぼ満杯になっている。各原発の貯蔵プールも、順調に発電が行われていけば、あと五、六年分のスペースしかなかったと思う。

これまで日本は、使用済み核燃料の処理をフランスやイギリスに委託してきた。いつまでも他国の技術に頼ってはいられない。が、国内での再処理が進んでいないため、使用済み核燃料は貯まる一方なのだ。

池口がソファの背もたれにタブレットを持った左腕をあずけながら説明を続ける。

「処理が思ったように進んでいないとなれば、別の方法を考えるしかない。そこで、アメリカのように再処理はせずに、乾式貯蔵をしたほうがいいのではないか、という意見が年々強くなってきている現状があるんです」

やっと〝乾式〟という単語が出てきた。つまり、乾式貯蔵用の容器がＪＲ貨物の使うタンクコンテナと似たサイズになっているのだろう。

「では、中北村の核燃料サイクル施設で乾式貯蔵を始めていた、と……」

佐貴子は半信半疑に問いかけた。新たな貯蔵方式がスタートしていたとは記憶になかった。

「いいえ、正式にスタートはしていません。今はまだ研究段階なんです」

「恥ずかしいことに、まったく知りませんでした……」

佐貴子が声を落とすと、岩田も横でうなずいた。

「ぼくもです。いつからその研究が始まっていたんでしょうか」

「まあ、無理はないかもしれませんね。メディアを現地に招待しての大々的な記者発表はなかったと思いますから。というのも、ＰＷＲの乾式貯蔵は研究がやや遅れていたため、決して誇れるニュースとは言えません。なので、規制庁や関係団体のウェブサイトで報告されただけだったように記憶しています」

さらりとアルファベットの略語が出てきて、少し戸惑った。

確か原子炉には、ふたつの方式があり、PWRはそのひとつの略語だった。

池口が身を乗り出してタブレットの画面にまた指を走らせ、今度は原子炉の図面を表示させた。佐貴子たちの表情を見て、基礎的な説明が必要だと思ったようだ。

「この図を見てください。加圧水型の原子炉がPWR。沸騰水型がBWR。どちらも燃料棒の間で飛び交う中性子の減速材として、水を使う原子炉で——。まあ、要するに開発したアメリカのメーカーの違いで、日本においても技術提携する企業が違ってくるため、ふたつの型があると思ってください。今はその構造の違いを詳しく説明はしませんが、本州電力を中心とした東日本の電力会社に沸騰水型が多く、近畿電力をはじめとする西に加圧水型が多くなってることを念頭に置いてください」

「BWRの乾式貯蔵はもう始まっていたんですか」

原子力の担当でなかったとはいえ、その手のニュースをまったく見聞きした覚えがなかった。

池口が皮肉そうに口元をゆがめながら目を返してきた。

「あまり知られてはいませんが、実は例の福島第一原発でも、乾式貯蔵のキャスクが九基も、敷地内に置かれていたんです。震災で施設が大きな被害を受けながらも、乾式キャスクには問題がまったく出なかったため、冷却プールを使って貯蔵するより安全性に優れている、との意見が多くなってきたわけです」

まったくの初耳だった。乾式貯蔵についての報道があったとは記憶にない。

事故の重大さと地域住民に与える影響ばかりに、メディアの関心が偏ってしまったせいだろう。震災の取材に駆け回った記者の端くれとして、恥ずかしく思えた。岩田に目で問いかけたが、彼も同じだったようで、小さく首を振り返してきた。

池口准教授が淡々と話を進める。

「すでにマスコミ発表されたと思うんですが、BWRの使用済み燃料を乾式貯蔵する施設が、青森県内に建設中でしたよね」

指摘を受けて、佐貴子は大いに慌てた。懸命に記憶の引き出しをかき回して、ようやく手がかりを思い出せたのだから、本当に情けない。急いで声にする。

「――ええと、むつ市が誘致したリサイクル燃料の貯蔵施設、でしたね」

「さすがは青森の記者さんですね」

すっかり忘れていたんでしょ、と目が笑いかけてくる。

佐貴子は言葉もなく、視線を落とした。

「恥ずかしながら、科学部の記者なのに、ぼくもまったく知りませんでした」

岩田が言って、頭をかいてみせる。佐貴子への助け船のつもりもあったかもしれない。リサイクル燃料という言い換えに近い名称のため、すぐに記憶がつながらなかったのだ。あとが、言葉の置き換えは、政治家や官僚が多用するし、報道機関もよく使う手だった。あとで苦情や非難が出されたのでは困るので、穏当な言い方に置き換えておけば、問題は少なくすむ。

政府は、使用済み核燃料を国内で再処理する計画を推し進めている。だから、いずれはリサイクルして活用する燃料であり、その言い方に間違いはないのだろう。けれど、〝核〟という言葉をあえてさけたのは明らかだった。目の前の池口も、先ほどから、〝核〟という単語を使わずに、ただ〝燃料〟と言っていた。

要するに、むつ市が誘致したのは、使用済み核燃料を保管しておくための施設なのだ。建設が決まったと聞いた当初は、姑息な言い換えに怒りを覚えたはずなのに、すっかり失念していたのだから、のどもとすぎれば何とやらも甚《はなは》だしい。あの施設が乾式キャスクを保存する場所だったわけだ。

「BWRとPWR、それぞれの燃料集合体は構造や素材に多少の違いがあるため、転用はできません。ですけど、乾式貯蔵のほうがリスクを少なくできるというメリットは変わらず、プールでの冷却貯蔵より経費も安くすむため、近畿電力と原子燃料サイクル施設を運営する新日本燃料株式会社で研究開発を進めているところなんです」

「なるほど。その乾式キャスクがサイクル施設内に運びこまれたわけなんですね」

事情を知らされていない岩田からすれば、当然の質問だったろう。

だが、問題は搬出のほうなのだ。

「試作の段階はすでに終了し、施設内での実証実験に移っていたと思います。つまり、キャスクの密閉状態や遮熱《しゃねつ》性能に、最も重要な臨界防止機能などを、数年間にわたってチェックし、安全性の評価をしていく実験を行うわけです」

池口の説明を聞き、佐貴子は手帳に要点を書きつけた。あのタンクの大きさから見て、開発中の乾式キャスクであった可能性が高い。

そうなると、中身は使用済み核燃料と見なしていいのだろう。だが、正式に研究開発をスタートさせたものを、なぜ隣の石油備蓄センターを通して持ち出すというカモフラージュのような真似をわざわざしたのか。

胸に浮かんだ疑問を投げかける。

「その乾式キャスクはどこで貯蔵し、安全性の評価をしていくのでしょうか」

「青森の貯蔵施設を使わせてくれとの話も出ているようですが……。将来的には、専用の貯蔵施設を設立することになるんでしょうね。先ほども言いましたように、ＰＷＲの原発は西日本に多いんです。今は研究開発段階ですから、大規模な貯蔵プールを持つサイクル施設の中で、経過観察を行ってますが、いずれ輸送面のコストを考えつつ、西日本のどこかに貯蔵施設を建築することになるでしょう。だから、このPWR用乾式キャスクは、輸送費用も睨んで、重量を抑える方向で開発が進んでいたと思います」

佐貴子はメモを走らせた。JR貨物の輸送には、重量の制限があるのではないか。当初から貨物列車での輸送を考えて開発を進めていったことも考えられそうだった。

池口が今度はゆっくりとタブレットに指を走らせた。表示させる画面を慎重に選んでから、テーブルへと押し出した。

「まだ色々と機密事項もあったと思いますが、これぐらいなら、見せても大丈夫でしょう。――こういった古いタイプのBWR用乾式キャスクだと、百トンもの重量があるんです。けど、アメリカ辺りでは、もっと重く大きなキャスクが一般的になってますね。コンクリート製だと重く扱いにくくはなるけれど、安価に製造できるというコスト面の利点があるからでして。今回の新型キャスクは軽量化も目指して、素材から開発が進められたと聞いています」

次に示された画面には、乾式キャスクの一部が輪切りにされて、内部構造も簡単に描かれていた。研究者の間には出回っている図面なのだろう。

「放射線を遮蔽するため、鉛とシリコンゴムの胴体部を特殊ステンレス鋼で二重に囲う構造ですね。さらに、内部の燃料棒を支えるバスケットに使用される硼素《ほうそ》添加ステンレス鋼も新素材が用いられて、軽量化が図られたと聞いています」

「硼素添加ステンレス鋼ですか……」

耳慣れない素材が登場し、岩田がペンを走らせながら訊き返した。

「硼素はダイヤモンドに次ぐ硬度を持ち、中性子を吸収する性質もあるため、原子炉の制御棒として使われています。要するに、ウランが核分裂する際に放射される中性子を硼素が吸収することで、連鎖反応を停めるわけです。発電に使われたあとの燃料は、乾式貯蔵に移されたあとも、微量ながら中性子を放射するので、安全性を高めるためにも核分裂の連鎖反応が起こらないよう、使用済み燃料棒を内部で支えるバスケット自体に硼素が添加されているわけです。簡単に言えば、制御棒と一緒に乾式貯蔵していく理屈でしょうか」

すらすらと解説されたが、理解が追いついていかなかった。

メモを見ながら原発の基本的な仕組みを思い出していく。

原子力発電は、核分裂の反応によって得られる放射熱で水蒸気を大量に発生させ、その力でタービンを回して電力を得る。

もう一度、原発の構造から勉強し直したほうがよさそうだった。

「中北村のサイクル施設内に、開発中の乾式キャスクが置かれていたことはわかりました。その本格的な貯蔵施設はどこに建設されるのでしょうか」

佐貴子は肝心な点に質問を戻した。正規の輸送であれば、ＪＲ貨物を使おうと、どこにも問題はない。だが、なぜ警察が忠告を与えにくる必要があったのか……。まだ謎は多い。

「先ほども言ったように、まだ正式に決まっていないんです。候補地を探してるところだったと思いましたが」

「仮の保存場所も決められていないのですか」

「ええ、今はまだ残念なことに……」

貯蔵施設がどこにもないというのに、なぜ乾式キャスクが運び出されたか……。

そろそろ手の内を見せる時だと考えて、佐貴子は言った。

「実は、その乾式キャスクらしきものがサイクル施設から搬出されたのではないか、という確かな情報が我々に届いています」

岩田の視線を強く感じた。池口もわずかに目を見開いた。片手であごの下をさすり、首をかしげてから言った。

「それは……どうですかね。別のキャスクと見間違えたんじゃないでしょうか」

「しかし、乾式キャスクのほかに、貨物のタンクコンテナとほぼ同じ大きさの輸送容器は使われていないわけですよね」

食い下がって訊くと、池口は身を背もたれに戻しながら、テーブルの上のタブレットに視線を落とした。

「……どうなのかな。まだ研究は始まったばかりだから。ここ数年はキャスクに異常が出ないか、見ていく必要があるし」

「では、こういう見方はできないでしょうか。もし本当に乾式キャスクが外へ持ち出されたとするならば、何か突発的な緊急事態が持ち上がったのかもしれない……」

佐貴子は言葉を選びつつ、核心に斬りこんだ。ここまでの状況を見る限り、ほかには考えられない気がする。

池口の口元にまた笑みが浮かんだ。

「いやいや、メディアの人たちはすぐ、そうやって事を大げさに考えたがる。悪い癖ですよ、いたずらに不安をあおろうとするような考え方は。――あるとすれば、単なる返品じゃないでしょうかね。製品チェックの過程で何かしらの不都合が見つかれば、製造元に引き取ってもらうのが筋でしょうから」

納得のいく見方だった。が、単なる返品であれば、石油備蓄センターをカモフラージュに利用して搬出する必要は、絶対にない。

あのタンクの中には使用済み核燃料が収められているのだ。

「悪い癖だというご指摘には、うなずかざるをえない点もあります。しかし、国民の多くが原子力業界に不信感を抱いているのは否定できないように思うのです。その不安を取り除くためにも、我々メディアの者が国民に成り代わって、問いかけを続けていく義務があると考えます」

真っ向から正論で返すと、池口の頬から笑みが消えた。彼ら研究者も原子力村の一員と見なされ、多くの批判を感じ取ってきているはずだ。

「率直にうかがわせていただきます。もしも——返品ではなかった場合には、どういう可能性が考えられるでしょうか」

目を見つめて質問を投げかけた。あなたがたには国民の疑問に答えていく義務があるのだ、と。

池口は口をつぐんで腕を組み、遠くを見る目になった。根拠なき可能性は口にできない。あなたがたメディアがまた扇動的なニュースを世間に広めかねないからだ。そう言いたそうな顔に見えた。

「では、乾式キャスクの製造元をお教えいただけないでしょうか」

絶対に返品では、ない。

研究者が口をつぐむのであれば、製造元へ押しかけるまでだった。

26

フォーナインは高崎駅をすぎると、左へカーブしながら上越新幹線の高架をくぐる。そのすぐ先が留置線の並ぶ高崎操車場だった。

十五時五十五分。列車無線を経由して入る高崎機関区の指示どおりに、フォーナインは速度を落として留置線に入った。奥の検修庫前には、付け替えを待つＥＦ２１０桃太郎が待機する。この機関区には、総勢二十五両の機関車が配備されている。

十六時八分には新潟貨物ターミナル行きの高速便が入線する。それまでにすべての支度を調え、出発しなければならなかった。

操車場の敷地内を見渡すと、今日は人の姿が多い。留置線の脇には、すでに警察庁の指示によって派遣された交代の機動隊員が十名近く整列している。彼らも手にジュラルミン製と思われる盾を持つ物々しさだ。

この高崎でも自衛隊員は乗りこんでこないという。自動小銃を持っての警備では目立つし、あとで批判が出かねないとの判断だろう。

「悪いが先に降りる。見事な運転だったぞ。お疲れ様」

井澄は停車を確認すると、松岡運転士に呼びかけながら乗務員ドアを開けた。

彼にうなずいてから慎重にタラップへ足をかける。気負いすぎて路盤へ飛び降りた際に転んで負傷したのでは、代わりの運転士が駆けつけるまでフォーナインは立ち往生してしまう。

運転席から降りてきた井澄を見て、高崎機関区の運転士が進み出てきた。歳は三十前か。気負いが顔に表れていた。

「初めてお目にかかります。先ほどお電話させてもらった阿部《あべ》です」

彼にはＥＨ５００形金太郎を運転した経験がない。この機関区には、主にＥＨ２００形ブルーサンダーが配備されている。それでも日夜、高崎線と武蔵野線を走っているため、横に立ってサポート役を務めてくれるのだった。

「悪い。先に乗っててくれるか」

井澄は初顔の若い運転士に声をかけると、機関区の事務所へ走った。警察官の交代は森安参事官に任せておけば心配はない。その間に急いでトイレをすませて、運転席に戻るのだ。

どこか上空から、かすかにヘリコプターのものらしきローター音が響いてくる。今も距離を取って警戒しているとわかる。

事務所では機関区長までが出迎え、先導してくれた。二分で用をすませて、ともにフォーナインへ駆け戻る。

「こちらの交代は終わりました」

森安が運転席のドア横から声をかけてきた。

井澄は機関区長に礼を言い、タラップを上った。運転席の横では、すでに阿部が鞄を開き、手書きで仕上げたと見える行路表を眺めていた。

「あ――これは本部からの差し入れです。どうぞ」

緊張気味に言いながら、黄色い小箱を差し出してきた。携帯用の栄養食品だ。

本来はここで軽食を受け取る予定になっていた。サンドイッチなら運転中にも片手で食べられるが、最近は車掌や運転士の感心できない勤務態度を乗客がカメラに収めてメディアに報告するケースが目立つ。携帯栄養食なら、うるさく言われないだろう。井澄は受け取ると、箱を開けて早速ひとつを口に運んだ。

「こんな差し入れでだまされてたまるものか。この仕事を終えたら、運転士仲間で絶対、豪遊しような、会社の金で」

阿部の緊張をほぐすためにも軽やかに言い、ペットボトルの水でビスケットのような栄養食をのどに流しこんだ。遅い朝食をとってから何も口にしていなかったが、想定外の事態に空腹を感じるゆとりがなくなっていた。

とりあえず、次の新鶴見信号場まで保てば、あとはどうにでもなる。

運転席に腰を落ち着けると、車体がわずかに揺れた。何も聞かされていなかった森安がドアに手をつき、体を支えながら振り向いた。

「何ですか、今のは？」

外部からの襲撃を怖れるかのような勢いで、森安は窓から外を見回した。

「ご心配なく。ちょっとわがままを言って、最後尾に気動車を連結させてもらったんです」

何のためですか、と目で尋ねられた。

半年ぶりの運転席に座り、井澄は心配顔を作る森安にうなずいてみせた。

「転ばぬ先の杖ですよ。もしまた架線事故が起きて電力がストップしても、ディーゼル式の気動車を連接しておけば、近くの安全な場所まで引っ張っていけます」

「なるほど……考えましたね」

「何かあっては困るので、JR貨物として、できうる最善の策を取らせてもらったまでです」

説明しながらマスコンハンドルの手触りを確認する。軽く握ると、列車を動かす前の高揚感と使命感が甦ってきて、わずかに胸が熱くなった。

「半年ぶりの運転なのに、よく笑っていられますね、井澄さん……」

若い阿部が驚いたように声をかけてきた。まさか笑っていたとは、自覚がなかった。

「もう運転士に戻れないと思ってたんで、体が勝手に嬉しがってるのかもな。長い貨物列車を自分の手で走らせたくて、JR貨物を就職先に選んだくらいだ。君も似たようなものだろ」

「でも、何者かが信越線の架線を切ったのかもしれないんですよ」

「だから、気動車のリクエストを出して、少しは心強く思いたいんだ」

「どうか安心して運転に専念してください。我々は万全の警備態勢を取っています。皆さんは気づかれていないでしょうが、この操車場の周囲にも多くの警察官が配備されています」

森安が手を窓の外に向けて言った。そうだとも。今は彼らを信じて運転するしかない。

さあ、出発の準備だ。

左前に並ぶ高圧計と低圧計をチェックした。すでに東青森駅を出てから十時間以上が経過している。今回は特に貨車が重いため、電源装置やモーターはもちろん、ブレーキ圧のチェックを欠かすわけにはいかない。各計器を指差し確認しながら声にする。

「架線と車両バッテリー、ともに異常なし。ブレーキシリンダーの空気圧も正常」

列車無線のマイクをつかんだ阿部がスイッチを押し、指令室に呼びかける。

「こちらフォーナイン。準備できました」

時刻は十六時五分。あと三分で下り列車が到着する。

「了解です。フォーナイン、出発します」

「出発進行」

前方の信号が青に変わったのを見て、さらに線路の先に指を向けて視線を配る。緊張感が足先から背筋へと走り、呼吸が速くなってくる。

息を深く吸い、左のT字型ハンドルに手をかけ、手前に引いた。

機関車と連結する貨車のブレーキをゆるめ、モニターで圧力を確認したのち、右のマスコンハンドルを一段階、手前に引いてモーターに電力を送る。

ノッチと呼ばれる溝をひとつずつ刻んで動かしていかないと、電気が一気に流れてしまう。そうなると安全装置が働いて、モーターがストップする。車のエンストと同じ理屈だ。

ガタリと車両が揺れた。フォーナインの車輪がゆっくりと、着実に動いていく。

まだ速度計を見るようなスピードではない。さらにマスコンを引き、徐々にモーターを回していった。運転台の背後でモーター音が高鳴り、足元から線路の継ぎ目を越える振動が伝わってくる。

「上り線へ出るまで、時速二十保て」

「了解、速度二十」

速度計に目を走らせてハンドルを戻し、惰性走行で分岐を越えて、本線へ戻っていく。信号は青。

気動車が連結されて二十九両編成にもなり、全長は五百メートル近い。充分な時間を取ってから力行に戻す。

空貨車を間に挟んであるため、予想していたより挙動の悪さは感じなかった。力行のスピードアップは安定している。自分の運転技術を信じられずにいたわけではないが、これなら戸惑う心配はないと胸を撫で下ろした。

あとはブレーキに気を遣えばいい。その時には、本当に液体燃料なのか、肌で実感できる。

ハンドルを小刻みに引き、さらにスピードを乗せていった。隣に立つ阿部の視線を強く感じる。井澄の運転ぶりから片時も目を離すな、と言われてきたのだろう。

「どうだ、手慣れたもんだろ。さほど心配はないってわかったんじゃないかな。もう少し表情を和ませてくれよ」

井澄は惰行に戻して列車の速度を保ちながら、阿部に微笑みかけた。それほどに彼の表情はまだ張りつめていた。

「無理ですよ、井澄さん、表情を和ませるなんて。本部長がしつこく、テロの可能性もありそうだって言うんですから」

井澄のリクエストに応えて、リスクについても入念に伝えてくれたようだった。もし少しでも説明不足のまま送り出していたのであれば、あとで嚙みついてやろうと考えていたが、余計な心配だったらしい。

「ずいぶん脅されたみたいだな。なのに、どうしてこの仕事を引き受けたんだ」

「先輩たちには家族がいますから。ちょっと不安げな表情を見せる人もいたんです。だから、手を挙げさせてもらいました」

倉賀野《くらがの》駅を通過すると、左右に微妙なカーブが続く。貨車に重みがあっても、車体が振られるほどではないとわかったが、まだ慎重に速度は抑えて走らせた。

河川敷に差しかかって視界がひらけた先に、S字カーブが待っている。

「君だって、恋人ぐらいはいるんじゃないのか」

「いなくはないですけど……。本部に引き抜かれた人が運転士を務めなきゃいけないほどの緊急輸送なんて、初めて聞きました。機関区の先輩には、震災後の石油輸送を手がけた人がいて、今も誇らしげに武勇伝を語ってくれるんで、羨ましく思ってたこともあります」

「貴重な経験になるのは間違いないな」

「はい……自分がやらなきゃ誰がやる。そう勢いこんだんですけど、駆けつけた機動隊を見ているうち、ちょっと足が震えてきました……」

「安心してくれ。おれも指先がかじかんでるよ」

「いえ、半年ぶりとは思えません。ぼくなんかより、マスコンの微調整が巧みで、勉強になります。——速度八十」

指令室からの指示を受けて、阿部が復唱した。

八高線《はちこう》との分岐を越えれば、熊谷《くまがや》の先までは直線に近い線路が続く。やっとひと息つける区間にたどり着いた。

すでに十六時をすぎたが、まだ陽射しは強く、沿線の町並みに陽光が乱反射して眩しいほどだ。家々の窓や立て看板がきらめき、視界に光が飛びこんでくる。そろそろ市街地に差しかかる。

前方の線路と流れる景色に目をやりながら、頭の隅にふと不安がよぎった。テロの可能性がどこまで本当にあるのか。

森安たちの反応を見れば、ゼロではないとわかる。が、市街地では人目があるので、過激派グループであろうと、行動は起こしにくいように思われる。

危険があるとすれば、夜と郊外だろう。どちらも身を隠しての行動が楽にできる。あと三時間もすれば陽は沈み、夕暮れが訪れるのだ。

大宮まで進んで武蔵野線へ入り、府中本町《ふちゅうほんまち》駅をすぎた先で、貨物専用線に入る。一部の快速電車が通っているが、実は時刻表の路線図にも載ってはおらず、世間にほとんど知られていないルートだった。

そもそも武蔵野線は、東海道線と東北線の貨物列車を結び、都心部を迂回するためのルートとして開発が進められた。当初は貨物営業のみだったが、沿線の人口が増えたため、旅客にも利用されるようになり、今や首都圏貨物輸送の大動脈となっている。

武蔵野貨物線は地下のトンネル区間が長い。川崎市内にある梶ケ谷《かじがや》貨物ターミナル駅をすぎてからは、武蔵小杉《むさしこすぎ》駅の先で地上へ戻り、東海道貨物線に合流する。

確か新鶴見信号場の西には、広大な自動車工場の敷地が広がっていたはずだ。しかも新鶴見では、井澄から次の運転士への交代が行われる予定なので、必ず停車する必要があった。

「阿部君、新鶴見への到着は何時ごろになるかわかるだろうか」

「確認します」

理由を訊かずに、すぐ列車無線で指令室に問い合わせを始めた。一分もせずに返事があった。

「今のところ十七時五十分前後を予定しているそうです」

「森安参事官。まだ陽は暮れていないでしょうが、新鶴見の西には自動車工場の敷地が広がっています」

「すでに本部で把握ずみです。新鶴見信号場の沿線周辺に、ただ今緊急配備を進めています」

「でも、またどこかの架線を切断すれば、フォーナインを停車させることはできますよね」

阿部が緊張気味に問いかけた。警察といえども、ルート上の沿線すべてをくまなく警備できるわけではないだろう。

「本部でも危険な箇所があるとすればどの辺りか、チェックしているところです。井澄さんの意見も聞かせてください」

前方の信号を指差し確認してから、井澄は考えをまとめて言った。

「東海道貨物線の横浜羽沢《はざわ》駅の周辺も、農地や林が多かったと思います。高速道路や変電所も近くにあります」

特に変電所が危険かもしれない。辺り一帯の電源をストップさせれば、フォーナインは嫌でも停車するほかはなかった。

「確認させます」

「東海道線の貨物駅も要チェックでしょう。もうすぐ陽も暮れてきます。もしフォーナインを停車させたい者がいるとすれば、夜に入ってからの沿線すべてが危険だと言えるのかもしれません」

「東海道線の先は、どこが最も狙われやすいでしょうか」

「フォーナインの運行計画は、うちの社内でも知る者は限られています。そのうえ、こうして今はルートまで変えている。もし本当にフォーナインを襲いたい者がいるとすれば、まず今どこを走っているか、その確認をしておく必要があるでしょうね」

南長岡駅の上空で不審なドローンが目撃されていたという。信越線はストップし、駅に貨物列車が停まっていないとわかれば、上越線へ向かったであろうことは、時刻表さえ読める者であれば誰にでも想像はできる。

「南長岡からだと、ルートはふたつありますよね」

阿部が横からひかえめに言った。

「そう。ひとつが今我々の走る武蔵野線を経由しての東海道線。もうひとつが中央線。その二線は名古屋で合流します」

井澄が応じると、森安がすぐ反応してスマホでまた連絡を取り始めた。

「——名古屋の先が危険だと、井澄さんが言っています。……そうです。東海道線と中央線、ふたつのルートが考えられるため、そのどちらかの沿線で待ち受け、時刻表に載っていない貨物列車が目の前を通っていけば、それが我々の乗るフォーナインだとわかります」

さらに先のルートで待ち受けて妨害工作をしかけてくれれば、確実にフォーナインを足止めできる。

井澄は列車の速度計と線路上に目を配りながらも、過去の経験から名古屋への到着時間を見積もってみた。新鶴見着が十八時前。東京から名古屋までは三百六十キロ強。平均時速八十キロで走ったとして、四時間半ほどかかる。

ざっと見積もって、二十二時前後には名古屋を通過する計算だ。

名古屋の先の関ケ原付近では、東海道線もトンネル区間が多くなる。信越線で架線が切られたのも、トンネルに挟まれた区間だった。

周囲は山岳地帯で、身を隠すには絶好の立地に思える。井澄は森安に呼びかけた。

「関ケ原の近辺は山が近いため、トンネルが多くなってます。しかも深夜の時間帯に通過します。大至急、対策を取ってください」

27

礼を言って栄王大学原子力研究センターをあとにすると、佐貴子たちは社の車へ走って戻った。

池口准教授は最後まで口をにごし続けたが、原子力規制委員会がネットに情報を上げているというのだから、乾式キャスクの開発状況をチェックする方法はあるはずだった。後部シートに身を収めると、岩田は直ちに本社の科学部に電話を入れた。佐貴子はスマホの充電が頼りなくなってきたことを気にしながら、ネット検索を試みた。

「わかったぞ。三峯《みつみね》だ。近畿電力の原発も三峯重工業が製造してる」

岩田は運転手に次の目的地を告げた。

「大手町に向かってください」

世界にも広く知られた企業グループの中核——三峯重工業。日本のみならず、海外でも原子力発電所の建設事業を受注している。

「大手町の本社に原子力事業本部がある。青森県の中北村にもリサイクル燃料準備室なるものが設けられてるそうだ。もしかすると、乾式キャスクの開発部門は青森のほうかもしれない」

今から青森へ帰るには時間がかかりすぎた。上司に無断で東京へ来ているので、支局の者に取材を任せるのも難しい。となれば、三峯本社の原子力事業本部にぶつかってみるしかない。

「科学部の力で取材のアポが取れる?」

「了解、頼んでみよう」

岩田がスマホでの会話に戻り、佐貴子はさらにネット検索を試みた。

原子力産業は、昔から隠蔽体質を指摘されてきたこともあって、近年は自ら情報開示を進める傾向にあった。もちろん、公開しても不利益の出ない情報に限られてはいたろうが。青森県の核燃料サイクル施設でも、ウラン濃縮工場や再処理工場での事業計画やアクティブ試験の詳細を公表し、ウェブサイトに詳しい情報をアップしている。問題が起きた時も、対応策を必ず発表していた覚えがある。

三峯重工業も例外ではなく、乾式キャスクの開発を報告するページは見つかった。やはりBWR(沸騰水型原子炉)は、そもそも三峯重工業がアメリカのメーカーと技術提携を結んで日本に導入したものだとわかった。その経緯が自慢げにトップ記事として掲載されていたのだ。

発電に使われた核燃料を、再利用するまで安全に保管する技術は、諸外国ですでに確立されている。アメリカやフランスでの現状を紹介するとともに、燃料プールでの貯蔵と比較して、乾式キャスクのほうが安全性と経済性に優れる、とデータを添えて書いてあった。最も目を引かれたのは、三峯重工業の技術部門が発行する社内報の電子版だった。その中に、「使用済み燃料の乾式貯蔵技術報告書」という、そのままズバリのタイトルが見つかった。

目を通してみると、池口准教授からレクチャーされた内容とほぼ同じ記述が並んでいた。この報告書が業界内には広まっていたと思われる。

「どうする。土曜日なんで広報室に誰もいないそうだ。週が明けたら、取材内容を書面で提出しろと言ってきたけど」

「そんな悠長なこと言ってたら、臨時列車が目的地に着くでしょうね」

「おい、そろそろ白状しろ。君が疑ってるキャスクは今、貨物列車で輸送されてるわけだよな」

下手な嘘はつかないでくれ。鋭い視線をぶつけられた。

佐貴子は腹を決めて、手短にここまでの成り行きを伝えた。ただし、支局の後輩がサイクル施設を監視するグループから情報を引き出していた事情は、詳しく話さなかった。言えば、上昇志向を持つ岩田のことだから、君子危うきに近寄らずで、佐貴子を抑えにかかってくるかもしれない。ここは岩田の地位をまだまだ利用させてもらいたい。

こちらの目論《もくろ》みどおりに、彼は目を輝かせて言った。

「面白そうな話だと言ったら不謹慎かもしれないけど、記者としては見逃せないな。その運び出された乾式キャスクに何か予想もしない異常が出たんじゃないか、そう君は疑ってるわけだ」

「ほかに何か考えられると思う？　キャスクの返却なんて呑気な理由じゃ絶対に、ない。まず間違いなくキャスクの中には核燃料が収められてる。そうでもなければ、警察がここまで関与してくるわけないって」

「ひょっとすると、支局長にストップをかけられたのか」

岩田が難しい顔になり、のどもとをさすりながら言った。

「そうなったんじゃ困るから、独断で東京へ来たわけ」

「でも、ちょっと待ってくれよ。通常の輸送であっても、キャスクの中には使用済み核燃料が収められているんだから、テロを警戒して警察が警備を固めようとするのは当然だよな。さらには、乾式キャスクでの貯蔵は海外での実例も多く、すでに技術は確立されている……」

「だから何？」

「君ならもうわかってるよな。つまり、別の場所で検証実験を続けるための、単なる使用済み核燃料の通常輸送にすぎない。そう言われてしまえば、我々メディアも手出しはできなくなってくる。向こうだって、知恵を絞って言い訳は用意してるはずだ。もっと証拠と言えそうなものは出てきてないのか」

「それをつかむために取材してるに決まってるでしょ」

意気ごみを力強く表明したが、岩田は腕組みをしたままだった。

今回の貨物輸送の裏には、必ず何か表に出せない事情がある。彼もそう先読みしたから、佐貴子に手を貸してくれている。とにかく今は、専門家と渡り合える最低限の知識は仕入れておきたい。

大手町に着くまで、車の電源を借りてスマホを充電しながら、目についたウェブサイトを片っ端から読み進めていった。乾式キャスクに関する記者発表も細々と行われており、そのひとつひとつに目を通した。岩田も隣で押し黙り、スマホを操っていた。

三峯グループ各社が入る高層ビルの前に到着した時は、すでに午後三時半が近かった。岩田と目でうなずき合って車を降りた。土曜日なので正面玄関は閉まっている。裏手へ回って通用口を見つけ、詰め所の警備員に申し入れた。

「栄王大学原子力研究センターの池口准教授から紹介を受けた東日本新聞の者です。青森のサイクル施設で研究開発を進めている乾式キャスクの担当者に尋ねたいことがあってまいりました」

「アポイントメントはありますかね」

五十年配の厳《いか》つい顔の警備員に睨まれた。

佐貴子は対抗手段として笑顔を作った。

「今すぐ取り次がないと、うちの社の電子版に、今朝の貨物列車で密かに乾式キャスクが運び出された事実がトップニュースとして掲載されます。そう担当者様にお伝えくださ
い」

相手は絶対、すねに傷を持っている。脅し文句をちらつかせて迫ると、警備員は目を大きくしたあと、どこかへ内線電話をかけ始めた。

「おい、もう少し穏当な言い方をしろ。警官を呼ばれるかもしれないぞ」

喧嘩腰の取材に以前から否定的な見解を抱く岩田が、後ろからそっと忠告してきた。

佐貴子はあえて声のトーンを落とさずに言った。

「もし警察を呼びでもしてきたら、自分たちの側に非があるって認めるようなものでしょ。その時は本社総動員で対処できそうだから、望むところかもね」

本音を告げると、岩田は警備員に負けじと目を見開いた。

その間に電話が終わったらしい。慌ただしい様子を見せた警備員がまるで自信を取り戻すかのような顔になって言った。

「東日本新聞さんでしたら、広報を通すように伝えたはずだと言ってますがね」

「乾式キャスクの記事が掲載されると、しっかり伝えていただけましたよね」

「もちろんですよ。けど、原子力事業本部は、あくまで原子炉の建設と点検管理を管轄す

る部署で、乾式キャスクの開発は担当外だそうで……」

「おかしいですね。こちらが出している技術報告書には、原子力事業本部長の名前が掲載されていましたけど」

佐貴子はスマホに保存した報告書を表示させて、食い下がった。

「とにかく、開発部門は青森なんで、向こうに取材を申し入れてくれと言ってました。お引き取りくださいな」

警備員が冷たく言うと、右手に延びる通路の先からも若い警備員が二人、肩を揺するようにして現れた。

岩田が後ろからひじをつかんで引いてきた。警官が現れるより少しはましに思えたが、ここは無念ながら引き下がるしかなかった。

表通りへ戻り、腹いせにアスファルトを蹴りつけた。次の手を考えるしかない。だが、週明けの月曜日を待っていたのでは、貨物列車が目的地に到着する。JR貨物の本社を突撃したところで、顧客の情報を盾にガードを固めてくるだろう……。ビルに挟まれた狭い空を見上げながら、ほかに攻めどころがあるか懸命に考える。

「ちょっと質問していいか」

声をかけられ、視線を戻した。岩田がスマホを手に目を寄せるようにして言った。

「なあ、どうして乾式キャスクの開発に、造船所が関係してるんだろうか」

何のことを言われたのか、とっさにはわからなかった。彼も自分のスマホに、佐貴子が警備員に突きつけた技術報告書の一ページ目を表示させていた。

慌てて視線を近づける。確かに報告書のタイトル下には、原子力事業本部の代表者二名に、株式会社三峯造船所の社名と社長名が記されていた。

「この三峯造船も当然ながら、グループの傘下だよな。だからキャスクの製造に手を貸したところで、当然だろう。でも、開発メンバーの一員として社長の名が並んでるのは、どういうことかな」

言われてみれば、確かに疑問が浮かぶ。

グループ総出で研究開発に当たっていたとわかるが、造船会社の役割がすぐには見えてこない。

「こっちはずっと青森の平記者でしょ。あなたこそ本社科学部のエースじゃなかったのかな」

八つ当たり気味に言葉を返し、また池口准教授に尋ねるしかないかと考えていると、岩田が悩ましそうに長い髪をかき上げた。

「仕方ない。今度はちょっと別方面から手を回してみるか」

岩田はスマホに指を走らせ、誰かに電話をかけ始めた。何かしらの当てがあるらしい。

「――あ、もしもし、東日本新聞科学部の岩田です。いつもお世話になっております。

……はい、今回もちょっと相談させていただきたいことがありまして――」

例によって立て板に水のなめらかさで、要点を簡潔に伝えていった。東青森駅から出発した貨物列車の件には触れず、乾式キャスクの開発についての質問を続けた。先ほど准教授の口が重くなったことを見て、別の識者に訊いたほうがいいと考えたようだ。

「なるほど、そうでしたか。はい、非常に助かりました。今度また食事でもご一緒させてください。我々も業界からの発表を待つだけでなく、もっと多くを学んでいきたいと考えております。――はい、ありがとうございました。失礼します」

如才なく言葉を継いでスマホを切ると、岩田はこともなげに目配せしてみせた。

「もう答えを引き出せたわけ？」

「ああ。やはりＢＷＲ用の乾式キャスクは、輸送面の利便性を考えて、軽量化にも重点が置かれて開発が進められたっていう。なので、設計段階から耐圧部の胴体部分と遮蔽体を、それぞれ分割して製造したうえ、何重にも組み合わせるというモジュール化を採用したそうなんだ。製作コストも工期も同時に減らせるハイスペック設計だと言ってた」

「そこに造船所がからんでくる、と……」

「そのとおり。最近の大型船もモジュール化が進み、部分的に組み上げていく工法が主流になってるそうなんだよ。その工法を参考にして、大型船に負けじと頑丈な乾式キャスクを製造できないかと考えたから、傘下の造船所までが一枚嚙んでたわけだ」

合点がいった。おそらく造船には高度な溶接技術も使われているのだろう。積み荷の重みで船体がたわんだり、水漏れが起きたりしては困る。

乾式キャスクも同様で、いくら軽量化を図ろうと、強度や耐熱性など安全面での基準を満たしていく必要があるのだ。三峯重工業の原子力事業本部のみでなく、グループ各社の力を総結集して乾式キャスクの開発を手がけたと見える。

「おい。まずいことに、三峯造船所の本社は神戸だな……」

早速スマホを使って調べた岩田が、舌打ちとともに言った。今から神戸へ向かっている時間はとてもなかった。

無駄に終わりそうだが、電話で問い合わせてみるほかないと決まった。土曜日なので代表電話は通じなかったが、営業部の番号へかけると、岩田が右手でＯＫサインを作りながらスマホに話しかけた。

「――東日本新聞科学部の岩田と言います。三峯重工業と乾式キャスクの開発に当たったかたに話をうかがいたくてご連絡を差し上げました」

紳士的に取材を申し入れたが、たちまち肩がすくめられた。早くも電話を切られたらしい。

「書面で取材を申し入れてくれ、とさ」

どこもメディアの追及を予期していたかのように、固く扉を閉ざしてきた。三峯グループ内に箝口令でも敷かれたのか。

佐貴子は再び、三峯重工業の技術報告書をスマホに表示させた。どこかに突破口がないかと、目を通していく。

最後に参考文献が表示されていた。『コンクリートピット使用済み燃料貯蔵方式の研究』とある。著者は大森寛《おおもりひろし》。この人物は何者だろうか。

ネット検索を試みると、すぐに答えが出た。名西大学工学部の名誉教授だった。が、残念ながら二年前に亡くなっている。

もう一冊の文献が『最新サブマージアーク溶接の実際と強度試験法』で、著者が夏川英臣《なつかわひでおみ》。こちらは東都大学工学部の教授だった。

「よし。任せろ」

岩田がすぐさま東都大学工学部へ電話を入れた。

乾式キャスクや三峯重工業の名前も出し、ずいぶん長く粘っていた。

「間の悪いことに、夏川教授は海外へ出張中だった。代わりに研究室の者でいいなら取材に応じてくれるそうだ。今から直行するよな」

返事をするまでもなかった。武蔵野市の東都大学まですぐ飛んでいきたかった。

28

フォーナインは順調に高崎線を南へ進み、埼玉との県境を越えた。大宮駅から先は宇都宮線や京浜東北線も合流するので、行き交う列車が急に多くなる。

ただし貨物専用の支線も併設されているため、急なルート変更にもさしたる影響は出なかった。指令室からの速度を守れば、途中駅で停車せずに走っていけるのだ。

当面は六十キロ制限の指示が、本部指令から伝えられた。速度計と前方の景色を睨みつつ、ハンドルを動かしていく。

通過する駅や沿線のどこかに、もし熱心な鉄道ファンがいたなら、国防色のシートで覆われた珍しい編成の貨物列車を見て、カメラのシャッターを切りたくなるに違いなかった。警察の専従班がファンサイトをくまなくチェックしているというが、すべてに目配りができるとは考えにくい。偽の情報を流すことで、信越線の架線を切った連中の目をごまかせるといいが、不安は残る。

「まもなく大宮駅です。時速五十に落として通過し、分岐まで向かってください」

「了解した」

指令室からの指示を伝える阿部に答えると、井澄はマスコンハンドルを調整した。

市街地の駅を越えて進み、京浜東北線の与野《よの》駅をすぎると、武蔵野線へ通じる貨物専用線の分岐があり、その先は地下のトンネル区間が多くなる。

上越線に入ったあとは数キロも続くトンネルを何本も通ってきた。ルートを変更した直後で、人が容易に立ち入れない山間部でもあり、何者かがトンネル周辺で待ち受けているとの不安は抱かなかった。が、すでに南長岡駅を出てから三時間がすぎていた。

長岡駅から大宮駅まで新幹線を使えば一時間半もかからない。そろそろ先回りが可能な路線に入ると言えそうだった。

さらなる可能性としては、別働隊が動いて待ち伏せる、というケースも考えられた。何しろ武蔵野貨物線はトンネル区間が長い。本当に襲撃のようなことを企む者がいるとなれば、仕掛けるには打ってつけの場所に思えてくる。

すでにダミーの列車が編成されて自分たちの先を走っていたなら、このフォーナインへの被害は食い止められるのかもしれない。おそらく警察は、積み荷を守るために社の幹部を説得したはずだ。そう考えて井澄は慌てて首を振った。

いけない。そもそも人身御供《ひとみごくう》を差し出すようなアイディアを提案したのは自分だ。ダミー列車が襲われでもしたら、悔やんでも悔やみきれなくなる。たとえ多少のアクシデントがフォーナインを待ち受けていようと、警察が必ずや未然に防いでくれると信じるしか、今はなかった。

「もうじき分岐して、武蔵野線へのトンネルに入ります」

井澄は横に立つ森安参事官に向けて言った。

次に待ち受けるトンネルの近くには、公園や川があったと記憶する。路線点検の作業員でも真似れば、人目を盗んでの接近は難しくない。

もちろん、フォーナインを確実に停車させようと企てるなら、名古屋の先で待ち受けるのが最も確実だった。が、警察がそう読んでくると睨み、あえて別の場所で襲ってくるとも考えられる。決して油断はできなかった。

指令室からの指示は五十キロ走行のままだったが、井澄はさらに速度を落とした。貨物専用線の分岐を越えて、列車が左右に少し振られた。前方にトンネルの暗闇が待ち受ける。ブレーキハンドルを握る右手が汗ばんでくる。袖口で素早くぬぐってハンドルを握り直す。

前方の信号は、青。周囲に不審な人影はない。

ＥＨ５００金太郎の前照灯は、フロントガラスの上下に設置されている。が、やや右カーブを描くトンネルの奥まで光は届かず、すべてを見通すことはできなかった。目を凝らして線路を見つめる。

走行音が壁に反響して高まり、トンネル内の空気を切り裂く振動が伝わってくる。異常を発見してブレーキハンドルを直ちに押そうと、重い貨物列車はトンネルを出るまでに停まれはしない。

最も怖ろしいのは、置き石などの障害物に乗り上げての脱線だ。

新型タンクは頑丈に造られているという。信じていないわけではなかったが、もし脱線してトンネルの内壁に激しくぶつかった場合、落下テストとは比べものにならない衝撃が襲う。もしトンネル内で爆発でも起ころうものなら、大惨事はさけられない。このすぐ先には新幹線の高架が走り、どこまで被害が及ぶか、考えるだけで怖ろしくなる。

白いライトに照らし出された線路に目を配り、また少し速度を落としながらトンネル内を進んでいった。光が届く先は百メートルほどか。障害物らしきものは視界の中になかった。が、恐怖心からブレーキハンドルに手が伸びた。

運転士としてこれまで、何万回もトンネル内を走行してきた。幸いにも井澄は、事故に遭遇した経験はない。中には駅のホームで人身事故に見舞われたり、踏切に進入したトラックと接触して九死に一生を得た運転士もいた。どれほど細心の注意を払っていようと、事故は思いがけない方向からやってくる。

固唾《かたず》を呑みながら、惰性走行でトンネル内を慎重に走らせた。指示にはないほど速度を落としたというのに、横で見守る阿部は何も声をかけてこない。彼も狙われるならトンネル内と考えていたのだろう。

十五秒ほどで右前方に白い光の輪が見えてきたのを確認して、安堵に胸を撫で下ろした。

二本の線路はクリアに見えている。不審な影も視界の先に見当たらない。

一分もせずにトンネルをぬけて、複線分岐の別所《べっしょ》信号場に差しかかった。横で阿部が大きく息をつくのがわかる。

「信号、青。武蔵野線に入ります」

井澄は声にしてマスコンハンドルを引いた。まだ安心はできない。新秋津《しんあきつ》駅の先で、武蔵野線はまた長いトンネル区間に入る。しかも、今度は全長五キロと距離がある。新小《しんこ》平《だいら》駅を通過した先にもまたトンネルが待っている。

さらに言えば、多摩川を越えた先の武蔵野貨物線に入ると、十キロ近くも地下を進んで梶ケ谷貨物ターミナル駅にたどり着く。恐怖心との戦いはまだ続く。

自ら買って出た運転だが、これほどの重圧に苛《さいな》まれるとは予想だにしていなかった。フォーナインのスピードを上げることができず、次のトンネルに備えて目を見開く。

後ろで森安が電話連絡を受けたあと、運転台のほうへ歩んできた。

「井澄さん、梶ケ谷ターミナル駅の南に幹線道路が走っているので、すでに警備の者が待機し、トンネルの出入り口を監視しています」

「ありがとうございます。でも、この先は何本ものトンネルが続きます」

すべてのトンネル口に人を配置できるとは思えなかった。順調に武蔵野線を越えて東海道線に入ったとしても、小田原の先でまた長いトンネルが続く。真鶴《まなづる》道路が並走しているので、線路脇に近づいてトンネル内に侵入することは楽にできる。おそらく梶ケ谷貨物ターミナル駅の周囲が市街地なので、近くのトンネルに人を配しておいたほうが万全と彼らは考えたのだ。

井澄はトンネルへ向けて延びる線路を見すえ、横に立つ阿部に言った。

「先行するJR東の列車に協力を求められるか、大至急手配を頼むと、本部指令に伝えてくれ」

「わかりました」

「いいですよね、森安参事官」

「わたしも相談を上げてみます」

テロの危険があるかもしれない。そうJR東日本にも連絡をつけたうえで、各列車の運転士に不穏な気配がないか、注意を払ってもらうのだ。

森安が急いで電話連絡を始めたのだから、同じ路線を走るJR東日本には、まだ詳しい情報を伝えていなかったと見える。

JR各社の中でも貨物鉄道は最も地味で目立たない存在だから、たとえ本社の中で慌ただしい動きがあっても、メディアに嗅ぎつけられる心配はまずなかった。が、もしJR東日本の社内にテロ情報が広まりでもすれば、外部に察知される危険性が出てくる。

すでに記者と名乗る女性が井澄を名指しして電話をかけてきたが、今はフォーナインの存在を隠すよりも、安全を優先するためJR各社で情報を共有すべき時だった。

もし警察が外部への情報伝達を渋るようであれば……。すなわち、このフォーナインが運ぶタンクコンテナの存在そのものを日本政府が隠したがっている——そう見積もっていい気がする。

次々と芋づる式に悪い想像が連なっていき、井澄は頭を振って邪念を払った。

よからぬ想像をかき立てている時ではない。何が起きようと、このフォーナインを新鶴見信号場まで安全に走行させて、終着駅まで荷を送り届ける。

それが自分たちに課せられた最優先の使命だった。

29

幹線道路で渋滞につかまったため、午後五時をすぎても東都大学に到着できず、佐貴子は車中で苛立ちに足を揺すり続けた。

今ごろ臨時の貨物列車はどの辺りを走っているか。信越線は復旧したとのニュースが届いたものの、架線が何者かに切断されたとわかれば、JR貨物もただおとなしく同じ場所に留《とど》まって待つとは考えにくい。おそらく上越線へとルートを変えたはずだ。

木月聡からは、いまだ連絡がきていない。彼が反原発グループにどっぷり身をひたしていたとは考えにくいが、心情的には近い立場にあり、佐貴子の言いつけどおりに警察へ事情を伝えたかどうかは怪しく思えるのだった。

苛立ちをまぎらわせるため、会社の携帯を使って再び井澄というJR貨物の社員に電話を入れたが、やはりこちらも出てくれなかった。そこで作戦を変えて、今度はショートメッセージを送ってみた。メールアドレスがわからなくとも、電話番号で伝言が伝えられる。

『タンクの中身がわかってきました。予想もしなかった危険なものです。大至急、連絡ください。東日本新聞担当記者』

おそらくJR貨物の社員は、乾式キャスクの輸送と知らされずにいるのではないか。全国規模で輸送を担っているので、列車を青森から走らせた場合は、何人もの運転士が必要になる。そのすべてに荷物の中身を正直に伝えていけば、事前に情報が流れかねず、漏洩のリスクは高まる。

依頼主は、カモフラージュまでした以上、よほど真実を隠したい理由があるのだ。JR貨物を単なる運送業者にすぎないと見て、積み荷を偽って伝えた可能性は高かった。

井澄からの返信も電話もなく、午後五時十分になって、ようやく東都大学の正門前に到着できた。アポがあることを警備員に伝えて工学部のキャンパスへ入り、夏川研究室を訪れた。

三十代と見える白衣を着た研究員が応対してくれた。白で統一された室内は清潔感にあふれ、近年に新設された研究棟のようだった。

「……ええ、そうでしたね。三峯造船さんからの依頼で、教授がサンプルテストに協力させてもらいました。モジュール化した乾式キャスクの胴体部の強度を、さらに高める方法はないかと相談されて、研究室でアイディアを出していったのを覚えています」

「その技術は難しいものなのでしょうか」

佐貴子は期待を胸に問いかけた。

サンプルテストの段階では成功したものの、いざ三峯グループで正式な製造を始めたところ、キャスクの強度に問題が見つかったのではないか。経過観察の途中だったが、生憎とサイクル施設の貯蔵プールは満杯で、ほかへ運び出すしかなくなった。そう考えれば、秘密裏の輸送にも納得ができる。

「三峯造船さんは業界のトップを走る企業ですので、技術系や開発力のポテンシャルはかなり高いと、教授はずいぶんと感心されていました。特殊鋼を複層的に張り合わせる際、設計図と寸分の狂いもないパーツを見事に仕上げてきたんです」

「では、新型キャスクの製造には何も問題はなかったのですね」

すぐには納得できず、佐貴子は否定のニュアンスを強めに訊いた。

「もちろん完成までに多少の紆余《うよ》曲折はありました。けれど、三峯グループの威信もかかっていたでしょうし、粘り強く技術開発を続けていったんです。成功した時は、教授も今回の計画に貢献できたことを喜んでおられました」

自分の手柄でもあるかのように、研究員は頬をほころばせた。

詳しい溶接法の新技術についても説明されたが、門外漢の佐貴子ではどこに最新テクノロジーが使われているのか理解が及ばなかった。救いを求めて岩田を見たが、彼も煮え切らない表情を返してきた。

「もう一度確認させてください。新型キャスクは、すべて三峯造船が製造を請け負ったのですね」

佐貴子はあきらめきれず、質問の方向性を変えた。

「そうですね。今は人件費の安い途上国も、物作りの技術を上げてきているため、日本の造船産業はどこも苦境におちいっています。けれども、原発の使用済み燃料は今後も増えていく一方ですし、再処理も遅れているため、今回の乾式キャスクの開発が軌道に乗っていけば、大量受注はほぼ間違いなく、三峯さんがグループの総力を挙げて取り組もうとされたのは当然だったと思います」

「これはあくまで噂なのですが、キャスクの強度に問題が出たのではないか。そういう匿名の情報が、実は我々に届いているのですが……」

佐貴子はあえて嘘の情報があると誘いをかけてみた。絶対どこかに問題が起きているはずなのだ。

「……本当ですか」

研究員はありえないと言いたげに表情を曇らせ、見返してきた。

ここは嘘を押し通すまでだった。佐貴子は言った。

「我々もまだ確信が持てていません。ぜひ情報の真偽を確かめたいと思い、取材を進めています。ところが、三峯重工業の関係者を訪ねたところ、話をそらされてしまいまして。夏川教授は強度の点について何か心配があるとか、若干の懸念などは語られていなかったでしょうか」

「どうですかね……。研究段階での強度テストは、すべて問題なくクリアできたので、計画にゴーサインが出されたんです。使用済み燃料を入れる特殊な容器ですから、国の基準が厳格に定められてました。もしあとで何か問題が起きたとなれば、こちらにも必ず相談があるはずだと……」

「本格的な製造段階へ移り、そこで新たな問題が生じてくるケースは起こりえますよね。たとえば量産にそぐわない技術だったとかの――」

難癖をつけられたと思ったのか、研究員の表情がにわかに厳しくなった。

「もちろん本格生産に移ってしまえば、教授もうちの研究室も関知はできません。ただ――くり返すようですが、三峯さんから新たな相談は一度もうちにはきていないんです」

「もし何か不都合と言えそうな事態が生じていたとするならば、どういうケースが考えられるでしょう」

しつこく食い下がると、研究員は吐息を洩らし、首をかしげてみせた。メディアは何かとすぐ不安をあおりたがる。そういう批判を帯びた目つきを隠さなかった。

「……どんな製造現場でも、機械的欠陥や人為的ミスは時に起こるでしょう。けれど、組み上げ後には入念な製品テストを行う計画になってました。ものが使用済み燃料のキャスクですから、何重にもわたって厳重なチェック態勢が取られていたと思います」

「では、どういうチェックを行っているのか、ぜひお聞かせください」

二人の新聞記者にメモをかまえられて、研究員が鼻白んだ。迷うように視線を揺らしたあと、佐貴子たちに目を戻して言った。

「しつこいようですが、わたしどもはあくまで開発段階での協力をさせていただいたのです。詳しい製品テストの内容までは聞いていません……。確か、試作品を作り上げた時は、金属の特性に詳しい専門の先生に、あらゆる面から何度も強度テストをしてもらったと聞いています」

開発と製品テストを別の専門家に依頼することで、万全のチェック態勢を取っていたらしい。そのどこかに、ほころびが見つかったに違いないのだ。

すかさず岩田が後ろから尋ねた。

「その専門家の名前を教えていただけますでしょうか」

「ええ、はい。……栄王大学工学部の松坂俊彦《としひこ》教授です」

30

武蔵野貨物線の生田《いくた》トンネルは全長十キロに及ぶ。指令室からの指示で時速八十キロを保ち、井澄は息をつめながらフォーナインを走らせた。

すでに多くのトンネルを抜けてきたので、少しは緊張感も薄れつつあった。が、ライトに照らし出された二本のレールから片時も目をそらすことはできなかった。もし何者かに襲われる危険があるとすれば、このトンネルを出た先の梶ケ谷貨物ターミナル駅かもしれないのだ。

リニア中央新幹線の品川と名古屋を結ぶトンネル掘削工事がすでにスタートして、建設発生土を貨物列車で千葉の埋め立て予定地へ運んでいる。その搬出口が梶ケ谷貨物ターミナル駅に隣接しており、今は出入りする工事車両が多かった。

関係者の出入りはチェックしているだろうが、建設現場や駅の敷地は広大で、塀を乗り越えての接近は不可能ではない。

星村本部長を通じて対策を取るように依頼はしたが、急な要請に現場がどこまで動いてくれたか不安は残る。さらに気がかりなことが、もうひとつあった。

生田トンネルへ入る直前、上着のポケットでスマホが震えたのだ。一瞬、娘の顔が浮かびはしたが、最近はほぼ向こうから連絡がこなくなっていた。仕事のメールはパソコンのほうのアドレスに届く。本部の誰かが運転中の自分にメールを送るわけもない。誰から連絡がきたのかチェックしたくとも、今はとても余裕がなかった。

「まもなく出口です。時速五十に落としてください」

阿部が列車無線で入る指示を伝え、前方を指し示した。

暗いトンネルの先に目映《まばゆ》い光が見えてきたので、井澄は目を細めて射し入る陽光を抑え、スピードを落とした。近づく光の輪が広がると走行音の反響が消えて、地上の景色が一気に広がった。

国道の高架下を抜けると、梶ケ谷貨物ターミナル駅の着発線とコンテナホームが見渡せる。

警備の者がどこにいるのか、井澄には確認できなかった。少しスピードを落としたとはいえ、十秒ほどで駅の横を通過し、早くも次のトンネルが待ち受ける。

風圧で運転台が揺れて、フォーナインは再びトンネル内へ入った。井澄は細く息を洩らしながらも、闇の中を延びる線路に神経を集中させた。このトンネルさえぬけてしまえば、新鶴見信号場までは二キロほどしかない。

「まもなく右カーブがありますから、時速四十に落としてください」

阿部の声にも安堵の気配がにじんでいた。

「次の運転士の手配は完了ずみです。準備ができ次第の出発でいいでしょうか」

貨物専用線なので、夕方の列車をやりすごす必要がなかった。この先の東海道線も貨物線が並走しており、小田原までは問題なく走らせることができる。

「森安参事官、警官隊の交代はありますでしょうか」

「この先は当分ありません。準備ができ次第、直ちに出発してください」

トンネル内を五分近くも走ると、やっと出口が見えてきた。時刻は十八時前になっているが、まだ陽は高い。

新鶴見信号場の敷地は横須賀線新川崎駅の西に広がっている。上下の本線以外に、十一の着発線を持ち、つけ替え用の機関車も待機する。着発線の先には新鶴見機関区の屋舎が建っている。

トンネルを出ると、井澄はブレーキをかけて速度をさらに落とした。貨車が重いため、二キロ手前から慎重にブレーキをかけていく必要がある。

高崎から約二時間の運転が、まもなく終わる。

半年前まで五勤一休のローテーションで運転していたのに、今日ほど疲れを感じたことはなかった。このまま機関車を降りて横になりたいが、フォーナインの終着駅は遥か先の佐賀県で、明日の正午まで長い旅は続く。

「お疲れ様でした。このまま本線で停車してくれとのことです。運転士と機関区長が旗を持って陸橋下で待っています」

「了解した」

井澄は黄色と緑の減速信号を見て、ブレーキハンドルを段階的に引いては戻し、慎重にスピードを落とした。

赤信号の先の陸橋横には、運転士と蛍光色の安全チョッキを着た職員の姿が見えた。手にした旗を振っているのが機関区長だろう。

貨物列車の運転で最も難しいのがブレーキ操作だった。自動空気ブレーキは構造上、前の車両から順に利いていく。わずかなタイムラグを考慮したうえで、ブレーキをいったんゆるめつつ急制動がかからないよう調節していく。ブレーキが強すぎると、荷崩れを起こしやすくなるためだ。

徐行速度に落としてから、陸橋の前まで進んでブレーキをかけ直し、フォーナインを停車させた。わずかに後ろの貨車から反動がきたが、半年ぶりにしては上出来だったと思う。

「本当にお疲れ様でした。とてもいい勉強をさせてもらいました」

阿部が姿勢を正し、一礼してきた。運転席の外からも声がかかる。

「井澄君、いつでも歓迎するぞ。また運転士に戻ってくれよな」

仙台鉄道部に配属されていた時、ともに震災後の緊急輸送を手がけた中尾昇《なかおのぼる》がタラップを上り、呼びかけてきた。ベテランの彼が志願してくれたとなれば、大いに心強い。静岡まで安心して任せられる。

「急な依頼を受けていただき、ありがとうございます」

井澄は席を立ち、運転台の前を譲った。

「水臭い言い方はしないでくれよ。ものが何であろうと、貨物を安全かつ時間どおりに送り届ける。それがおれたちの務めじゃないか」

中尾が無理したような笑みとともに言い、鞄をコンソールの右に置いた。中から紙包みを取り出して、井澄のほうへ差し出してくる。

「ほら、差し入れだ。駅前に美人の女将《おかみ》で評判の店があってな。コンビニとは比べものにならない美味しさだぞ」

受け取ると、まだ少し温かいお握りと鶏の唐揚げにウェットティッシュが入っていた。こういう気遣いができるベテランに自分もなりたいものだった。

ここで役目を終える阿部に礼を言ってから、井澄は列車無線の受話器を手にして、中尾を振り返った。

「もう聞いているとは思いますが、コンテナ重量五十トンで十八個です」

「ブレーキの調子はどうだった」

「問題ありませんが、空貨車を挟んであるせいか、石油類の輸送より最初の揺れ戻しがやや大きく、少しタイムラグがあるように感じました」

「ＯＫ。単弁と自弁を慎重に使い分けていけばいいんだよな」

貨車が重いと、機関車単独のブレーキ操作は微調整が難しくなる。かといって貨車のブレーキは、ゆるめる時に衝撃が前に伝わってきやすい。二種類のブレーキを巧みに操ってやる必要がある。

中尾が計器類の指差し確認に入ったのを見て、井澄は列車無線に告げた。

「こちらフォーナイン。運転士の交代、終わりました」

「指令室、了解した。本線、信号青。鶴見まで時速四十」

行路表を立てかけて準備を終えた中尾に指示を復唱する。

窓から後ろの測定コンテナの様子を見ていた森安が向き直り、異常なしとうなずいてきた。線路脇で見守っていた機関区長と職員たちが離れていく。

「出発進行」

中尾が声にしてブレーキハンドルをゆるめた。井澄が停車させてから、まだ三分ほどしか経っていない。さすがベテランで仕事が早い。

大きく車体が揺れて、フォーナインが動きだした。

なめらかな加速で信号場をぬけると、指定速度を保ちながら横須賀線と並走する貨物専用の本線を走っていく。

しばらくは気を休められると思い、井澄はスマホをポケットから取り出した。誰からメールが届いたのか素早くチェックにかかる。

ショートメッセージが届いていた。差出人の番号は、記者を名乗る女性からのものだった。本当に記者かどうかまだ不明だが、確実にあの女性は興味深い情報をつかんだため、井澄に連絡を取ってきたのだった。

何食わぬ表情を装ったままメッセージを開いた。

『タンクの中身がわかってきました。予想もしなかった危険なものです。大至急、連絡ください。東日本新聞担当記者』

井澄は無表情に徹して、すかさず待ち受け画面に戻した。

反対側のドア横に立つ森安に勘づかれてはならなかった。久しぶりの運転で肩が凝ったという演技を心がけ、横目で気配を探ってみる。向こうもこちらの様子を気にしているようだった。

「すみません……娘からメールがきてました。ちょっと返事だけ送っておきます」

照れ隠しに頭をかく演技をしつつ、画面を隠すようにして素早く返信を送った。

『ものが何か教えてください』

森安の目があるので、それ以上の文面は送れなかった。

31

再び栄王大学へUターンする車中から、岩田が松坂研究室に電話を入れた。幸いにも教授は構内にいてくれたらしく、佐貴子に向けて親指を立ててきた。

ところが、新聞社名と用件を伝えたところで、岩田が慌てたように声をつまらせた。スマホを耳から離すと、横目で佐貴子を見ながら盛大に息をついた。

「まいったよ。けんもほろろに電話を切られた。どういうことだと思う?」

過去の経験から確信できた。門前払いの取材拒否をしてくるとなれば、松坂教授には間違いなく新聞記者に問いつめられたくない事情があるのだ。

「乾式キャスクの強度について聞きたい。今そう伝えたよね」

「ああ、もちろんだとも。忙しくて時間が取れない、と素っ気なく言われたよ。でも、ハイそうですか、って素直に引き下がる品行方正な新聞記者がいると思ってるのかな」

岩田もかなりの手応えを感じたようで、今度は面白がるような笑みが口元に浮かんだ。

やはり乾式キャスクの強度に何かしらの問題が出ていたのだ。テストを請け負った教授があからさまな取材拒否をしてくるのだから、もう疑問の余地はなかった。

「ひょっとすると君は、とんでもないネタを引き当てたのかもな」

「喜ぶのはまだ早すぎるって。残念ながら証拠と言えそうなものは何ひとつないから」

「けど、方向性は間違っちゃいない。核心に迫ってるから、松坂教授は態度を急変させて電話を切ったんだよ。あとは関係者の口をどう割らせていくか、だ」

思案顔を見交わすと、手にしたスマホが短く着信音を発した。メッセージが届いたらしい。

素早く目をやり、拳を振り上げたくなった。ついに井澄充宏から返事がきた。

が、残念ながら短すぎる文面だった。

「おい、誰からだ。見せてくれ」

岩田がまた腕をつかもうとしたので、おとなしくスマホの画面を向けてやった。短い文面に目を走らせるなり、口元をさすり上げた。

「こちらに探りを入れるような訊き方だな。君をまだ新聞記者と信じてないのかもな」

「あるいは、新聞記者と信じながらも、周囲の目を気にして電話をできずにいるか」

「なるほど。彼は例の貨物列車に乗っている可能性が高いんだったな」

佐貴子の読みが当たっているなら、運転士のほかに、荷主の関係者まで乗っている可能性はあった。何しろ積み荷が特殊なのだ。警備の者も同乗していそうに思える。

荷主がタンクの中身を正直に告げていないことを彼も見ぬいていながら、面と向かって指摘ができずにいるのかもしれない。その反対に、荷主と一緒になって記者と名乗る女の素性を確かめようとしている、との見方もできる。

確認のために、再びショートメッセージを打ち返した。

『臨時列車の荷主を教えてください。答えてくれたら、タンクコンテナの中身を教えます』

これで井澄の本心がきっと見えてくる。岩田も横でうなずいていた。

さあ、早く返信してくれ。

じっとスマホを睨んでいると、二分ほどで返信のメッセージがきた。今度は三文字だけだった。

『自衛隊』

やはり彼以外の者がそばにいるのだ。その目を盗んでメールを打つ必要があったため、返信が遅くなったと考えられる。

『訓練輸送と偽ったわけですね』

返事を書きながら、岩田に素早く説明していく。

「JR貨物はこれまでにも自衛隊の装甲車や装備品を輸送してるわけ」

「そうか……。乾式キャスクの見た目はタンクコンテナそっくりだから、やはり燃料の輸送と称したんだろうな」

同感だ。

井澄たち現場の社員は何も知らされず、輸送計画が進められたと思われる。

今度は、いくら待っても返信がこなかった。時間だけがすぎていく。

荷主の目を盗むことができずにいるのだろう。いずれにせよ、担当者の井澄でさえ、タンクの中身を教えられていないのだ。ならば、真の回答を得るためにも、松坂教授を不意打ちして話を聞き出すほかはなかった。

午後六時二十七分。今日二度目の訪問になるが、栄王大学の正門は早くも閉ざされていた。

土曜日でも運動部などのサークル活動はあるはずだから、不可解さは否めなかった。佐貴子たちが歩み寄ると、警備員が出てきて、横柄な口調で用件を問いただされた。

ひょっとすると、新聞記者が訪ねてきては困ると考えた松坂教授が手を回したわけか。

案の定、約束のない者は通せない、と居丈高に言われて行く手をさえぎられた。堂々と不法侵入するわけにもいかず、ひとまず引き下がるしかなかった。

「どうする。さっき話を聞いた池口准教授に協力を求めてみるか」

松坂研究室の誰かを呼び出してもらうつもりらしい。

早速、岩田が再び池口の研究室に電話を入れた。

「……先ほどはご協力いただき、ありがとうございました。実はもうひとつ、至急お願いしたいことができまして。そちらの松坂俊彦教授に話を聞きたいと言う同僚がいます……」

松坂教授との接点がないので、まずは研究員や学生の誰かを紹介してもらえないか。まだ大学の近くにいるので、直接お願いをさせてほしい。

うまい話の進め方だ。彼の温和な口調で切り出されれば、警戒心を抱く者はいないだろう。

教えられた裏手の通用口へ回ると、こちらの門は閉まっていないのだから、警備に一貫性が見られなかった。やはり松坂教授が手を回したとしか考えられない。かなりの警戒ぶりだ。

キャンパス内へ入って広い中庭で待つと、若い男女が研究棟から小走りに現れた。派手なシャツを着た背の高い男が池口の助手で、ジージャン姿の女性が松坂研究室の学生だった。

佐貴子たちが質問する間、背の高い助手が保護者のような視線を横からそそいでいたので、単なる助手と学生という関係ではないのかもしれない。が、余計な詮索は置いておき、肝心な質問に集中した。

「こちらに原子力研究センターも置かれている関係からか、松坂教授は三峯重工業が開発を進めていた乾式キャスクの強度テストに協力されていたと聞きました。その分野で名前を知られたかたですので、ぜひお目にかかって話をうかがわせていただきたいと考えました」

教授の業績を持ち上げるようなニュアンスをちらつかせて言うと、女子学生はわずかに表情をほころばせた。

「はい。うちの先生は金属研究分野では、かなり名が通っておりますので」

「教授はお忙しいようなので、まずは参考のために、ここで二、三、基本的な質問をさせてくださない。以前から三峯グループの研究開発事業に、先生はご協力なさってきたのですよね」

話を導くために当然とも言える質問をしたつもりだったが、女子学生がわずかに首を傾《かし》げる仕草を見せた。

「いいえ……。実を言うと先生は、三峯重工業さんとはライバル関係と言っていい企業グループの製鉄会社と新素材の研究開発を進めておりました」

意外な話の成り行きに、佐貴子は大げさに驚いてみせた。

「えっ、そうなんですか。では、どうして三峯グループに協力することになったんですか」

「新聞記者のかたならご存じだとは思いますが、先生は——播磨《はりま》製鋼所の第三者委員会に加わっておりました」

知っていて当然と言いたげな目を向けられて、佐貴子は戸惑った。

播磨製鋼所。新聞記者でなくとも、多少は世のニュースに関心を持つ者であれば、聞き覚えのある企業名だった。

日本有数の鉄鋼メーカーだからでは、ない。二年ほど前のことだ。検査証明書のデータを書き換えたうえで、強度不足の製品を出荷していた不正行為が発覚し、経済界を揺るがす大問題を引き起こしたメーカーだった。

岩田がペンを持つ手を大きく振り、二人の前に進みながら言った。

「待ってください。どうして播磨製鋼所の第三者委員会に加わっていた松坂教授が、三峯グループの事業に協力なさったんでしょうか」

女子学生は横の助手に目をやってから、落ち着いた声で説明を始めた。

「第三者委員会では、播磨製鋼所がなぜ長期にわたってデータの改ざんを見逃してきたのか、管理体制はもちろんのこと、企業体質にもメスを入れて、徹底的に不正事件の全容を明らかにしていきました。その際に、各金属製品を取り寄せて厳しい強度テストをやり直したんですが、松坂先生が先頭に立って第三者委員会をリードしていった面がありました。その時の仕事ぶりが業界に知れ渡り、三峯さんから協力を請われるようになったと聞いています」

ようやくひとつの道筋が見えてくる。

松坂教授は共同開発のパートナーであった播磨製鋼所にデータの改ざん問題が発覚し、

裏切られたという思いをつのらせて、徹底的に不正を暴き出そうとしたのだ。その対応ぶりを見た三峯側が、松坂教授にアプローチをかけてきた。

もしかすると、播磨と共同開発を進めていた新素材の研究成果も入手できると考えたのかもしれない。いずれにせよ三峯は、松坂教授という新たなパートナーを得て、乾式キャスクの開発を進めていったのである。

「松坂教授は、どういう形で三峯グループに協力されたのでしょう」

岩田がさらに質問を重ねた。

「乾式キャスクには国が定めた厳しい安全基準があるんです。最初は新素材の強度テストを任されていましたが、先生は基準をクリアするための新たなアイディアを提案し、それで完成にまでこぎ着けることができたと聞いています。確か新素材の製造法に関して今、特許申請が進められていたと思います」

「なるほど。それで事情がわかってきました。だから最近も、乾式キャスクに関する強度テストを、松坂教授が担当されたわけですね」

佐貴子は内なる緊張感を隠して言葉を継ぎ、こちらはすべて承知ずみだと思わせるように問いかけた。隣で岩田が質問の意味を悟り、見つめてくる。

こういう訊き方をすれば、いくらか相手の口も軽くなってくれると考えたが、丸顔の女子学生はあっさりと首を横に振った。

「いいえ、今はもう試作を終えたので、キャスクに関してはすべて先生の手を離れています」

「と言われると……つまり、乾式キャスクの強度テストに何も問題はなかったのですね」

岩田が直ちに確認を入れたが、女子学生は胸を張るようにしてから大きくうなずき返した。

そんなはずはない。佐貴子は視線をメモに落とした。

必ず問題があったはずだ。だから、備蓄センターを経由するというカモフラージュまでして、隠密裏に乾式キャスクをサイクル施設から運びだしたに違いないのだ。

どこかに絶対、何らかの問題が発生していなければ、不可解な状況に説明が通らない。臨時列車は今朝早くに、東青森駅を出発している。数日前から輸送計画は進められていたはずだ。問題が発覚したのは、この一週間から十日ほどの間ではなかったか。

佐貴子は内心とは裏腹に、こともなげな表情を装って尋ねた。

「でも、松坂教授はずっと大変お忙しそうにされていたとか」

「ええ、先週は実験に没頭されて――」

ふいに女子学生の声が途切れた。何か思い出しでもしたのか、キャンパス内の夕景を見回していた。

「ひょっとすると、乾式キャスクとの関連が考えられる実験だったのでしょうか」

我慢できずに水を向けると、女子学生が目を戻し、自信なさげに首を傾けた。

「ある企業から急に依頼を受けて困っていると、先生は不機嫌そうにこぼされていました。実験が思うようにはかどらなかったらしくて……。ちょうどそのころだったと思うんです。キセイチョウのかたがお見えになりました」

キセイチュウと最初は聞き違えてしまい、佐貴子は急いで似た言葉を思い浮かべながら、隣の岩田に視線を振った。

目を見開いた岩田が声を裏返しぎみに言った。

「原子力規制庁の人なんですね」

「――はい、検証実験が順調に進んでいるとかで、先生にお礼を言いにきたと聞きましたけど。あれから先生、機嫌が悪くなったみたいで、何を言われたのか、みんなで少し気にしていたんです」

言葉をにごすようにしてうつむいてから、やけに深刻そうな目で、佐貴子たちを見比べた。

「新聞記者さんが訪ねてくるなんて……まさか乾式キャスクの強度に何か問題でも出てきたんでしょうか」

こっちが訊きたいぐらいだった。顔には出さずに、佐貴子は訊いた。

「そのお礼を言いにきた人の名前はわかりますでしょうか」

「もちろん……先生に訊けば、わかると思いますけど」

それができないから困っているのだ。

こうなったら松坂教授に正面から体当たりして、これまでの材料をすべてぶつけてみるか。だが、三峯重工業の警戒ぶりから見て、相手にしてくれるわけがないのはわかりきっていた。

教授がどんな研究をしているのか。岩田が例によって穏やかな口調で尋ねたが、当然ながら詳しい研究内容を部外者に教えてくれるわけはなかった。

女子学生はやんわりと首を振り返して言った。

「記者さんたちは、いったい先生の何を知りたいんでしょうか」

彼女の隣で見守る助手も厳しい目を佐貴子たちに向けてきた。

「いや、どうかご心配なく……」

松坂教授の仕事を調査したいと思っているのではない。実は、東都大学で乾式キャスクについての情報をもらい、その補足に話を聞きたいのだが、面識がないため、予備知識を仕入れておきたかったにすぎない。

岩田が急ごしらえの笑顔で言い訳したが、彼女たちの懸念をぬぐうことはできなかったらしく、二人の視線の厳しさは変わらなかった。

慌てて礼を言って立ち去ったが、いつまでも二人は佐貴子たちから目を離そうとせず、同じ場所に立ち続けていた。

車を待たせた表通りへ歩きながら、岩田が辺りをはばかるような声でささやいてきた。

「どうやらはっきり見えてきた気がしないか。たぶん松坂教授は、原子力規制庁からの依頼で乾式キャスクの強度を調べ直したんだろう。そこに問題があるとわかったんで、不機嫌になってしまった。その報告が規制庁へ上がり、直ちに緊急輸送を行うことが密かに決定された」

「間違いなさそうだけど、残念ながら証拠はどこにもない。どうやったら原子力村の堅い口を割らせることができるか……」

車の前まで歩いたところで、岩田が震えるスマホを取り出した。

表示を見るなり動きを止めて、佐貴子を見下ろしてきた。

「何だろうな、会社からだ。それも科学部じゃなく、編成局からだ。どういうことだと思う?」

「言っとくけど、わたしのことは黙っててよ、お願いだから」

岩田は佐貴子に背を向けて電話に出た。言葉遣いがいきなり丁寧になったので、それなりの役職の者だったと見える。

「……いいえ、最近は連絡を取り合っていませんので、わたしは何も……。はい、もしこちらに連絡がありましたら、すぐお知らせします。局長はずっと社においでなのでしょうか。……はい、わかりました」

電話を終えた岩田が振り返った。事態を面白がるような笑みを浮かべ、いわくありげに見つめてきた。

「おい、どこからか手配が回ったみたいだぞ。うちの編成局長、社会部上がりなんで、警察幹部とはツーカーだって評判がある」

佐貴子から連絡がなかったか。局長自らが岩田に電話で訊いてくるとは只事《ただごと》ではなかった。支局で一緒だったことを、わざわざ調べだしたか。誰かに訊いたわけか。

「どうする。原子力規制庁まで登場してきたんで、ぼくら二人じゃ手に負えなくなりそうだから、社会部に応援を頼もうかと思ったんだが……」

困惑顔の岩田を真正面から見返した。

「何言ってんの、気は確か？　わたしたちの手で証拠を意地でもつかみ取るしかないでしょ」

32

時刻はすでに午後七時が近い。早朝に出発した貨物列車は今どこを走っているのか。

河本尚美は足早に横断歩道を渡った。先に車を降りた先崎はもう二十メートル近く前を歩く。

陽はすでに西の住宅街の奥へと沈み、ホームセンターの駐車場は目映《まばゆ》いばかりのライトに照らし出されていた。

ここまで明るくする必要があるとは思えなかったが、震災後にやたらと連呼された節電などすっかり忘れて、日本人は電力消費に頼った快適な暮らしを満喫している。

しかも、業界は形だけ省エネを呼びかけつつ、電力自由化を機に割引サービスを競い合って、もっと気軽に電力を使ってもらおうとするキャンペーンまで実施しているのだ。

もちろん、電力が不足しているとの理由を作り上げて、各地の原発を再稼働へ持ちこもうという見え透いた魂胆が裏には存在する。

「まったく……日本全国どこも夜が明るすぎる」

入り口横で待っていた先崎が、尚美を見ずに独りごちてから、もっと明るい店内へ歩いた。同じことを考えていたとわかり、胸の奥にほのかな温みが広がっていく。

以前、二人で愚痴をこぼし合ったことが思い出された。夜をやたらと明るくしたがるのは、安全につながるという意識の表れなのかもしれない。辺りが暗いと人は不安を覚えやすい。そう尚美が言うと、彼はすぐに鼻で笑った。

そんなものはあとづけの理屈だ。この地球上から夜をなくすなんて、絶対にできっこない。夜を明るくするのは、安全より金儲けのためだと断言できる。経済原理に人は支配されすぎてるんだ。都会の街明かりを見つめながら、彼は悲しげに言った。

確かに明るい夜でも犯罪は発生する。いつまでも街が明るいから、遊び回る者が引きも切らず、新たなトラブルを生んでいくケースもあった。

安全を口実にした利便性と、電力コストのいたちごっこが続く裏で、原子力発電のリスクが時とともに忘れられていく。そう官民一体になって情報操作に懸命なのだ。だから、誰かが真実を暴き出し、世に知らしめていかねばならない。

それぞれ分かれて店内を回り、今回の計画に必要なものを買いそろえていった。超小型の携帯型録画装置。黒いジャージの上下に薄手の軍手。目出し帽は見つからなかったので、黒い帽子とサングラスを選んだ。ひとまずこれで顔は隠せる。

あとで防犯カメラの映像を調べられると困るので、必要のないTシャツや小さなフライパンに紙のコップと皿なども買い足した。これで警察の目をいくらかはごまかせる。

レジで支払いをすませて荷物をエコバッグにつめていると、少し離れた先崎がスマホを取り出していた。報告のメールが届いたのだ。尚美の横を通りすぎながら、小声で呼びかけてきた。

「――仲間が確認してくれた、こちらの狙いどおりだった」

距離を置いて尚美も歩きだした。浜岡原発を監視するメンバーが、ついに例の貨物列車を確認したのだ。

遅れて店を出ると、防犯カメラの死角に当たる木陰で先崎が待っていた。歩み寄ると、スマホの画面を向けてきた。

「見てくれ、これだ。もう間違いない」

夕暮れの田園地帯を貨物列車が走りぬけていく場面の写真だった。辺りは暗くなりかけているものの、最近のスマホのカメラは性能がいいため、先頭の機関車が鮮明にとらえられている。

「早速、彼が調べてくれた。EH500形エコパワー金太郎という機関車だそうだ」

窓や彩色の違いから、遠目でも機関車の判別はできた。写真には後ろに続く貨車が四両、見えている。

最初の貨車の真ん中に、小ぶりのコンテナが載っていた。その次に問題のタンクコンテナがあり、暗い色のシートで覆われている。

先崎がスマホの画面に指をすべらせ、写真を次々と表示させていった。

「シートで隠されたタンクは、合計十八個。Kからの情報と完全に一致する。当然、時刻表にも載っていない貨物列車だ。どこから見ても間違いはない」

やはり列車は南長岡駅を出て、上越線へルートを変えたのだ。先崎が予想したとおり、乗務員基地がいくつも置かれている東海道線を経由して西へ向かったと思われる。

先崎は仲間にメールを送ってから、先に駐車場へ歩いた。

「急ごう。あと二時間近くで名古屋を通りすぎてしまう」

それぞれ荷物を手に急いで店を出た。通りの先で待つ車に戻ると、仲間の二人が素早くドアを開けて降り立った。

「電話しようかと思ってたところだ。打ってつけの場所を見つけた」

痩せぎすの樺島が進み出て言い、先崎の手から荷物を受け取った。尚美も袋を渡すと車を回り、谷中が開けたドアから後部シートへ乗りこんだ。

「教えてください」

車内に身をすべりこませた先崎が二人に訊いた。

運転席に戻った樺島が、ドアを閉めてから地図を開いた。

「名古屋から岐阜までの沿線は市街地が続いてる。列車に近づくのは不可能じゃないけど、人に見とがめられる危険性はある。なので、少し名古屋から手前を探ってみた。そしたら、ここからおよそ十二キロほど手前に、絶好と言っていいロケーションがあったんだ」

「地図サイトの衛星写真で確認してみた。新幹線と並走する区間で、東に県道が走っているけど、西側はずっと緑地帯が続く。身を隠すにもってこいの林がある」

谷中が助手席からタブレットを差し出した。地図サイトの衛星写真だった。

新幹線と東海道線、二本の線路と県道が映し出されていた。確かに西側には木々が密集し、身を隠せそうだ。この辺りからなら、誰に見られることなく列車に近づける。

「問題は、どうやって貨物列車をここで停車させるかだ……」

先崎はタブレットの地図上で長い指を開いては閉じ、最寄り駅からの距離を目算しながら言った。

「二段階で罠《わな》を仕掛けるしかないでしょうね。まず、下り方面のここ——共和《きょうわ》駅を列車が通過したところで、架線を切断する。そこから約一・五キロで、この緑地帯に差しかかる。いくら重量のある貨物列車でも、それぐらいの距離があれば、充分に速度は落ちる」

「次にブレーキをかけさせて、列車を完全に停めるわけだな。手っ取り早いのは、線路上に大きな障害物を置いて、運転士に発見させればいい」

谷中が指摘すると、先崎がうなずき、三人を見回した。

「一番わかりやすくて楽なのは、踏切の中に車を停車させることでしょうね。もし衝突しそうになったら、アクセルを踏んでやりすごす。ただ、都合のいい場所に踏切があるかどうか……」

「よし。善は急げだ。確かめに行こう」

樺島がハンドルへ向き直るなり、エンジンをスタートさせた。

スマホのナビを頼りに高速道路へ上がって南下し、大高《おおだか》というインターチェンジで降りた。この付近一帯は高台を開発したようで、街の明かりが小さな山を描いていた。

住宅地の細い道を通りすぎて進むと、右手が急に暗くなった。こんもりとした緑地帯が広がっているのだ。雑木林にしては大きいので、開発の進んでいない山林が残されているのかもしれない。

やがて正面に鉄道の高架が見え、下りの新幹線が光る線となって猛スピードで通りすぎていった。その下を東海道線が走っている。

あらためてスマホのマップを見ると、近くにいくつか踏切は見つけられた。大通りでは人目につきやすいので、なるべくなら細い道の踏切が好都合だった。

マップと照らし合わせながら用水路を越えると、小高い森から最も近い踏切に出た。道幅は六メートルほどで、住宅地は近くに見えるものの、交通量はそう多くなさそうだった。

「ここがベストかもしれませんね。まずはゆっくりと通りすぎてください」

先崎が周囲に目を配りながら言い、踏切を越えて車を進めた。

右手に民家が点在して見えるが、その奥には小高く暗い森が続いている。市街地ではないため、防犯カメラのようなものは見当たらなかったが、油断はしないほうがいい。

いったん県道まで出て、近くにあった公園の脇道で車を停めた。

先崎が窓から外を警戒して見回したあと、暗い車内に目を戻して言った。

「この車で東海道線沿いに三河安城《みかわあんじょう》まで向かって、例の貨物列車が来るのを待ち受ける者が一人。時刻表には出ていないし、シートで覆われたタンクコンテナ十八両という特徴的な外観は見分けがつきやすいので、近づいたら直ちにほかのメンバーに連絡を入れてください。計画のスタートを告げる係と言っていいので、重要な任務でもあります」

「最終的な確認をさせてもらっていいだろうか」

樺島が慎重な物言いで、肩越しに先崎を見つめた。

「何でも訊いてください」

「例の貨物列車が運んでいるのは使用済み核燃料を収容する乾式キャスクのほかには考えられない。しかも、検証実験の途中で何かしらの問題が発生し、緊急輸送の必要が出てきた。そこまでは本当に間違いないんだろうか」

今さら何を言いだすのか。怖《お》じ気《け》づきでもしたわけか。そう指摘はしなかったが、助手席の谷中が真意を疑うような目をそそいでいる。が、先崎は誠実に答えていった。

「すべての状況が物語っていると言っていいでしょう。ほかに理屈の通る推論は考えられません。日本の沸騰水型軽水炉は、三峯重工業が建造してきたので、専用の乾式キャスクの開発も三峯グループが総力を挙げて取り組んできています。そこで注目すべきなのは、東京のメンバーが最近になって仕入れてくれた情報との接点なんです。実は、その乾式キャスクの試作品の強度テストを任されていたのが、栄王大学の松坂俊彦教授だったというんです」

「初めて聞く名前だが……」

樺島が言って谷中に目で問いかけた。

迷うような視線が返されたのを見て、先崎がすぐに答えた。

「多くの関係者が気づいていないのかもしれませんが……松坂教授の名前は、別の事件のニュースで報道されているんです」

尚美にも聞き覚えのない名前だった。原発関係の研究者はもれなくリストアップしてきたつもりでも、まだ見落としがあったらしい。

もしかすると東京のメンバーとは、先崎にいまだ心を寄せる後輩なのかもしれない。業界で気になる情報があれば、逐一報告を上げていることは考えられる。

「樺島さんたちが名前を聞いた覚えがなかったとしても無理はないんです。松坂教授は原子力業界の外にいる人なので」

「専門は？」

樺島が短く確認する。

「合金元素の溶解融合と共晶体《きょうしょうたい》研究の第一人者と言っていいと思います」

先崎の説明は簡潔すぎて、具体的なイメージがわいてこなかった。

要するに金属分野の研究者なのだとはわかる。

「松坂教授は、あの播磨製鋼所が引き起こした製品不正問題の第三者委員会で主要メンバーの一人でした」

樺島たちが息を呑むように互いの顔を見回した。

尚美も少しは記憶にあった。グループ内の工場で検査データを偽造して、不正に製品を出荷していた問題だ。

「まさか、乾式キャスクの材料に、播磨の鋼材が使われてたのか……」

谷中が声をひそめて尋ねると、先崎があっさり首を振った。

「いえ、播磨製鋼所は三峯グループではありません。ですが、同じ状況が三峯の鉄鋼メーカーで生じていたと考えるなら、すべての状況に説明がついてきます」

尚美は悪寒に襲われた。播磨製鋼所の製品不正問題では、自動車や航空機の原材料もふくまれており、各企業が独自の材質テストを行ったのち、自社製品の強度に問題はなかったとアピールに努めていたと記憶する。

あの時、原発関連の原材料として、播磨の鋼材が納品されたとは聞いていない。もし強度不足の製品が使用されていたならば、原発の耐用年数に支障が出てくる可能性は高い。原子炉や配管に問題でも出ようものなら、大事故に直結しかねない危険性も考えられる。

先崎が小さく息を継いで、言った。

「サイクル施設の中で検証実験が進められていた新型の乾式キャスクに、もし強度不足の問題が出たとすれば……。あの施設の燃料プールはすでに満杯なので、十八個のキャスクに収容したすべての燃料棒何百本もを再び取り出して冷却貯蔵しようにも、もはや不可能な状況になっていたと思われます」

「そうか……。もし地震が起きてキャスクが転倒でもしようものなら、中で燃料棒が接触しかねない事態が出てくる。もし万が一にも核分裂の連鎖反応がキャスクの内部で起きてしまえば、臨界事故へとつながりかねない。あってはならない事故を未然に防ぐには、今すぐ冷却プールに沈めて冷やしてやる必要があった。サイクル施設での冷却が無理となれば、当然ながら選択肢は限られていて、どこかの原発に引き取ってもらうしかない。だから、緊急搬送が決定された……」

谷中が声を震わせたあと、見た目にも強く唇を嚙みしめた。

「幸いと言っていいのか、核燃料の輸送であれば、事前に時期やルートを発表しなくても問題はない。そう政府のお墨つきが与えられている。なので、内密に事を進めようとも、誰に責めを受ける心配はない。こっそりと不良品の乾式キャスクを運び終えたあとで、聞こえのいい理由をでっち上げたうえで、ホームページか何かで目立たないよう、とりあえず偽の発表をしておけばいい」

先崎が皮肉そうに言うと、樺島が怒りの声をしぼり出した。

「それがあいつらの、いつものやり方だからな。都合の悪い情報はすべて隠し、問題などどこにもなかったことにして、国民の目を欺きとおそうと謀《はか》る。電力業界から莫大な広告収入を得ているメディアは、いつも見て見ぬ振りだ。業界にとって都合のいい情報だけが、垂れ流されていく。まったくなげかわしい限りだよ」

電力業界は多くの広告費という餌をまいて、新聞やテレビを長らく手懐けてきた。政府も一緒になって、安全性のPR活動に余念がない。

臭いものには蓋で、国民は真実を知らされないまま原発の再稼働が認可されて、日本各地でまた使用済み核燃料と高濃度の放射性廃棄物が刻々と増え続けていく。その貯蔵地はいまだ決まっていないうえに、放射能の心配がなくなるまで、一万年先という気の遠くなる未来まで保管を続けていかねばならない。その安全性を誰が保証できるのか。リスクはすべて我々のまだ生まれてもいない子孫に押しつけられる。

「だから、ぼくたちが真実を暴き出して、広く日本中に知らしめていく必要があるんです。ネット上で大々的に告知していけば、誰もが驚いて、拡散してくれる。SNSという、巨大組織に対抗できるPRのツールを、我々は獲得している。利用しない手はないでしょう」

先崎が静かに、だが熱く決意を語ると、谷中が当然だとばかりに語気を強めた。

「そのためには、乾式キャスクを輸送する貨物列車を絶対に停めて、積み荷を確認するしかない」

自分たちの手で真実を突きとめ、未来を見出していく。あの貨物列車の裏には、国民を欺《あざむ》いて恥じない連中が絶対にこぞって関与している。

「よし、了解した。おれがこの車で三河安城まで行って貨物列車を待ち、間違いないとわかった時点でスタートの号砲を鳴らせばいいんだな」

樺島がハンドルに手をかけて言った。

「お願いします」

先崎が助手席へ視線を移すと、谷中がすぐに応じて言った。

「呼び出された時から、おれの役目はわかってるさ。ちょうどいいタイミングで架線を切断する」

「電気技師としての資格と経験を持つ谷中さんにしか、お願いはできません。我々では、どうやったら架線にダメージを与えられるのか、見当もつきませんので」

「任せてくれ。手前の共和駅に例の貨物列車が近づいたところで、必ず電力供給をストップさせてみせる。用意はできてるよ」

「わたしは何をすればいいんですか」

尚美は我慢できずに、先崎の横顔を見つめて尋ねた。

一瞬、迷うように視線をさまよわせてから、先崎が目を戻してきた。

「まずはレンタカーを借りて、あの踏切の近くで列車が近づくのを待ってほしい。ただし、気をつけねばならないのは、踏切の中で車を停めたあとのことです。我々は、ＪＲに損害を与えるのが目的ではない」

「事故は絶対に起こしてはならないというんですね……」

「もちろん、二度にわたって架線を切断する以上、あとで我々に非難は向けられるでしょう。しかし、真の目的をしっかり告知していけば、日本中の人が事態を悟り、原発への向き合い方を必ずや考え直してくれる」

「同感だ。我々は昔の過激派連中とは意識の持ちようがまったく違う。いたずらに被害を大きくしたのでは、国民の共感は得られないからね」

谷中が自分にも言い聞かせるような口調で賛意を示した。

「そのとおりです。我々は国民の目から隠され続けてきた真実を突きとめて、多くの人々に知らしめるため、最小限の実力行使をするまでなんです。その決意も、同時にネット上で表明していこうと考えてます」

先崎はいつも冷静だった。

原発の再稼働を断じて許すまいと、裁判で訴え続ける人々は少なくない。けれど、裁判所が国の進める政策を真っ向から否定する判決を下すとは考えにくい。核燃料を輸送する先々で、いくら人の鎖を作って反対をアピールしようと、警官隊に力ずくで排除されてしまうのが落ちなのだ。ニュースでどれほど反対活動が報じられようとも、見慣れた光景のひとつにすぎず、国民は対岸の火事を見るより他人事と感じている。

先崎は大学で原子力を学び、人類では制御しきれない力だとの結論を持ったという。だから、これまでの発電で産み落とされてしまった使用済み核燃料や高レベル放射性廃棄物を安全かつ確実に処理する技術と、廃炉の研究にもっと力をそそぐべきだ。そう大学で声を上げ続けた結果、助手の職を解かれたうえ、研究成果までを大学側に剝奪《はくだつ》された。

一部の研究者にとって、原発はまたとない錬金術の側面を持つ。

安全につながる技術を開発し、広くアピールしていけば、研究資金が業界という天から自然と舞い落ちてきて、生活が安定し、実績にもつながっていく。公然と国に反旗を翻《ひるがえ》すなど、絶対に許されることではないのだった。

先崎は地位と業績を奪われて、決意を固めた。自分の信念は間違っていない。よってたかって白い目を向け、学界からも葬り去ろうと企てた連中の仕事を奪うには、原子力村と呼ばれる業界が隠したがる不都合な真実を世に広めていくほかはない。

「断っておくが、君一人で罪をかぶるのはなしだぞ」

樺島が言って先崎を見すえた。尚美も同じ意見だった。谷中も言葉を添えた。

「おれはたとえ逮捕されたとしても、後悔はしない。堂々と法廷に立って、原子力村の連中がこれまで何をしてきたのか、声を大にして訴えるつもりだ」

先崎は何も答えず、暗い窓の外へ目をそらした。尚美はその手を取り、握りしめた。

「もし誰かが逮捕された場合は、みんなで一緒に法廷へ出て訴えましょう。被告が多いほど、マスコミも注目してくれる」

「そうだよ、先崎君。逮捕された暁《あかつき》には、今回の件に協力してくれた者すべてを正直に打ち明けるというのも、ひとつの方法だ。被告席にずらりと十数人が並ぶなんて見物じゃないか。いや、自分も手を貸したと、勝手に名乗り出てくれるメンバーもいるだろうな」

樺島が熱く語り、谷中がシートをつかんで顔を近づけた。

「堂々と胸を張って戦っていこう。日本の未来のためだ」

先崎が口を引き結び、目を固くつむった。涙をこらえているのかもしれない。ここには日本の未来を救いたいと心底から願う同志が集まっている。志を同じくする者は、まだ何十人も全国にいた。

「ありがとう……」

先崎が言って顔を振り上げた時だった。

突然、ガラスをたたく音が車内に響き渡った。予想もしなかった甲高い音に、尚美は身をびくつかせた。男たちも音の出どころを探して首をひねる。

また窓が強く二度たたかれた。運転席の外に暗い影が張りついていた。その人物がフロントガラスを拳でたたきつけてきたのだった。

尚美は悲鳴を吞み、先崎の肩にすがった。近所の者がずっと停車する不審な車を見つけて、声をかけてきたと思われる。

ここはしらを切りとおすしかない。だから絶対に叫んではならない。もしおかしな反応を見せれば、かえって怪しまれる。

先崎が尚美を守りでもするように左手を伸ばし、同時に後部座席の窓を下ろした。わずかに震えを帯びた声を押し出した。

「……あの、何でしょうか。車をここから動かしたほうがいいですかね」

「いや、そのまま動かないで。エンジンもかけてはならない。ちょっと君たちに訊きたいことがある」

窓の外に立った男が断固たる声で呼びかけてきた。が、顔を窓には近づけず、一歩下がって半身になった。

先崎が見上げる窓の前に、黒い手帳が差し出された。

尚美は息ができなくなった。実際に見たのは初めてでも、黒い手帳が何を意味するのかは痛いほどにわかる。

刑事と思われる男が低い声で迫った。

「こんなところに車を停めて、君たちは何をしているのかな」

「すみません……。ぼくが友人二人に色々と相談をしていました。彼女と交際を続けるべきか」

先崎がよどみなく答えると、助手席の谷中が続けて言った。

「ええ、そうなんですよ。通行の邪魔になるようでしたら、今すぐ別の場所に移動します。

なあ」

運転席へ呼びかけたが、樺島は動揺を隠せずにいるのか、黙りこんだままだ。

「動くなと言ったはずだよ。下手な嘘は通用しない。先崎優。樺島元泰《もとやす》。谷中和紀《かずのり》。君たちの名前と素性はすでに我々のリストに載っているからね」

尚美は全身から力が抜けた。窓の外に立つ男は先崎たち三人のフルネームを知っていた。どこから尾行されていたのか、まったく気づかなかった。

「刑事さん。おれはこいつらの仲間じゃない。本当だよ。京都府警公安二課に確認してもらえば、すぐにわかる」

樺島が運転席の窓を下ろしながら慌てたように言った。

尚美は声をなくして樺島へ目を転じた。彼の発した言葉が、にわかには信じられず、車内の光景がさらに暗みを増して視野が狭くなる。

この男は仲間の振りを演じながら、警察と密かにつながっていたのか……。

もう終わりだ。これで乾式キャスクの秘密を暴くことはできなくなった。尚美たちは過酷な取り調べを受け、過激派グループとして法廷の場へ引き出されるのだ。

弁護人とともに何を叫ぼうと、無念ながら隠蔽の証拠が見つかっていないため、信じてくれる者は誰もいない。メディアから袋だたきにされたあげく、今度こそ息子と再会できる機会はなくなる。原子力村の連中と、彼らに手を貸す政治家たちの高笑いが耳元で聞こえるようだった。

この場で逮捕されるしかないというのに、先崎は反論もせず、やけに落ち着き払ってい
た。助手席の谷中も慌てた素振りは微塵《みじん》もない。

裏切り者の樺島一人が挙動不審者となって身を揺すり、静まり返った車内を見回してい
た。窓の外に立つ刑事も沈黙したままだ。

「本当なんだよ、信じてください。おれは仲間じゃない……」

樺島が言ってドアのレバーを揺すぶった。が、窓の外で刑事が立ちふさがっているので、
ドアは開かなかった。

「樺島さん……。我々はとっくに気づいていたんですよ。あなたはこれまで何かと理由を
つけては、一人になりたがることが多かった。その間に、京都府警の刑事に電話を入れて、
我々の行動を逐一報告していた。そうですよね」

先崎が冷めた口調で宣告した。

続いて谷中も突き放すように言った。

「だから今日、おれは片時も君のそばから離れず、トイレまで一緒に行ってたんだよ。そ
の意味がようやく理解できただろ」

運転席で樺島がいきなりの突風でも受けでもしたように身を揺らした。

またドアレバーに手をかけ、激しく揺さぶった。が、開いた窓から手が差し入れられ、

尚美たちの目の前で青白い閃光《せんこう》がきらめいた。

スタンガンが押し当てられたのだった。

悲鳴すら発することなく、樺島の体がわずかに跳ねたあと、ぐったりと力を失って助手席側へ倒れていった。その背中を、谷中が受け止めたと思うなり、彼が左手を振りかざして、そのまま樺島の鳩尾《みぞおち》を思いきり殴りつけた。

目の前でくり広げられた事態についていけず、尚美は後部シートで身を縮めた。息が苦しく、涙があふれた。

先崎が悲しげな目を向けてきた。

「驚かせてごめん。けれど、ぼくらが逮捕される前に、裏切り者にも痛い目に遭わせておきたかったんだ」

33

十九時五十七分。新鶴見信号場からおおよそ二時間で、フォーナインは静岡貨物駅に到着した。

東静岡駅の手前で東海道線の下りが南へふくらみ、上り線との間にコンテナホームと十本の仕分線が設けられている。隣接する新幹線の保線基地とは地下の通路でつながっていて、静岡総合鉄道部の屋舎もある広大な施設だった。

警察官が警備を固めるためもあるのか、いつもより煌々《こうこう》と目映いばかりに見える。コンテナホームや駐車場から仮設プラットホームへ照明を当てているのだ。

これほど明るければ、怪しい者が近づくのはまず難しい。ここでは運転士の交代のみでなく、乗員のトイレ休憩もすませる予定になっていた。

「お疲れ様でした。急な依頼を受けてくださり、本当にありがとうございました」

井澄は中尾運転士をねぎらい、深く一礼した。

「詳しい話はあとで聞くよ。だから絶対、連絡くれよな。約束だぞ」

中尾はベテランらしく気持ちを顔と声には出さず、森安参事官にも会釈してから機関車を降りた。運転してすぐ積み荷が液体燃料ではないと気づきながら、井澄に問いかけてもこなかった。多くの警察官まで乗る緊急輸送と承知で引き受けた以上、ただ運転に専念すべきと考えてくれたのだとわかる。この二時間、おかげで井澄は張りつめた心身をいくらかリセットすることができた。

次の運転を買って出てくれたのは、静岡総合鉄道部一のベテラン——若槻和昌《わかつきかずまさ》だった。

「本部から事情は聞いてるよ。高崎から新鶴見まで君が運転したんだってな。ここから稲沢《いなざわ》まで二時間半、ゆっくり休んでもらって大丈夫だぞ」

五十歳をすぎたベテランだというのに、井澄を立てるような言い方をしてくれた。頭が下がる。

仮設ホームで引き継ぎをすますと、井澄はトイレを理由に駅舎へ走った。その間、森安の監視がなくなる。ミズタと名乗る記者の女性と連絡が取れる。

駅舎の裏へ回って電話を入れたが、通じなかった。電源を切っているか、電波の届かないところにいるらしい。どうして肝心な時につかまらないのだ。

森安たちが手を回して、彼女の素性を探ろうと動いているのは予想がついた。警察の接触を予期して、電源を切りながら取材を続けているのかもしれない。それとも、すでに身柄を拘束されてしまったか……。

『今、静岡です。同乗する警察官に、あなたの番号を訊かれ、教えてしまいました。自衛隊も警察も何かを隠しています。約束どおり、荷物の中身を教えてください』

またショートメッセージを送ってから、フォーナインへ走った。次々と警察官たちも駅舎から戻ってくる。

仮設ホームに三峯輸送の城山マネージャー補佐が立っていた。東青森駅を出発して十五時間。使命感がそうさせるのか、顔に疲れの色は見えず、鋭い視線を向けてきた。

「井澄さん。駅舎の裏で何をしていたんですか」

こちらの行動を見張っていたのかもしれない。井澄は顔色を変えないよう気をつけて答えた。

「実は、裏からのほうがトイレに近いんですよ」

彼らが駅舎の構造を知るはずはないと見ての返答だった。

井澄の答えを疑うような目つきのまま、城山が言った。

「静岡総合鉄道部に問い合わせれば、すぐにわかります」

「どうしてわたしを疑うんです。あなたたちに嘘をつく理由が、何かわたしにありますかね」

受けて立とうじゃないか。井澄は一歩つめ寄って、視線をぶつけた。

「もちろん理由はありますよ。あなたはずっと、我々に疑いの目を向けてきた。タンクコンテナの中身は燃料ではない、と。そのうえ、記者と名乗るおかしな女からも電話が入ったので、さらに疑心暗鬼をつのらせている。けれど、我々は嘘などついていない、と誓って言えます。タンクの中身はまぎれもなく燃料なんです」

開き直るように胸を張ってみせた城山を、井澄は真正面から見返して言った。

「本当に燃料であれば、どうして架線を切断してまで、この列車を停めようとする者が出てくるんでしょうか」

「井澄さんのように、タンクの中身を疑ってかかる連中がほかにもいるんでしょうね。自衛隊は特に、一部の連中から白眼視されている。国を守るという崇高な任務に就き、日夜厳しい訓練を積んできているというのに、ですよ。なげかわしいことだとは思いませんかね」

どの角度から追及の矢を放とうと、城山は巧みに言い返してくる。本当に運送会社の社員なのか、疑問しかわかない。

「どうしたんですか、井澄さん。そろそろ時間ですよ」

名前を呼ばれて振り返ると、機関車の乗務員ドアから森安が身を乗り出していた。

「今行きます」

井澄が答えるより早く、城山は身をひるがえして測定コンテナの貨車へ歩いていた。

やはり井澄たちのような普通のサラリーマンとは思いにくい男だ。この仕事が終わったら、本気で城山の素性を探ってみたほうがよさそうだった。

遅れて機関車へ乗りこむと、森安が問いかけの目を向けてきた。

「タンクの中身について、ちょっとした議論を戦わせていたんです」

事実を告げると、森安がわずかに目を見開いた。若槻までが驚いたような表情で見つめてくる。井澄は言った。

「なるほど、そうでしたか。森安さんまでタンクの中身を疑ってましたか」

「いえいえ、何を言うんですか。積み荷は燃料ですよ。わたしは疑ってなどいません」

身を取りつくろうように襟元へ手をやったのが、言葉とは裏腹に、偽りない気持ちを表していると感じられた。

「下手な嘘はもう聞きたくありませんね。城山さんが言うように、いくら窒素を充塡させようと、中身が液体であれば、絶対にタンクは揺れ戻しを起こします。あの中身は九十九パーセントの確率で固体だと考えられる。だから、何者かがこの列車を停めようとしてきたんです。違いますかね、森安参事官」

「あなたは大きな誤解をしている。さあ、もう時間です。先を急ぎましょう」

森安は明らかに話をそらそうとした。タンクの中身を彼もが疑っていたという読みは当たっていなかったらしい。

警察としても、中身の種別がわからなくては、架線を切った者らの狙いと素性を捜査する手がかりが得られなくなる。もちろん、彼らの上にいる政府の関係者も、すべてを承知のうえで決定された輸送計画だろう。ＪＲ貨物だけが蚊帳の外なのだ。

腹立たしさを堪えて、井澄は列車無線の受話器を手にした。

「こちらフォーナイン、準備できました」

「出発、許可します」

前方の信号が青に変わった。

不安そうな顔を見せた若槻運転士が、指差し確認とともに前照灯をつけた。線路の先が光の中に浮かび上がる。

「出発進行」

ブレーキハンドルがゆるめられた。モーターの動きだす音に続き、機関車が身震いするように揺れた。フォーナインがゆっくりとスタートする。

次は名古屋の先の稲沢駅で停車する予定だった。車両基地と機関区の事務所が置かれているので、運転士の交代が行われる。到着予定時刻は二十二時半前後。その後は、当初の予定どおりのコースへ戻る。

西の空はまだわずかに明るいところも見えたが、あと数十分で列車は夜の闇に包まれる。もとより警察が沿線すべてを隈無く警備できるわけはなく、どこに怪しい者が身をひそめているかわからなかった。ライトの届く範囲も限られる。

フォーナインが本線に戻って速度を上げたところで、井澄は訊いた。

「出発前から警察が乗りこむことを決めたのには、それなりの理由があったわけですよね」

「ものが特殊な燃料なので、各方面から警備の依頼がありました」

森安がこちらを見ずに淡々と答えた。

運転席の空気が張りつめてくるのを意識しながら、井澄は言った。

「そういう表向きの回答がほしくて訊いたんじゃありません。そろそろ正直に答えていただけませんか。うちの運転士は何者かがこの列車をつけ狙って、架線まで切断した事実を聞かされたうえで、仕事を引き受けているんです。その思いに警察も自衛隊も応えるつもりがないなんて、ある意味、裏切り行為ではないでしょうか」

「ですから特殊な燃料だと、城山さんがずっと説明してきたはずです」

森安はライトに照らし出された前方を見たまま無表情に答えた。あくまでしらを切りとおすつもりでいる。

「我々に嘘をついて何になるんですか」

井澄は我慢できずに言った。若槻が身を揺らしながらも振り向かず、ただ運転に専念する。

「鍋島駅に到着したら、積み替えた荷物の行き先を、わたしたちの仲間が密かに尾行することだってできるんですよ。いいや、本社に進言して、そうさせたほうがいいのかもしれない。わたしに電話してきた記者にもすべてを話せば、メディアもきっとあとを追いかけることになるでしょうね」

「あなたは何を言いだすんだ」

やっとこちらを向いてくれた。が、信じがたい愚か者を見るような目を向けられた。

「わたしが何を言いたいのか、本当にわからないんですか、森安参事官。わたしは今、信頼と責任の話をしているんです」

井澄は臆せず言葉を継いだ。

森安がまた視線を前に戻した。ここで目をそらすことのできる無神経さがわからなかった。

「我々JR貨物は、あなたたちと契約を取り交わした。最後まで責任を持って荷物を送り届ける、と書面で誓ったんです。だから、リスクがあるとわかっても、わたしはこの列車を降りていないし、運転士も任務をまっとうしようとしてくれている。契約書を交わしたことで、責任が生じるからです。しかし、その前提である契約の事実に嘘があるのでは、責任を持って荷物を送り届けることはできません」

「国の強い要請があるんですよ。あなたは日本という国を信じられないと言うつもりですか」

「どうか信じさせてください。でも、時に国の舵取りを任された者は、我々国民の目を欺くこともしてきた、とは言えないですかね。過去の歴史が、そう物語っているような気がしてならないんですが」

「大げさなことを言わないでください」

「どこが大げさですか。つい最近も政府は、特定の政治家を守るためなのか、都合の悪い文書を勝手に廃棄しましたよね。法律に反する行為としか思えないのに、警察や検察までが見て見ぬ振りを続けている」

「一部の例外ですよ」

頑なに前を見つめたまま、日本の治安を守るべき官僚は冷たく言い放った。

井澄は黙って運転を続ける若槻運転士の頭越しに声を上げた。

「わたしたちは知っているんですよ。今日に限って、なぜかうちの社長が国交省に呼び出されている。土曜日であるにもかかわらず、です。まるで我々現場の者が文句や問い合わせを上げてくるのを見越して、先手を打っておいたみたいに思えるじゃないですか」

さすがにそこまでの事情は知らなかったらしい。森安の瞳が左右に揺れた。

「鉄道の監督官庁である国交省までが今回の裏では動いてる。単なる燃料の訓練輸送で、国がそこまで手を回しますかね」

車内の空気が張りつめた。若槻は口を挟まず、振り向きもせず運転を続けながらも、じっと耳を澄ましている。森安は正面を見つめたままで、眉ひとつ動かそうとしなかった。外が暗いせいで鏡のようになった窓に映る森安の口元が、やっと苦しげに動いた。

「井澄さん……。わたしにも責任があるんですよ。だから、言わせてもらいたい。もしあなたがメディアに情報を提供する意思が本当にあるというのであれば、あなたの携帯電話を今ここで預からせてもらいます」

断固たる口調だった。

彼らは本気だ。JR貨物に嘘をつきとおし、何が何でもタンクコンテナを鍋島駅まで届けねばならない。井澄は暗澹《あんたん》たる思いに襲われた。

森安が見つめ、手を差し出してきた。静かだが、決意のこもった声で言った。

「仕方ありません。携帯電話を預からせてもらいましょう。さあ、渡してください」

まさか実力行使に出てこようとは想像もしていなかった。井澄は身を引きながら見返した。

「断ったら、どうなりますか」

森安は静かに左手を動かし、スーツの前身頃《まえみごろ》を開いてみせた。

井澄はまったく気づかずにいた。そこには肩から吊るしたホルスターがあり、黒い拳銃が収められていた。

「どうか任意での提出をお願いします」

これでは脅しも同じだった。

本来は現場を管理すべき警察官僚である森安にも、拳銃を携帯させたほうがいい――そう上層部が判断したのであれば、只事ではなかった。本気でテロを警戒して当然の積み荷なのだ。

森安がスーツの前を閉じながら、再び手を差し出して言った。

「どうかお願いします。わたしに手荒な真似はさせないでください」

組織の威を借りて迫る男の顔を、井澄はただ呆然と見返した。

34

刑事を演じた男の名は佐々野晴雄《ささのはるお》。再稼働の準備を進める敦賀原発を監視するメンバーの一人だった。

「樺島さんには、前からいろいろ噂は出ていたんだ。仲間を信じたい気持ちは強かったけれど、今回のように、隠蔽を摘発する絶好のチャンスはもう二度と訪れないかもしれない。失敗するわけにはいかないので、ペテンにかけてでも彼の本心を確かめておきたいと思ったんだ。まさか本当に警察のスパイを務めてたとは……」

先崎は車を降りると、気絶した樺島を後ろ手に縛り上げた。佐々野が口にハンカチをつめて上からガムテープを二重に巻きつけた。鼻の穴はふさいでいないので、呼吸はできる。

「こいつが連絡を絶ったとわかれば、京都府警が事態を悟って、おれたちの携帯電話の位置情報を調べにかかってくるな」

縛り上げた樺島を車から引きずり出しながら、佐々野が尚美たちを見回した。すでに携帯電話の番号は警察に伝えられているとの予測はできた。

「大丈夫。ぼく名義の携帯はアパートに置いてきた。君も守ってくれたよな」

先崎に言われて、車を降りてきた谷中がうなずいた。予備の連絡手段を用意してまで、彼らが入念に準備をしてきたとわかり、尚美は素直に驚いた。

樺島の足をガムテープで巻いた佐々野が、尚美を見上げてきた。

「心配があるとすれば、彼女の携帯だな」

「そっちも大丈夫だと思う。彼女の本名も詳しい経歴も、樺島君には教えていなかった。ずっと気をつけて見ていたし、そもそも接触の機会もなかったんで、彼女の顔写真は絶対に撮られてはいない」

「さすが先崎君だ。安心したよ」

そう言って笑うと、佐々野は気を失っている樺島を軽々と担ぎ上げて、自分が乗ってきた黒いワンボックスバンの荷台に放りこんだ。

「あとは頼みます」

先崎が言ってハッチバックドアを閉めた。運転席へ歩きかけた佐々野が足を止め、尚美を振り返った。

「怖い顔で見ないでくれないか。我々は人殺し集団じゃない。大事件を起こしたどこかの宗教団体とは違う。あくまで原子力業界の不正を暴き出すために力を出し合っている。この裏切り者には、ちょっと休んでてもらうだけだから、安心してくれ」

言われて尚美はそっと息をついた。

先崎に限って怖ろしい行為に手を染めるとは思えなかったが、樺島の裏切りを見てからというもの、彼らはずっと沈痛な面持ちになっていた。少しは痛い思いをさせるのではないか、と不安だった。

「さあ、急ごう。例の貨物列車が到着してしまう」

谷中が言って、レンタカーの運転席に戻った。街灯から遠い林の中の一本道なので、近所の住民に見られてはいないだろうが、一刻も早く場所を変えたほうがいい。

先崎に続いて後部シートに乗りこんだ。佐々野のバンが先に発進し、谷中がエンジンをスタートさせた時だった。先崎の手の中でスマホが震えた。

「――また貨物列車が来たんだな」

呼びかけも名乗りもせずに、先崎は電話の相手に問いかけた。

運転席の谷中が肩を揺らして振り向くなり言った。

「やはり、そうきたか。ネットの掲示板にやたら偽情報を書きこんでもいたし、日本の警察もそこそこやるじゃないか」

「ありがとう。これで成功の確率がさらに上がった。本当に助かったよ。あとは我々に任せてほしい。絶対に成功させてみせる」

「静岡から、ですね……」

先崎が通話を終えると、尚美は予想をつけて尋ねた。

浜岡原発を監視する仲間から、例の貨物列車が通りすぎていったとの連絡が、十五分ほど前にきていた。またも貨物列車が通りすぎたとは、どういうことなのか、理解が及ばずにいた。

先崎は尚美の視線を受け止め、微笑んでみせた。

「少し視野を広げて考えてみれば、誰にでも想像はつく。こちらの推測どおりに、まったく見た目の同じ貨物列車が、静岡貨物駅にたった今、到着したそうなんだ。もちろん、その列車も時刻表には載っていない」

「Kからの情報は、十八個のタンクコンテナだったよな」

谷中が確認を入れ、すぐに先崎が視線を戻した。

「そうだとも。三十六個とは聞いていない。つまり、敵は二本の貨物列車を編成した、と考えていい。もちろん、我々の目を欺くために、だ」

手の中に浮かんできた汗を、尚美は握りしめた。そういうことだったか……。

また何者かが架線を切断し、危害を加えようと試みてくるのではないか。そう先回りして考える者がいて、JR貨物にもう一本の貨物列車を編成させたに違いなかった。

隠蔽工作に長けた者らは、さすがに知恵が回る。だが、先崎はあらかじめ、敵が罠を仕掛けてくる可能性もある、と読んでいたのだ。だから、静岡の仲間をなおも待機させて、時刻表に載っていない貨物列車がまた通過していかないか、を確認させたのだった。

「猿知恵と言っていいな。少しは裏をかこうとしたんだろうが、子どもにでも想像はつく。

先に静岡を通過していった列車が、まず偽物だ」

谷中が確信ありげに言いきった。

「信越線の架線が切られたと知って、慌てて編成したんでしょうね。どこかの愚か者が、狙っていた列車と誤解して、必ず襲ってくれる。ところが、そのダミーの貨物列車には大量の警官が乗りこんでいるので、一網打尽にできる。そういう鮮やかな展開を思い描いたのかな……」

「なあ、先崎君。そのさらに逆手を取って、後ろの列車がダミーだという確率は何パーセントあるだろうか」

谷中が皮肉そうに口元をゆがめ、思案げな目を寄せた。

「大丈夫。一パーセントもないですよ。もし先に走る列車が素直に襲われてしまったら、目も当てられなくなる。警察がリスクの高い手を打ってくるわけがない。九十九・九九パーセント、二本目が核燃料を運ぶ本物の列車でしょうね」

その読みには尚美もうなずけた。

ダミーの列車を走らせれば、予期せぬ襲撃を未然に防げる。絶好のアイディアを思いつけたと、警察は自画自賛しているだろう。けれど、先崎の読みは、さらに上を行っている。

彼の指示どおりに動けば、絶対に真実を暴き出せる。

先崎が逸《はや》る気持ちを抑えるように大きく息を吸った。

「さあ、最後の準備に取りかかりましょう」

35

「ここまで集めた材料は、明らかにひとつの答えにつながってる。すべてをぶつけてみるしかないかもね」

佐貴子の無謀な提案に、岩田は渋い顔を見せたが、ほかに攻めどころがあるとは思えなかった。相手にされないおそれはあるものの、松坂教授に研究者としての自負と公徳心がある限り、軽々しく事実の隠蔽に荷担はできないだろう。もし逃げの姿勢を見せたとしても、その反応から手応えは得られるはずだ。

再び通用口から構内へ戻り、松坂教授の研究室を探し当てた。

ところが、先ほど話を聞いた女子学生に、肝心の松坂教授までもが、すでに帰宅した、と言われてしまった。佐貴子たちから質問を浴びた女子学生が、すぐさま教授に報告を上げ、そろって逃げ出したと見える。

仕方ないので研究室に残っていた助手から話を聞こうとしたが、けんもほろろに追い払われた。よほど教授からきつく箝口令が言い渡されたに違いなかった。

さあ、どうしたものか。

車に戻り、次の一手を思案した。早く打開策を見出さないと、貨物列車はその目的地に到着してしまう。

「ねえ、本社の力で、どうにかして小谷野宗一を動かせない？」

単なる思いつきで口にしたわけではなかった。

元首相の名前を出すと、岩田が頰を震わせた。

「おいおい、無茶を言うなよ」

「でも、今や脱原発のリーダーみたいな人でしょ。元首相のコネを駆使して、取材の便宜を図ってくれそうにも思えるけど」

「気持ちはわかるよ。でも、ここは落ち着いて考えてみようじゃないか」

佐貴子をなだめるように手を広げてみせてから、岩田は言った。

「状況証拠はかなり固まってきたと言っていいよな。三峯重工業はグループ各社の協力を得て、乾式キャスクの開発に取り組んだ。当然、原材料となる鉄鋼関連品も、傘下の企業に発注した。ところが、完成した乾式キャスクに欠陥が見つかった……」

使用済み核燃料は放射能と熱を出し続ける。水は熱を冷やすだけでなく、放出される中性子の減速材ともなる。だから、使用済み核燃料は、原子炉から取り出された直後、しばらくはプールで保管されるのだ。

乾式キャスクに欠陥が見つかったのであれば、すぐに冷却プールへ戻すのが通常の対策だった。が、サイクル施設の貯蔵施設はほぼ満杯で、新たな燃料を受け入れるスペースは残されていなかった。となれば当然、別の場所の冷却プールに収容するほかに打てる手はないはずなのだ。

「乾式キャスクを積んだ臨時列車は東青森駅を出たあと、日本海の沿岸を南下していったんだから……」

佐貴子が言いかけると、岩田があとを引き取った。

「信越線の先の北陸には原発がいくつもある。そのどこかの冷却プールに運ぼうってわけだろう」

「若狭湾まで行けば、高速増殖炉のもんじゅに、新型転換炉のふげん、あとは美浜に大飯、高浜と、原発銀座と言われるぐらいだから……」

佐貴子はスマホを使って、三峯グループ傘下の鉄鋼メーカーをネット検索した。

二社が見つかった。三峯製鉄と新武蔵マテリアル。

鉄鋼関連と非鉄金属での棲み分けがあるようだった。両社の組織図を見ると、工学技術や新素材研究の部署を持ち、経営の多角化を目指しているのがわかる。

「このどちらかが乾式キャスクの素材を製造していた……」

「よし。こういう時の常套《じょうとう》手段だ。ライバル企業の技術者から当たってみよう。経済部にそこそこ優秀な後輩がいるんだ」

岩田は言って、直ちに車内で電話をかけ始めた。土曜日のすでに夜に入っているため、どこまで話を聞けそうな人物をつかまえられるか。

「……そうなんだ。いや、播磨の事件について訊きたいんじゃない。ほかでも似たような事例があるんじゃないかって疑ってる記者がいる。業界内に顔が知られた人なら、いろいろ噂も耳に入ってくるんじゃないかと思ってな」

その間、佐貴子はスマホで自社の記事を開き、あらためて播磨製鋼所の製品不正問題を復習した。

内部調査をして不正事実が判明したと発表されていたが、かなり怪しいものだ。なぜなら、不正は十年も行われてきたと、のちに判明している。その間、社内で調査が行われていなかったはずはない。

おそらく、不正を見かねた社員が上に直訴したのだ。もし外部に訴えられでもすれば、大問題になって会社の評判は地に落ちる。傷を少しでも小さくするには、自らの手で不正を発表するしかなかったろう。

最初の記者発表は、二年前の秋。一部の工場で、アルミ鋼板と銅製品を、決められた強度テストを実施せずに検査証明書を発行したうえで、取引先に納入していた事実が見つかった、と公表している。ところが、次々と日本各地の工場で似た事例が発覚した。

中には、強度テストをクリアできなかった製品でさえ、データを偽造したうえで出荷する悪質なケースまでが見つかった。

直ちに第三者委員会が組織されて、調査に乗り出した。不正の理由は、納期に間に合わせるとともに製品ロスを減らすためであり、組織ぐるみの行為だった、と認定された。しかも、十年前から行われていて、現場には遵法《じゅんぽう》意識が著しく欠如していた、との厳しい報告書が出された。

偽装製品の納入先は、自動車や航空機メーカーもふくまれ、安全性が脅かされる事態にまで発展した。そこで、メーカーが独自に製品チェックを行い、安全面に問題はなかったとの発表がされた。が、十年前に製造された鋼板を再チェックしたわけではなく、強度不足による事故が過去に一件もなかったとの断定はできない。そういう厳しい指摘も出されていた。

記事を読み進めるごとに、胸の内が冷えていった。

三峯重工業は原発メーカーでもある。当然、グループ企業から部品や鋼材を調達していたはずだ。播磨製鋼所のケースでは、人の命を預かる自動車や航空機の鋼材でも、製品不正が十年にもわたって続けられ、製造現場の意識はかなり低かった、と見なさざるをえない。もし乾式キャスクに使われた鋼材で、安全面に問題ある製品が不正に出荷されていたとすれば……。

池口准教授の説明が耳の奥に甦る。

――乾式キャスクは安全性の面で燃料プールでの貯蔵よりも優れている。

だが、当然ながら乾式キャスクが設計どおりの性能を持っていた場合の話だった。鋼材の強度が不足していた場合、中に収められた使用済み核燃料の安全性は保証されなくなる。

電話を終えた岩田が、深刻そうな目で見つめてきた。

「またも新たな状況証拠が出てきたみたいだぞ」

「三峯の鉄鋼メーカーで何かおかしな動きがあったわけ？」

「新武蔵マテリアルから分社した系列に、マテリアル科学研究所という合金の試作と腐食分析を担当する会社がある。そこで先週の火曜日、一部施設で操業がストップしたため、新武蔵マテリアルの鹿島工場にまで影響が出て、いくつもの製品に出荷の遅れが出てるっていう」

先週の火曜日。ちょうど時期的には符合する。怖ろしいほどの偶然、として片づけられる問題ではない。

時刻はいつしか午後八時を回っていた。これから茨城県の鹿島へ向かうのでは、十時すぎになってしまう。

製鉄関連の会社であれば、二十四時間の操業体制を取るのが普通なので、従業員は深夜であろうといるはずだった。が、三峯本社と同じく、固く扉を閉ざしてくるのは想像がつく。

「うちの本社なら、原子力規制庁の担当記者がいて当然だと思うけど」

佐貴子が新たなアプローチの方向性を口にすると、岩田はすぐさまスマホの画面をタップした。

「よし、確認してみよう」

岩田が電話を入れた先は、彼の在籍する科学部のデスクだった。土曜日の夜でも残業にいそしむ記者は多い。

「ちょっと気になる話が浮上してきた。先週のことなんだ。曜日はまだ確定できていないが、原子力規制庁の役人が、栄王大学の松坂教授を訪ねてきたっていう。乾式キャスクの検証実験に教授が力を貸したことへの礼を言いに行ったらしいが、その役人の名前がわからないだろうか」

早口に用件を伝えていった岩田が、急に口をつぐんだ。じっと相手の話に聞き入っている。

「……いや。研究室の学生から話を聞いたんだから、間違いはない。青森の核燃料サイクル施設で始まっていた検証実験が順調に進んでいることへの礼だと言っていた」

そこで岩田がスマホの送話口を手で覆い、佐貴子を見つめてきた。

「民間で行っている検証実験に、規制庁の役人が礼を言いに来るのは、どう考えても不自然だとしか思えないそうだ。通常、実験結果の報告を受ける程度だそうだ」

「何かあったからに決まってるでしょ。お礼なんてのは、松坂教授がとっさに助手たちの前で取りつくろった嘘」

断定して言うと、岩田は了解とばかりにうなずき、電話に戻った。

「……ますます誰が松坂教授を訪ねたのか、知りたくなった。どうにか手を回せないだろうか。頼む。ただし、編成局には絶対、気づかれないでほしい。あそこの局長からぼくのところに、警告とも思える電話があったばかりなんだ。――そう、あの編成局長は警察幹部とツーカーだろ。ぼくの突撃取材を受けた誰かさんが、警察幹部に苦情を訴えた可能性も考えられる。逆から見れば、それほど核心を突いた取材だったって証拠にもなる。頼む」

十分ほどで科学部のデスクから岩田に折り返しの電話が入った。

「どうだった。……そうか、なるほど。実に興味深い話ではあるな」

岩田が佐貴子を見ながら、小さく首を左右に振ってみせた。興味深くはあるが、手がかりとまでは言えない情報らしい。が、岩田は手帳に何やら文字を書きつけた。

「……OK。あとはこっちで動いてみよう。ほかに探るルートがないか、もう少し粘ってみてくれないか。頼む。……そうだ、あとで必ずネタのことは打ち明ける。約束するよ」

通話を終えてスマホをひざに置いた岩田を見て、佐貴子は尋ねた。

「何をどう動くつもり？」

岩田はメモに目を走らせてから、佐貴子に向き直った。

「連絡のついた二人は、広報担当と技術基盤課の者で、こちらの質問には首をかしげざるをえないと言ったそうなんだ。民間の研究に、規制庁が口を出すことは基本的にない。ただし、防災や環境モニタリングの技術や、人材育成、再稼働審査のアドバイスでは、民間の研究者に協力を求めることになってるらしい」

「つまり、新たな乾式キャスクのような民間の研究に直接口を出すことは、まずないってわけか」

「そう。ただし、その乾式キャスクの検証実験が終われば、電力会社から正式に認可申請が出されて、規制庁も確認に動く。その根回しを、今から始めている可能性は考えられるそうだ」

「確かに興味深い話だけど、疑問しか浮かんでこない。だって、松坂教授は乾式キャスクの研究に協力した人だし……。その主要メンバーと言えそうな研究者に、そもそも認可にかかわる確認テストのようなものを、普通は頼まないでしょ。自分の仕事を自分で検証するなんて、信頼性に欠けるでしょうから」

「そうなんだよ。だから、根回しだったという可能性は否定される気がする。少なくとも検証実験のお礼というのは、教授のついた下手な嘘か、学生たちの聞き間違いだったか……」

岩田がまたメモに視線を落とした。彼の肩に身を寄せ、佐貴子は手帳を横からのぞいた。

「まだ何か情報があるんでしょ」

「ひょっとすると、使える手になるかもしれない。後輩が言うには、つい最近、規制庁から民間に出向した者がいたそうなんだ。長官官房の参事官という要職にあった官僚で、あまりに急な人事だったものだから、何か大きなミスをしでかしたんじゃないかって、内輪で話題になったらしい」

岩田の狙いはわかる。ミスを犯して民間へ出された者であれば、表に出しにくい情報も教えてくれる可能性が出てくる。

「しかも、危機対策担当の参事官だったっていうから、かなりのエリートが突然、外に出されたわけだ。何があったのか、むくむく興味がわくってもんだろ？」

もしこちらの予想どおりの問題が乾式キャスクに発生していた場合、検証実験をそのまま続行することには何かしらのリスクが生じるだろう。当然、原子力規制庁にも連絡が行く。その担当先は、ひょっとすると危機対策の参事官とも考えられる。

その人物が民間に出されたとなれば、聞き捨てならない。

「何て名前の人？」

「――城山健吾。しかも、出向先は、三峯グループの傘下だ」

「嘘でしょ……」

岩田が深刻そうに眉を寄せ、いわくありげにうなずいてみせた。

「三峯輸送という会社だそうだ」

36

時刻は早くも午後九時になろうとしていた。先崎が最終確認のために、車内で仲間を見回した。

「もし予期せぬ事態が起きた時は、緊急メールを一斉に送ってください。自分の仕事を終えたあとは、ほかの仲間に迷惑をかけないよう、必ず携帯電話を破壊して捨てる。いいですね」

刑事を演じた佐々野の肩が大きく動き、決意に満ちた声を上げた。

「おれも必ず現場に駆けつけるからな」

「いや……。君はまだ警察にマークされていない。仲間と次の行動に移ってほしい」

谷中が首を振って言い、先崎もいさめるような目を佐々野に向けた。

「ぼくも同じ意見です。君まで前科を背負う必要はない」

「今さらよしてくれよ。覚悟は決めて、ここに来たんだ」

「もちろん、君の役目は人に目撃される危険がつきまとう。もし警察が君を特定できなかった場合の話ですよ」

「おれと先崎君は、樺島と連絡を取り合ってたから、すでに京都府警に多くの情報が伝わってるはずだ。もう逃げられはしないと思う。でも、君は違う」

谷中の言葉の中に自分の名前が出てこなかったのが気になり、尚美は先崎へ目を転じた。が、気づかない振りをするかのように、腕時計へ目を落としていた。女という性別が何かハンディキャップであるかのように感じられてならなかった。

先崎が視線を上げて佐々野に告げた。

「ぼくらのことだったら心配には及ばない。動機は多くの国民が納得してくれる。JRに損害を与えたんで、寄付を募って賠償金を払えたとしても、有罪にはなるだろう。けれど、執行猶予がつく可能性は高いと思う。世の中に広く原発業界の体質を知らしめるには、軽微とも言える代償だよ」

「メディアは業界に遠慮して、報道を抑えてくるかもしれない。だから、代わりに誰かが広く喧伝《けんでん》していく必要があるんだ。君が摘発をまぬがれた時は、リーダーとなって動いてほしい。頼む」

谷中が頭を下げると、佐々野はもう言い返そうとしなかった。自分を納得させるように何度もうなずいた。

「わかったよ。君たちの活躍を必ず見届けて、志ある仲間に伝えていこう。ネットを駆使して広くアピールしていけばいいんだよな」

「お願いします。各地のメンバーに、今回の配信を拡散してくれるよう、すでに伝えてあります」

「もちろん、おれたちも警察から逃げながら、広く訴えていくつもりだよ。なあ」

谷中に話を振られて、尚美も言った。

「何もわたしは怖れていません。佐々野さんたち心強い仲間がいるんですから。お願いします」

「では、慎重に行動していきましょう」

先崎が言ってドアを開け、車から降り立った。尚美もあとに続いた。

佐々野は前に停めたワゴン車へ走った。彼は三河安城駅の近くへ急ぎ、貨物列車が見えてきたところで計画のスタートを告げるメールを送信する。次に、共和駅の近くで待機する谷中が、用意してきたドローンを使って架線を切断する。

尚美は大高駅の手前にある踏切へレンタカーを乗り入れたあと、停止ボタンを押して列車を停める。近くの林に身を隠した先崎が列車の最後尾へ走る。彼はスマホにつないだ小型ビデオカメラを使って、ネットの生中継によって真実を世に暴き出す。

もし失敗すれば、尚美たちはＪＲの架線を切断して、ただ損失を与えただけの狂信的な反原発グループと見なされる。犯罪者の一人となり果て、息子との面会はますます許されなくなる。

絶対に成功させねばならなかった。逮捕された時は、裁判の場で広く世に訴えていくのだ。夫がなぜ死を選んでしまったのか。息子たち将来ある若者のため、脱原発に舵を切っていくことこそが重要なのだ。その礎《いしずえ》になれるのであれば、本望だった。

先崎が運転席へ回り、尚美も助手席に乗ってドアを閉めた。

「尚美さん。あなたにはどうお礼を言っていいかわからない。今日まで一緒についてきてくれて、本当にありがとう」

先崎がハンドルに手をかけたまま見つめてきた。尚美は首を振った。

「わたしのほうこそ感謝しかありません。生きる意味を見失っていたわたしに、新たな目標が見えてきたんです」

「こんなことになって、ごめん……」

なぜ謝ろうとするのだろう。先崎に導かれはしたが、決して無理強《じ》いされてきたわけではなかった。自ら熟慮のうえに選んだ道なのだ、と断言できる。たとえ犯罪者のレッテルを貼られようが、後悔など微塵もない。まだ自分には果たさねばならない使命がある。

「本当にありがとう。ごめん……」

目を見て頭を下げてきた先崎が、急に向き直った。

気づいた時には遅かった。彼の右手が突き出されて、視界の端に黒い物体がかすめた。

青白いスパークが車内を染めて全身が痺《しび》れ、あとは何もわからなくなった。

37

時刻はようやく二十一時を回った。フォーナインは夜の東海道線を西へ走り続けた。焼津《やいづ》駅をすぎると、左手に見えていた太平洋の暗がりが街明かりへと代わり、次々と車窓を流れた。新幹線と併走する区間も多く、右上空を目映い光の列が猛スピードで駆けぬけていく。

井澄は指令室からの指示を淡々と若槻運転士に伝え、あとはずっと暗い窓に肩をあずけていた。昨夜からの疲れが重く体の奥底にたまりつつあるのに、終着駅の鍋島まではまだ道半ばと言ってよかった。この先シークレット・エクスプレスに何が待ち受けているか、油断はできない。

しかし、なぜ井澄のスマホを預かるほどに、警察はメディアを怖れるのか。積み荷が単なる燃料でないどころか、世に知られては困る何かなのだ、と認めたも同じに思える。東青森駅で職員と噂し合ったように、爆弾に類するものでなければ、ここまでの警戒心は見せないだろう。

そう疑ってみるが、もし爆弾であるならば、これまでどおりに自衛隊の車両で輸送すればいいのだ。わざわざＪＲ貨物の手を借りる理由があるとは考えにくい。

そのうえ、防衛装備庁の役人は、打ち合わせから積み替え作業までを民間の輸送会社に任せきりで、測定コンテナ内でも傍観者めいた態度を見せ続けていた。その不自然さから推察するに、自衛隊の燃料でも爆弾でもない、としか思えなかった。

では、タンクコンテナの中身は何か。

少なくとも自衛隊と警察が一緒になって警備すべき荷物なのだ。しかも、政府までが関与しているとしか考えられない。さらには、ＪＲの架線を切ってまでして、この列車の進行を妨害しようとする者が存在する。

急を要する輸送が設定されたのは、妨害する者が現れそうな兆候があったからか。それとも、タンクに収めた積み荷に、大急ぎで佐賀まで運ぶべき差し迫った理由ができたか……。

すべての材料を吟味するうち、ひとつの答えが見えてくる。

だから、東青森駅のコンテナホームで、三峯輸送は井澄たちＪＲ貨物の職員を近づけようとしなかった。だから、カーキ色のシートで覆い、特殊なコンテナの姿を隠したのではないか。次々と疑問が解かれて、その答えへつながっていく。

夜空を映す暗い窓を見ながら、井澄は考える。横に立つ森安参事官はもちろん、三峯輸送の城山マネージャー補佐に問いただしたところで、誰も絶対に認めはしない。政府が正式に発表することもないのかもしれない。

この輸送が成功した暁には、今後もＪＲ貨物が同じ依頼を引き受けることになるのか。その際には、ひとつだけ絶対に譲れない条件がある。

積み荷を偽るのでは、信義に悖《もと》る。相手が政府であろうと、許されていいものではない。無事に鍋島駅まで積み荷を送り届けたあとで、正式に抗議すべきだ。会社がどこまで動いてくれるか、不安は大きい。もし静観を決めこむようであれば、これまでの事実をメディアに訴えるという手もあった。その場合、会社を追われることになりはしないか。なぜフォーナインの編成と運行に力をつくす自分が、我が身の行く末を案じているのだろう。

ふつふつと沸き起こる怒りを一人胸で抑えこんでいると、なぜか一瞬だけ車内灯がまたたいた。同時に列車が揺れて、体が前に流される。若槻の叫びが車内に響く。

「井澄君、電源がストップしたぞ！」

運転台へ身を寄せて、ふたつ並んだ電圧計を見た。左の高圧計の目盛りが、ゼロを差していた。架線からの電力が途絶えたのだ。

右の低圧計は正常で、バッテリーの電圧は保持されている。しばらくは列車無線とブレーキの使用はできる。

井澄は手を伸ばし、列車無線の受話器を握った。横で森安も事態を悟り、電話をかけ始める。

「こちらフォーナイン。電源が途絶えました。何があったんです」

「こちら愛知指令室。三河安城から笠寺《かさでら》の区間で電力供給がストップした。原因は不明。駅と踏切をさけて停車してください」

「緊急停止の指示です、若槻さん」

「了解した」

若槻がブレーキをかけ、また体が前にのめった。井澄は乗務員ドアの窓を下ろした。フォーナインを停止させるため、また何者かが沿線で待ち受け、架線を切ったとしか思えなかった。

新幹線の高架は、もう左に見えなくなっている。三河安城で東海道線と交差して分かれ、名古屋駅の手前でまた並走する。地図を思い浮かべていると、右手の先に光の束が猛烈なスピードで近づいてくるのが見えた。東京行きの新幹線だ。

あと数キロで名古屋駅に到着する。が、前方の街明かりはまだ遠く、遥か先で小さな星となってきらめいている。

「どうする、井澄君。どこで停めたらいいだろうか」

若槻が迷うのは当然だった。

駅と踏切をさけて停まれと言うが、ストップした先で何が待ち受けているかはわからない。しかも、行く手に街明かりは見えず、森や田畑が広がっている区間だと思われる。だから、不審者がひそんで待ち受け、架線を切ってきたのだ。先を走っていたダミー列車は役に立たなかったらしい。

「見ろ。信号が赤だ」

若槻がまた声を上げ、体がさらに前へ押された。信号と架線の電線は別系統になっている。この先で架線とは違う問題が起こり、信号が切り替わったのだ。井澄は列車無線の受話器を引き寄せた。

「信号が赤に変わりました。何があったんですか」

「踏切で停止ボタンが押された。事故が起きたのかも――」

最後まで声は聞けなかった。さらに急ブレーキがかけられて、フロントガラスに肩先から衝突しかける。

「どうした！」

森安の叫びが、甲高いブレーキ音にかき消された。

井澄は体勢を立て直して、フロントウインドウの先へ視線を振った。

前方の踏切が街灯に照らし出されている。その左側に白い乗用車が見えた。線路内にはみ出したまま停まっている。衝突をさけるために、やむなく急ブレーキがかけられたのだ。

「だめだ、若槻さん。ブレーキを戻せ」

井澄は叫んだ。架線が切れたうえ、近くの踏切で事故が同時に起きる偶然など、あるわけがなかった。何者かがフォーナインを停車させるために架線を切り、踏切内に車を乗り入れて停止ボタンを押したのだ。

ここで列車を停めたのでは、何者かに襲撃される。

だが、運転士の習性から、踏切で立ち往生する車を見れば、誰もが急ブレーキをかける。このまま事故を起こすわけにはいかないのだ。

耳を劈《つんざ》くほどのブレーキ音が響き渡った。フロントガラスの奥で踏切の明かりと白い車が近づく。総重量千トンを超える列車は、そう簡単に停まれない。

「総員、警戒せよ」

森安が電話に叫ぶ声も、またブレーキ音にかき消された。

38

目を覚ますと、重たい闇に包まれていた。全身に痺れが残り、耳鳴りがする。暗闇に体を押さえつけられているようだった。

尚美は息が苦しく、やっとの思いで目を見開いた。まぶたの裏と目の奥に、まだ青白い火花がちらついている。ようやく悟れた。スタンガンを押し当てられて、気を失ったのだ。

なぜと疑問に襲われながらも、理解があとからついてくる。

とっさに身を起こそうと、手足を動かした。けれど、両手に力がまったく入らなかった。顔から地面に倒れたらしく、雑草らしき青臭さが鼻をつく。

そうなのか……。先崎が身を隠す予定だった林の中に、自分は寝かされているらしい。踏切内に車を置いて停止ボタンを押したあと、線路脇の暗がりへ素早く身を隠せば、彼一人でも貨物列車を停めることはできる。

両手で大地を押しやり、闇の中で上半身を起こした。途中からグループに参加した尚美まで一緒に逮捕される必要はない。そう考えたから、先崎は「ごめん」と謝りながらスタンガンを押し当てたのだ。気を失いはしても、怪我まで負うことは絶対にない。優しさからの行為とは言えなかった。仲間である尚美の覚悟を見くびり、軽んじたも同じだった。四十手前の女であろうと、志は彼らと変わりはしない。そう胸を張って断言できる。

もしかすると、先崎はすべて一人で背負うつもりではないか。

だめだ……。彼一人を悪者にしてはならない。何としても立ち上がり、走って追いかけるのだ。彼とともに貨物列車の秘密を暴くために、力をつくせ。暗がりの中で我が身を叱《しっ》咤《た》した。

尚美はまだ痺れの残るももを、両手で何度もたたきつけた。全身に力よ甦ってこい、と己を鼓舞した。会えなくなった息子のためでもあった。将来ある若者たちに、原発という負の遺産を押しつけてはならない。数万年もの長きにわたって、彼らに放射性廃棄物を安全に保管させていくなど、無責任にもほどがある。

立ち上がった。爪先に力をこめて体を支え、辺りを見回した。

見える。新幹線の高架が木々の間からのぞいていた。森の中は暗いが、高架下に道路が走っているため、街灯の光がわずかに届く。あの先に、日本という国が目指すべき明日の姿がある。そう信じて尚美は重苦しい闇をかき分け、大地を蹴った。

かすかに遠く踏切の警報音が聞こえる。それほど林の奥ではないだろう。左を見ると、街灯らしき白い光が見えた。あの下に踏切へ続く道がある。

行く手をさえぎる枝を分けて走った。誘蛾灯に惹かれる羽虫のような頼りなさで、下草を踏みつけて前のめりに進んでいく。どこかの枝が跳ねて、頰をかすめた。痛みを感じたが、今は傷を気にしている時ではなかった。

走れ。先崎のあとを追いかけるのだ。彼は踏切にレンタカーを停めたあと、この近くの林に身をひそめている。もうまもなく乾式キャスクを載せた臨時の貨物列車が近づいてくる。

何かに足を取られた。顔から転倒した。下草をかきむしって、立ち上がる。

今すぐ駆けつけるから、待っていてほしい。同じ怒りを持つ人がいたから、自分は安易な死を選ばずに生きてこられた。先崎の語る未来を信じることで、生を実感できた。

あなたの声でもっと、日本の進む道とあるべき姿を確かめさせてほしい。ほかの仲間も国への恨みや明日への希望を語ったが、尚美の胸には響かなかった。彼らの言葉には、未来への後ろめたさが感じられなかったからだ。闘志を抱く自分の姿と悲壮感に酔っているような者も目についた。

教祖を崇拝する信者の気持ちとは、まったく違う。恋愛感情でもないと思う。傷を持つ者同士でなければ、分かち合えない信頼の絆でつながっていると思えた。一緒に戦わせてほしい。あなたがいたから、今日まで生きてこられた。どれほど感謝しても足りなかった。

行く手をさえぎる木々の奥に、点滅する赤い光が見えた。踏切だ。

茂みの中から飛び出した。アスファルトを踏みしめ、路上の先に目を凝らす。レンタカーが踏切の中に停まっていた。先崎の姿は見当たらない。

背後から列車の走行音が聞こえてきた。遅れて金属の擦《こす》れ合う甲高い響きが耳に届いた。貨物列車が急ブレーキをかけている。

線路の上り方面へ走った。敷きつめられた砕石に足を取られた。先崎はどこにいるのか。列車が完全に停まってから近づくつもりで、林の中で息をつめているのだろう。

列車のライトが大きく迫ってくる。身を隠しているゆとりはなかった。線路脇の石を踏みしめ、かろうじてバランスを保ちながら暗い林へ足を進めた。

「危ない　尚美！」

声が間近で聞こえた。仲間の前や人目がある場所では、絶対に馴れ馴れしく呼び捨てにしなかった先崎が、我を忘れたように叫んでくれた。この近くにいる。今、駆けつける。だから、ともに真実を暴き、世の中を変えていこう。

列車の走行音とライトが迫り、視界が白一色にかき消された。それでも走るのはやめなかった。

突然、腕に何かがからみ、体が横になった。転倒する。そう思って身構えると、ふいに体を包まれ、熱い息が耳元に降りかかった。

「無茶するな。どうして来たんだ」

先崎の腕に抱きとめられていた。列車のライトを浴びて光る彼の顔が、目の前に近づいた。

「わたしも、行く」

なぜなのか、涙があふれた。先崎の目も光って見えた。

「走れるか」

「一緒についてく、どこまでも……」

自分を信じて告げると、先崎に手を引かれた。ともに立ち上がった。

彼はスマホとつないだ小型ビデオカメラを右手に持っていた。腰には小型のガイガーカウンターを下げている。

「こっちだ。急げ」

尚美は先崎の背中を追いかけ、迫り来る貨物列車のライトを横目に林へ走った。

39

「人だ！」

若槻運転士が前のめりに声を上げた。森安が体勢を立て直しながら訊き返す。

「どこだ」

「左手です。人影がかすめました」

井澄も目を走らせたが、前照灯の光が届く先には線路とバラストが見えるだけだ。フォーナインが激しく身を揺すり、ブレーキ音のすすり泣きを立てながらスピードを落としていく。貨車の連結器が次々と押されて、金属のぶつかり合う音が背後から追いかけてくる。

井澄はとっさに右の乗務員ドアを開け放った。まだ四十キロ近い速度が出ているので、風を受けてドアが身震いする。足を踏み出し、暗い夜へと身を乗り出した。

若槻が人影を見たのであれば、架線を切断した一味の者に違いなかった。左手には緑地帯が続いているので、その中に身をひそめて、こちらを襲撃してくるつもりなのだ。

一味が武器のようなものを持っているかは、わからなかった。が、もし爆弾でも投げつけられたら、コンテナはもちろん機関車までが破壊される。測定コンテナの中には多くの警官や城山たちも乗りこんでいる。

まだスピードは落ちきっていなかったが、意を決して暗い路盤へ身を投げ出した。怪我をしたのでは元も子もない。風を切りながら神に祈りつつ、着地の体勢を取る。

バラストの端に足をついたらしく、ひざを折っても体勢を保てなかった。その場に転がりこむ。急停車するフォーナインの車輪に巻きこまれたら、命はない。

慣性の法則もあって線路脇の草むらを前方へ二回転したが、奇跡的にも痛みは少なかった。噴出したアドレナリンのなせる業だ。

歯を食いしばって立ち上がった。着地の衝撃からか、右の足首がじんじんと痺れている。横でフォーナインが甲高い金属音を発しながら停車する。左手に続く茂みから、架線を切った連中が襲ってくるはずだ。その反対側なら、やつらの目を逃れて、列車の最後尾まで駆けていける。

さあ、死ぬ気で走れ。この場から列車を今すぐ動かすのだ。

最後尾にはHD300形ハイブリッド気動車を連結してある。立ち往生した時に備えてリクエストしたものだ。まさかダミーをやりすごしてフォーナインを襲ってくるとは思わなかったが、連結した気動車を動かせば、この場からの脱出ができる。

頼りない星明かりの下、砕石を踏み散らして懸命に足を動かした。急げ。足首の痛みなど感じている時ではない。一刻も早く最後尾へたどり着くのだ。

山陽線の広島貨物ターミナル駅から西条駅までは、最大二十二パーミルを超える急な上り坂があるため、最後尾にもう一両の機関車が連結される。重連運転と呼ばれる手法だ。機関車同士を連結させるのであれば、総括制御で二両を同時に運転できる。が、最後尾に連結してあるので、気動車の運転台へ乗りこまないと、ディーゼルエンジンを始動できない。

急げ。息が果てようとも、走りきれ。二十八両編成なので全長は四百メートルを超える。連結した気動車は遥か先だ。しかも、足場は悪い。

このところの運動不足も手伝って、足がもつれかかる。すぐに胸が苦しくなって、息が荒れた。あえいで夜気を肺に取りこみ、必死に走る。貨物と乗員を守るには、列車を今すぐバックさせるしかない。JRの中でお荷物と言われた会社でも、社員の士気は低くなかった。多くの者がこの列車を走らせるため、あらゆる力をつくしてきた。走れ。フォーナインと積み荷を守るために。

どうしてこれほど列車の編成が長いのだ。

いくら走ろうと、ゴールが見えてこない。延々とタンクコンテナを積んだ貨車が続く。バラストのせいで足が空回りでもしているのか。のどから心臓が飛び出るかと思うほどに息がつまり、酸欠のために視界がさらに暗くなった。が、目を見開いて、手足をもがき、崩れるバラストを蹴って走る。

闇の四百メートル走のゴールがやっと見えてきた。気動車まであと二十メートル。

ひざが折れそうになったが、悠長に転んでいるわけにはいかなかった。酸素をむさぼり、体勢を立て直して走る。もう目の前に気動車の雄姿が見えている。

倒れかかるように昇降用ステップの手すりをつかんだ。HD300形は架線のないコンテナホームへ貨車を誘導する役目があるので、視認しやすいように運転台は横向きに作られている。

背後で銃声は聞こえなかった。警官たちは人影をまだ捜している。今のうちだ。ぜえぜえ、と息も絶え絶えにステップを上がり、運転席のドアを開けた。

焦るな。手順を守れ。マニュアルは頭の中にたたきこんである。仲間と競い合って覚えた操作法だ。忘れはしない。

席について、まずディーゼルエンジンの始動にかかる。

若槻であれば、井澄が運転台から飛び降りた意味に気づき、金太郎の自動ブレーキ弁を解除してくれている、と信じた。まさか一人で逃げ出したとは思わないだろう。最後尾に気動車を連結したことを彼も知っているのだ。

レバーサーをバックへ切り替えた。さあ、動け。出番が来たぞ。仕事の時間だ。

エンジン音が高鳴り、蓄電池の電力をつないだ。たくましいディーゼルエンジンの回転音に身が包まれる。振動が疲れた体を揺すり、慰撫《いぶ》してくれる。

出発進行！

井澄は心の中で叫び、マスコンハンドルを一気に倒した。

40

激しく金属の擦れ合うブレーキ音が夜の緑地帯に響き渡った。

尚美は砕石を蹴って、草むらへ飛びこんだ。先崎が割って入ったあとに続けばいいので、心配はない。伸びた枝が多少はまた顔をたたいてくるが、痛みは感じなかった。

「足元に注意しろ。靴底全体で体を支えて走るんだ」

闇の中で先崎がアドバイスしてくる。左手の線路が列車のライトに照らされたが、林に射し入る光は頼りなかった。

「見ろ。先頭の貨車だ」

言われて揺れる木々の間に視線を送り、急停車する列車を見た。

先頭の貨車の中央に、一台の二十フィートコンテナが載せられている。仲間から送られてきた写真を見て先崎が指摘したとおり、小さな明かりが確認できた。今は磨りガラスの窓が開いて、奥に人のシルエットが見える。警備の者が身を隠しているのだ。信越線の架線が切られたと知り、警官が乗りこんできたに違いなかった。

先崎は生い茂る草をかき分け、一目散に林を進んだ。先頭貨車の近くに飛び出したのでは、危険だった。すぐに銃で撃ってくるとは思わないが、テロを警戒するあまりに気負った警官が引き金に手をかけないとは言えない。もっと後ろの貨車へ回りこむのだ。

いざとなれば、自分が盾となればいい。女と気づけば、彼らも銃の使用をためらってくれる。その隙に先崎がタンクコンテナにかけられたシートを切り裂き、乾式キャスクの姿をビデオカメラに収めるのだ。ガイガーカウンターの針が大きく振れれば、中に使用済み核燃料が収められているとの証拠になる。コンテナの胴体がどれほど分厚くとも、微量の放射能が検出できるはずなのだ。

検証実験中のキャスクが密かに持ち出された不自然さを追及すれば、必ず真相は明らかになる。国民は何も知らされずにいた事実を目の前に突きつけられて、メディアと世論が大きく動く。

乾式キャスクは計十八個。二両おきに空貨車が挟まれているので、列車の全長は四百メートルを超える。先頭コンテナから離れたところで近づいたほうがいいので、最後尾を目指して走った。灯りが届かないので、前を行く先崎の背中が見づらいものの、どこまでも追いかけてみせる。

ブレーキ音はもう聞こえなかった。衝突音もしないので、踏切に停めたレンタカーの手前で停車できたのだろう。先頭貨車のコンテナから、銃を持った警官が様子を見に出てくるころか。それとも、テロを怖れて中でまだ息をつめているか。

「行くぞ。続け」

先崎が叫び、目の前で身を弾ませた。左へ進路を変えて、両手で木々をかき分けた。尚美は顔の前を手で守り、あとを追った。

闇が急に開けた。上空に星明かりが見えた。草むらの先に貨物列車のシルエットが横たわっている。線路の向こうに新幹線の高架と県道があるため、わずかな明かりが空貨車の間から照らしてくる。

先崎が足を取られて、倒れかかった。砂利に手をつき、バランスを取り直した。うめくように声を上げて立ち上がる。貨車までもう三メートルもない。

尚美も足がもつれた。素早く左の先頭貨車のほうへ目を走らせる。踏切の赤い点滅がかろうじて確認できた。コンテナから警官が降りてきたのかどうか、まったく見通しはきかなかった。砂利を踏みしめて、立ち上がる。

「早く！」

先崎がナイフを取り出し、後ろの貨車へ走り寄った。シートを結ぶロープをまず切断する。

「動くな！」

興奮しきった怒鳴り声が、夜空を揺すって響き渡った。ＪＲ貨物の運転士ではありえなかった。警官だ。尚美は振り返らず、先崎の体をガードするため、貨車へ急いだ。

「動けば、撃つぞ！」

最初は脅しだ。日本の警官は、欧米諸国と違って、すぐには撃たない。たとえ銃撃音が聞こえようと、威嚇射撃に決まっていた。今のうちに乾式キャスクの映像をとらえ、世界中に発信するのだ。日本政府がひた隠しにする使用済み核燃料の列車輸送を今、知らしめる時がきた。

先崎が貨車の手すりをつかんだ。タラップへ足をかけると、なぜか近くでエンジン音が聞こえた。県道を走る車か。パトカーが駆けつけたのなら、サイレン音が聞こえるはずだ。

先崎が貨車のタラップを登る――が、金属音とともに不思議と地面が大きく揺れた。

地震か……。尚美は体を支えるために貨車へ手をかけた。

揺れているのは足元の大地ではなかった。目の前の貨車が動いていたのだ。

ありえなかった。こんな短時間に架線の復旧が終わるはずはない。ところが、連結器の軋《きし》む音が響き、列車が揺れながら後ろへ進み出した。

「嘘だろ……なぜだ」

先崎がうめくように言ってタラップを駆け上がる。たとえ列車が動こうと、貨車によじ登れれば、乾式キャスクの映像を撮ることはできる。

「気をつけて！」

尚美は呼びかけ、貨車から身を離した。先崎は手すりをつかみ、コンテナへ近づいている。列車の動き出しは遅い。十八個のコンテナの重量があるため、すぐには加速ができない。

もう大丈夫だ。尚美は心の内で歓声を上げた。先崎は貨車の上を歩み、コンテナの間近にいる。

希望を託したその瞬間、貨車が大きく揺れた。連結器が次々と激しく擦れ合う。

ブレーキがかけられたのだ。後ろへ動き始めた列車が急に停まり、貨車の上で先崎が転倒する。

「危ない！」

尚美は砂利を蹴った。先崎の体が丸まり、貨車から線路脇へ落ちかかる。が、腕を精いっぱいに伸ばして、見事に手すりの支柱をつかんだ。彼の片足はもう路盤の砂利へ届いている。

「動くな！」

後ろから怒鳴り声が迫ってきた。

尚美は一目散に先崎へと駆け寄った。その横でまた列車の車輪が音を立てて回転を始める。

懸命に足を動かした。先崎のぶら下がる貨車を追い、彼を支えようと両手を差し出した。

が、むなしく空振りして、列車がさらに速度を上げる。

歯を食いしばって、あとを追った。横を次の貨車が走りすぎていく。先崎が手すりにしがみついて、体を引き戻そうともがく。

「手を上げろ。撃つぞ！」

最初は威嚇だ。それでも、尚美は盾になるべく両手を広げた。

破裂音が鼓膜を打った。暗がりに一瞬の火花が散った。

先崎が手すりを握ったまま、砂利を蹴り散らして飛び乗りにかかる。そのタイミングで、またもブレーキがかけられて、列車が前後に揺れた。

肩先を貨車がかすめて、尚美はバランスを失った。踏ん張ろうとしたが、砂利がずれ動いて足首がおかしな方向へ引きずられた。激痛が足先から身を貫いた。右半身に痛みが駆け上がっていく。その背中に、重いものが落ちてきた。貨車から振り落とされた先崎だった。衝撃に息がつまり、二人して線路脇を転がった。

「もう逃げられないぞ、両手を上げろ！」

懐中電灯の揺れる光と吠《ほ》え立てる声が、背後から駆けてきた。

尚美は背中と胸を打つ痛みに耐えかね、意識が遠くへ飛んだ。

41

つい最近になって急に原子力規制庁から三峯グループ傘下の輸送会社へ出向になった男――城山健吾。

三峯重工業は原発メーカーで、今回の乾式キャスクの開発を担う大企業だ。しかも、検証実験が終わってもいない乾式キャスクが運び出され、ＪＲ貨物の臨時列車で輸送中と推定される。城山こそが、まさしく鍵を握る人物と見て間違いなかった。

土曜日の夜、午後十時をすぎていた。城山健吾にどうやって接触したらいいか。

「今から本社に応援を頼むか」

岩田がスマホを掲げ、うながしでもするように言った。

「待って。局長から忠告の電話があったんでしょ」

「上から睨まれようと、特ダネをつかみたいと野心を燃やす連中はいる。十一時の校了前なら、まだどこも記者は残ってる」

本社の仲間を総動員してでも、城山健吾につながる情報を集めるつもりなのだ。

優秀な官僚であったなら、必ず名門大学を出ていて、その同窓生からたぐる手はあった。が、夜中に記者の訪問を受けて、快く同窓生の情報を打ち明けてくれるものか。エリートたちの結束力は固い。

岩田は会社へ戻るよう運転手に告げると、あらたまって佐貴子を見た。

「ここまで判明した事実を、社の仲間に伝えてかまわないよな。でないと、助けを求められない」

車内に流れていたラジオが、ニュースの時間に変わった。またどこかの政治家が賄賂をもらって検察の聴取を受けたらしい。どこの記者も夜討ちに励んでいるはずだった。

佐貴子は迷った。有力なネタを手放すのが嫌なのではない。青森という地方支局員の佐貴子では、本社の者らが軽く見て、主導権を奪われるのが落ちだった。

「停めてください、運転手さん」

「おい。冗談はよせよ」

「降ります。ここで停めてください」

佐貴子の勢いに、運転手が言われたとおりにブレーキを踏んで路肩に寄せた。

ドアを開けると、後ろから岩田が腕をつかんできた。

「君一人で何ができる」

外へ足を踏み出したが、力強く引かれて抱き留められた。熱い息とともに岩田の声が耳にかかる。

「会社は敵じゃないぞ。仲間じゃないか。君が見つけたネタだってことは、みんなに説明する」

「離して……」

後ろは振り向かず、冷静に言えた。

「だめだ。離さない。君と一緒にこの事件を追いかけたい」

「どこかで聞いたような台詞を言わないでくれる」

君と取材していると、興味深い事実に次々とぶつかるよな。君の熱意に多くの人が協力したいと思うからだろうね。ぼくも君の熱にやられたようだ。

二人で記事を書いたのに、上は岩田の手柄と判断して、彼一人が本社へ戻っていった。その不満を上司にぶつけたせいもあって、佐貴子は青森への異動を命じられた。

理不尽だ。電話で文句をぶつけたが、岩田は親身そうな口調で同情すると語るだけだった。ぼくは上にも君と一緒の仕事だと告げた。言い訳をくり返されたところで、現状は何も変わらなかった。地方の大学を出た女など、本社の男どもの視界には入らないのだった。

「君は優秀な記者だ。ぼくはわかってる」

岩田の腕に力がこめられた。

「言っとくけど、このネタを見つけてきたのはわたしじゃない。後輩の記者で、反原発グループと通じていたのは間違いない」

「ある程度は、想像してたさ」

「事実を隠して本社に協力を求めたら、絶対あなたにも迷惑がかかる」

「その何が悪い。ぼくをもっと利用しろよ。君にはそうしていい理由があるだろ」

抱き留めていた岩田の腕から力が抜けた。ここまで言えば、考え直してくれる。自分の言葉に自信を持つ男の甘い発想だった。

佐貴子は肩を揺すって岩田の手を振りほどき、車の外へ飛び出した。路肩で振り返ると、唖然とする視線が向けられた。

「顔を洗って出直してきなさい」

言い捨てると同時に、ドアを思いきり閉めた。踵を返してハイヤーとは反対方向へ歩きだす。

追いかけてきたら、どうするか。あとのことは考えまいと、足を速めた。タクシーが通らなければ、呼べばいい。

「佐貴子！」

背中に声がかかった。呼び捨てにしてくるとは、計算のうちか。ここで振り向いたら負けだ。意地になって足を速めた。

「くだらない喧嘩をしてる場合じゃないぞ。今度は東海道線だ。三河安城付近で架線事故が起きた。下り線がストップしてる」

嫌でも足が止まった。信越線に続いて、今度は東海道線が……。

振り返ると、岩田が手のスマホを操作していた。車内のラジオが一報を告げたらしく、ニュースサイトを検索しているのだろう。

日本海側の路線が通れなくなり、臨時列車はルートを変えたと思われる。新潟から南下して首都圏へ向かい、東海道線を経由して西へ向かったとすれば……。

偶然ではありえなかった。もちろん事故でもない。列車を停めようとする何者かが架線を切ったのだ。

「意地を張らないで戻ってこい。仲間の手を借りて、取材を進めようじゃないか。そのほうが確実だ、さあ」

岩田が佐貴子の前へ駆けてきた。

本社に到着したのは、午後十一時七分前だった。まだ多くの窓に明かりが灯って見えた。ハイヤーは裏手から地下の駐車場に入った。岩田に案内されて、通用口の先にあったエレベーターで五階へ上がった。仲間にどう経緯を説明したらいいか思案でもしているのか、岩田は移り変わる階数の表示をじっと見つめていた。

五階でケージが停まり、ドアが左右に開いた。エレベーターホールに多くの男たちが集まっていた。七、八人はいそうだった。

佐貴子はケージを出ようとして、足を止めた。一様に男たちの顔が険しく見えた。出迎えの声もかからず、痛いほどの視線が集まっている。

異様な気配を察して、佐貴子は身を戻した。すると、先頭に立っていた五十年配の男が手を突き出し、閉まろうとするドアの動きを制して言った。

「都倉佐貴子さんですよね」

男たちの鋭い眼差しが、佐貴子一人に向けられた。この男は刑事だ。とっさに岩田を振り返った。

彼は驚いた表情を見せていた。が、すぐに視線が足元へ落ちた。我が身を恥じたのだとしか思えなかった。

全身から力が失せた。

岩田は上司に命じられて、佐貴子を本社へ連れてきたのだ。そこで刑事が待っているとまでは聞かされていなかったのかもしれない。だが、何かしらの気配は悟っていたから、我が身を恥じるように目を落としたのだ。

男の一人が身を寄せて、睨みを利かせながら言った。

「あなたは記者の仲間と青森でドローンの飛行許可を得ずに、上空から交通規制の取材をしましたよね。公務執行妨害の容疑で、あなたに逮捕状が出ています。ご同行願います」

42

JR東海による復旧作業が早急に進められて、フォーナインはおおよそ二時間後の二十三時五十一分に再スタートが切れた。

それまで井澄たちは本部指令の指示で列車にとどまり、測定コンテナの中でしばしの休息を取った。現場には十台を超えるパトカーが駆けつけ、投光器も設置された。救急車も呼ばれて、怪我を負った二人の襲撃犯が収容されたという。

井澄は気動車を動かして、フォーナインを一キロ近くバックさせた。列車無線が鳴らなければ、後続の普通電車が見えるまで動かしていただろう。踏切に差しかかっていれば、事故の可能性さえあったのだった。

「どうお礼を言っていいか、わかりません。井澄さんの判断が遅れていたら、大変なことになっていたかもしれません」

幸いにも警察官に怪我人は出ず、森安参事官からは感謝の言葉を告げられた。が、彼は押収した井澄のスマートフォンを返してはくれなかった。最後までメディアへの警戒は続けられるのだ。

実は明日の午後一番の便で東京へ帰り、家族と夕食をとる約束になっている。そう説明してみたが、首を縦に振る素振りは見せなかった。その代わりでもないだろうが、さらなる要請まで押しつけられた。

「明日の午後、警察庁で正式に記者発表を行うことが決まりました。今はただ架線を切った者がいたという事実のみを、愛知県警が発表します。すべてはこの列車が鍋島駅へ到着したあとのことになりますので、どうかご理解ください」

要するに、警察庁が正式な会見を開くまで、ＪＲ貨物の社員は黙っていろ、というわけだ。測定コンテナの中に軟禁されたようなもので、若槻運転士と顔を見合わせ、あきれるほかはなかった。

三峯輸送の城山マネージャー補佐は例外だったらしく、一人で測定コンテナを出ては、なぜか森安らと現場検証に立ち会っていた。どう考えても民間企業の一社員とは信じられず、彼の素性こそがタンクコンテナの中身と深く関係しているとしか思えなかった。

娘にも元妻にも連絡ができないまま、愛知機関区から復旧作業が終わったとの報告が入り、フォーナインは出発した。

スマホを使えなくなったため、東京の星村本部長とも連絡が取れず、ただ地元機関区の担当指令に誘導されるまま、深夜の東海道線を西へフォーナインを走らせた。

名古屋の先の稲沢駅への到着は、予定より三時間近くも遅れた深夜の一時十二分だった。

交代の運転士とともに、なぜか東海支社の運輸車両副部長までが乗ってきて、井澄に差し入れのサンドイッチを手渡してくれた。

「ここまで本当によくやってくれた。星村本部長の指示で、ここからわたしが運転士の補佐役を務めさせてもらう。君は後ろの測定コンテナでゆっくり休んでくれとのことだ」

井澄にも交代要員を送るのであれば、ここで列車から降ろしてもらってもいいように思えたが、ＪＲ貨物への箝口令を続行するには、すべての事情を知る井澄を解放するわけにはいかないのだ。もしかすると、若槻運転士も機関区で明日まで軟禁状態に置かれるのかもしれない。

仕方なく最低限の厚意を受け入れて測定コンテナへ戻ったが、中には十名ものたくましい機動隊員が身を寄せ合っていた。これでは鍋島駅へ到着するまで、警察官によって監視されるのと変わらなかった。おそらく、まんざら的外れな推測でもないのだろう。

測定コンテナの中には、当然ながら三峯輸送の城山も乗っていた。が、彼は井澄から話しかけられるのを拒むかのように、奥の席に座ってじっと目を閉じていた。

不当な扱いに最初は怒りを覚えたものの、サンドイッチの夜食をとって列車の規則的な揺れに身を任せていると、いつしか意識が薄れていった。

大きな揺れを感じて目を覚ますと、すでに窓の外が明るくなっていた。

腕時計に目を走らせると、午前五時五十七分。十人に増員された機動隊員は、じっと床に座り続けている。城山一人が離れた席に座り、スマホで誰かに報告のメールを打っていた。多少は目が赤くなって見えるが、髪型や姿勢に乱れはなく、驚くほどタフな男だと感心させられた。

東海道線へルートを変更したうえ、名古屋の手前でも架線を切られたため、当初の予定より四時間も遅れてフォーナインは吹田《すいた》機関区の米原駅に到着した。

まだ琵琶湖を越えてもいないので、午前中に鍋島駅へたどり着くことはできなくなった。急いで佐賀空港へ駆けつけたとしても、予約した十二時四十五分発の便に間に合う可能性は一パーセントもなかった。娘の香奈に詫びたくても、連絡手段さえ奪われていた。

何より怖いのは、元妻の反応のほうだった。乗っていた貨物列車が襲われたと真実を伝えようと、湊《はな》も引っかけてくれないだろう。そもそも離婚前から、井澄が重要な任務を任されているとは頭から信じてもいないところがあった。

こうなったら政府の力で、ぜひとも難攻不落の元妻を説き伏せてもらわないことには、来月まで香奈と会うチャンスが失われてしまう。本気で国に責任を取ってもらいたかった。

名古屋の手前から、もはや測定コンテナは井澄を軟禁する留置施設となった。幸いにも、留置施設の収監者にも、サンドイッチと缶コーヒーの朝食が支給された。ただし、トイレ休憩で駅に降りることは許されず、機動隊員から携帯用の簡易トイレが手渡された。

「どうかご理解ください」

「あとで社を通じて正式に抗議をさせてもらいます」

離れた席に座る城山に向けて言ったが、彼は聞く耳もなかったようで、頑なに井澄から目をそらし続けた。あきれるほどの精神力を持っている。

軟禁状態のまま、フォーナインは順調に山陽線を西へ進んだ。計画どおりに岡山貨物と広島貨物、さらに下関の三駅で停車して運転士の交代を経たのち、無事に関門トンネルを抜けて九州へ入った。その間も、井澄は窓から外をのぞくことも許されず、ただ席に座るだけだった。

長い旅が終わりを告げたのは、十四時十二分だった。

フォーナインは鍋島駅の仕分線に入り、ゆっくりと停車した。予想はしていたが、搭乗するはずだった東京行きの便は、離陸どころか羽田に到着する時刻だった。

一人で恨み言を嚙みつぶしながら小さな窓へ目を向けると、巨大なクレーンが見えたので、積み替え作業のスタンバイはもうできているとわかった。

晴れて任務は完了したのに、井澄はまだ測定コンテナから出るのを許されなかった。城山が最初にドアを開けると、前をふさぐように機動隊員が立ちふさがった。

「申し訳ありません。あとしばらくはこの中でお待ちください。作業中は危険ですので」

城山がドア横で振り返り、丁寧な一礼とともに見つめてきた。

「井澄さんには心より感謝を申し上げます。この列車を編成した責任者があなたでなかったら、無事に到着できていなかったかもしれません。いずれあらためて政府の関係者とともにお礼を伝えにまいりたいと思います。ご尽力いただき、本当にありがとうございました。わたしはここで先に失礼させていただきます」

「待ってください」

井澄は、城山の背に呼びかけた。機動隊員が慌てたようにまた両手を広げて前を固めにかかった。男たちの間から城山を見返した。

「わたしには想像がついてます。タンクコンテナの中身が何か。これまでの状況から見て、間違いないと確信しています」

横を向きかけた城山の目が何度もまたたかれた。井澄の言葉を信じられずにいるのかもしれない。だから続けて言った。

「城山さん、正式な記者発表に期待していますからね。伝えにくいことであろうと、どうか包み隠さず、真実を国民に知らせてください。お願いしますからね」

今度は城山の目が大きく見開かれた。驚きと感心の入り交じったような表情を見て、井澄は自分の予測が当たっていたとの手応えを得た。

「もちろん我々は正直に報告すべきだと考えています。上も隠し事はできないと覚悟は決めていると聞きましたので」

彼はついに認めた。タンクコンテナを無事に移送し終えたあとで、おそらく警察だけでなく政府機関も公式発表を行う予定なのだ。井澄に連絡を取ってきた女性記者も、間違いなく真相をつかんでいる。すぐに認めなければ、大々的にスクープ記事が飛び交う危険性があった。

あのタンクコンテナの中には、原子力発電に関係する危険物が収容されている。核燃料か高濃度廃棄物かは、井澄の知識では判断のつけようがない。が、そう考えると、すべてに納得ができる。

彼らが言ったように訓練輸送であってほしいものだった。JR貨物をだましてでも緊急に輸送すべき理由が生じた、とは考えたくない。もしそうであれば、何かしらの事故を連想させる。かつての悪夢が思い起こされてしまう。

城山が踵を合わせてまた姿勢を正した。

「ご迷惑をおかけすることになりましたが、今回JR貨物さんに協力を求めたのは実に正しい判断でした。今ごろ関係者はみな、大いに胸を撫で下ろしているでしょう。大変お世話になりました。心から感謝いたします」

深々と一礼すると、城山は測定コンテナを載せた先頭貨車を一人で降りていった。

43

佐貴子が釈放されたのは、翌日曜日の夕方だった。

連れていかれた警察署で型どおりの聴取は行われたが、佐貴子は黙秘を通して、弁護士を呼んでくれと言い続けた。すると、社の幹部が弁護士をともなって現れたのち、唐突に釈放を言い渡されたのだった。

「今後はルールを守って、常識的な取材をしてくださいよ。次はもうかばいきれませんからね」

釈放が決まったのは自分の手腕だとばかりに初老の弁護士は高圧的に、しつこいほどの忠告を佐貴子に与えた。法務担当の役員は、いずれ社内で懲罰委員会が開かれると脅してきたが、すべては仕組まれた茶番劇なのだった。

なぜなら、ちょうど同じ時刻、原子力規制委員会による緊急会見が、環境省内の大会議室で開かれていたからだ。

佐貴子にこれ以上かぎ回られたのでは困ると考えた警察幹部が、社の役員に話を通して手を結び、一時的に身柄を拘束したにすぎなかった。もしかすると、もっと上からの指示なのかもしれない。理由は考えるまでもなく、東青森駅を出発した臨時の貨物列車が目的地に到着するまで時間稼ぎをするためだ。

その証拠に、佐貴子は警察署の前であっさりと解放された。返却されたスマートフォンはなぜか充電が切れていた。警察が中身を徹底的に調べたからだ。

役員は今すぐ青森へ帰れと厳命したが、佐貴子は彼らと別れると、近くのホテルを探して部屋を取った。情報を得るためにテレビをつけると、選局するまでもなく特別報道番組が記者会見を流していた。

ベッドに腰を落とし、スマホを充電しながら皮肉な思いでニュースを見た。

政府から指名を受けた規制委員会の長という原子炉工学の名のある大学教授が、用意された文書をただ緊張感のかけらもなく、淡々と読み進めた。その内容は、佐貴子がほぼ睨んだとおりだった。

三峯重工業は、規制庁の認可を得て新型乾式キャスクの研究開発を進めていた。試作品が完成し、青森県中北村の核燃料サイクル施設で検証実験をスタートさせた。当初のデータが順調だったので、実験用キャスクを増やしたところ、つい一週間ほど前になって、一部の鋼材に問題があると明らかになった。使用済み燃料棒を内部で支える金属バスケットが、指定された強度を満たしていなかったのだ。

このまま検証実験を続行した場合、燃料棒の発する放射熱によって、バスケットの一部に破断の可能性が出てきた。臨界事故を未然に防ぐため、一部の燃料棒をサイクル施設内の燃料プールに移し換えた。残りは、廃炉が決まって燃料プールに余裕のある佐賀県内の原子力発電所にすべて輸送し終えた。

迅速に対処できたため、臨界事故の危険性は百パーセントないから安心してもらいたい。その時だけ、規制委員長はテレビカメラを正面から見て断言した。

その後、記者から質問も出されたが、幹事社による通り一遍の単なる確認のやりとりだった。おそらく原発業界を管轄する経産省辺りの官僚が想定問答集を急いで作り、渡しておいたのだろう。勉強不足の記者連中では、そもそも乾式キャスクについて突っこんだ質問をできるわけもなかった。

規制委員会の記者会見は、実にあっさりと打ち切られ、佐貴子は怒りと疑問が胸で渦巻いた。

東日本新聞の記者から、信越線と東海道線で起きた架線事故と緊急輸送の関連を追及する質問が出なかったからだ。岩田から多くの情報を聞き出したと思われるのに、政府に荷担して口をつぐむ道を選んだとしか思えなかった。

社と警察幹部の密約は、もう間違いなかった。政治家や官僚に貸しを作ることで、今後の取材活動に便宜を図ってもらうつもりなのだ。勉強会と称して政府のレクチャーを受けているのと同じで、もはや社の上層部は腐りきっていた。

たぶん警察庁でも、いずれ別の記者会見が開かれるのだ。ＪＲの架線が何者かに切断された理由は、どこまで正直に発表されるのか、見物だった。

規制委員会の記者会見が終わると、まるで計ったようなタイミングで、今度は株式会社新武蔵マテリアルの本社で緊急の謝罪会見が開かれた。テレビ各局は、通常の番組をすべて取りやめ、会見の生中継を続けた。

社長と役員が登壇して、長々と頭を下げ続けたあと、またも用意された文書が淡々と誠意とは無縁に読み上げられた。

乾式キャスクの鋼材を製造した傘下の工場で、本来は行うべき製品テストが実施されずに出荷されていた事実が、内部調査によって明らかになった。使用済み燃料棒を支える重要な部品であったため、直ちに原子力規制庁に報告を上げて、今回の緊急輸送が決定される運びになった。輸送にかかった経費はすべて負担させてもらい、今後は社員教育を徹底するとともに、二度と同じミスを犯さないよう、全社を挙げて取り組んでいく。

規制委員会の会見とは違って、彼らは記者から集中砲火を浴びた。無念ながら官僚の手による想定問答集は用意されなかったと見える。メディアはどこかに責任者を見つけて川に突き落としたうえ、棒でたたかねば気がすまないのだった。

二年前に起きた播磨製鋼所の不正出荷問題をどう見ていたのか。原発関連の鋼材に問題はなかったと、なぜ言えるのか、その根拠を今すぐ示せ。責任は誰がどう取るつもりだ。

次々と辛辣な言葉が飛び交ったが、お決まりの第三者委員会による調査に任せたいとの回答がくり返された。

　その会見を見ながら、佐貴子は充電中のスマホを手にして、着信とメールをチェックした。

　岩田康三からは伝言とメールが残されていた。佐貴子はどちらも開かず、速攻で消し去った。自分の将来のため、警察幹部と結託した上司に手を貸す男の言い訳を聞いたところで怒りが収まるわけもなかった。

　木月聡からは着信もメールも届いておらず、夏目をはじめとする支局の者も、触らぬ神に祟《たた》りなしを決めこんだらしく、連絡の痕跡すらなかった。

　そんな中、しつこいほどに着信記録とショートメッセージを残した人物がいた。

　ＪＲ貨物の井澄充宏だった。

『まだ発表されていない事実があります。興味があれば、連絡をください』

　午後七時二十三分のショートメッセージに興味を引かれる内容が書かれていた。佐貴子は直ちに発信ボタンをタップした。自分と同じで彼も監視は解かれたはずだ。

　一度のコールでつながった。

「ご連絡が遅くなって申し訳ありません。東日本新聞青森支局の者です」

「あ――どうも。そちらは無事でしたか。すみません、急におかしなことを訊いて」

　いきなり無事かと尋ねながらも、なぜか井澄の声は弾んで聞こえた。まるで古い友人から久しぶりの電話をもらえて喜んでいるかのような雰囲気が伝わってくる。

何を問われたのか瞬時に理解できたので、佐貴子は言った。

「ご心配いただきありがとうございます。実は警察に逮捕状を突きつけられて、一晩拘束されてました。規制委員会の会見が始まる直前になって、急に処分保留で釈放されたところです」

「そうでしたか、本当にすみませんでした。わたしが警察に、あなたの電話番号を教えたばっかりに……」

「いいえ、井澄さんとは関係がまったくないと言いきれます。彼らが得意技とする別件逮捕でしたので。それに、わたしの同僚が反原発グループと接触していて、その仲間から情報を得ていたことも関係しているんです」

電話の向こうで息を呑むような気配があった。

「まさか、あの襲撃犯のグループだと言うんじゃないでしょうね……」

今度は佐貴子が息を呑む番だった。信越線はもちろん、東海道線の架線事故も、やはり木月の接触したグループによる犯行だったわけか。

「失礼ですが、井澄さんは今どちらにいらっしゃいますでしょうか」

「ついたった今、東京へ戻ってきたところです」

佐貴子は井澄に提案した。

「これから詳しい話をお聞かせいただけませんでしょうか」

44

若い女性看護師が、頼んでいた東日本新聞を買ってきてくれた。河本尚美は礼を言って受け取ると、連載記事のページを開いた。

この驚くべき連載を読み、尚美はあらためて多くのことを知った。乾式キャスクのどこに不備があり、その原因は何だったのか。報告を受けた規制庁が官僚の一人を三峯輸送に出向させて、今回の輸送計画を滞りなく進めていった詳細。さらには、なぜ架線を切ったにもかかわらず、あの貨物列車が自力でバックできたのか。

逮捕された先崎たちは、今も地元の警察署で取り調べを受けている。尚美は足首の骨折が判明して入院となり、三日にわたってこの病室で刑事たちから聴取を受けた。が、なぜか今もって手錠はかけられていなかった。

刑事たちは何度も問いただしてきた。

――あなたはスタンガンを使われて気を失った。その後、先崎を追いかけてあの列車に近づいた。間違いないですね。

尚美は言った。ですけど、わたしも一緒に戦うつもりでした。だから、彼を追いかけたんです。

おそらく先崎が尚美を気遣い、共同正犯には当たらないと主張しているのだろう。彼女はただ自分を追いかけてきたにすぎず、責任は一切ない。その証拠に、彼女はガイガーカウンターもビデオカメラも持ってはいなかったはずだ。架線を切ったのも、当然ながら彼女ではない。

尚美は意地でもメンバーの一人だと刑事に言い続けた。留置場にいる仲間を思うと、後ろめたさに襲われる。どれほど共犯関係にあると主張しても、警察は逮捕しないどころか、昨日の夕方からは廊下の椅子に陣取っていた制服警官の姿までが消えた。骨折した足首はギプスで固めてあるので、逃げ出そうとすれば、できなくはない状況なのに。

午前の回診が終わっても、今日は刑事が病室に現れなかった。先崎というリーダーにただ心酔してつきまとっていた女を何度も聴取しようと得るものはない。無念ながら、自分は正式なメンバーと見なされなかったようだ。

悔しくて涙が出た。一緒に逮捕されて、ともに裁判の場へ出て戦いたいのに……。

もちろん、ほかの仲間と先崎たちの支援に力をつくす選択肢もあった。息子たち未来ある若者のために何をすべきなのか。ベッドの上で自問自答をくり返した。

その日の夕方、看護師が意外にも思えるほどの笑みを見せて尚美に言った。

「面会のかたがお見えですよ」

驚いたことに、警察が埼玉に住む母に連絡をつけてくれたらしい。

ところが、看護師に続いて病室に入ってきたのは、まったく見ず知らずの男性だった。歳は尚美と同じくらいだろうか。刑事にしては目が柔和で、ドア横へ進むと律儀そうに頭を下げてきた。

「ＪＲ貨物ロジスティクス本部の井澄充宏と言います」

「いつものように、ここへ置きますね」

看護師が痛み止めを置いて廊下へ出ていくと、男はそっとベッドへ近づき、また頭を下げた。

ＪＲ貨物の社員がなぜ見舞いにくるのか、戸惑うばかりで声が出なかった。

「あの列車をバックさせたことで、あなたが怪我を負ったと聞きました」

言いにくそうに切り出されて、目を見張った。理解があとからついてくる。どうやらこの人が、東日本新聞の記事で紹介された元運転士の営業マンらしい。

尚美が驚きから立ち直れずにいると、井澄と名乗った男は頬に苦笑を浮かべた。

「正直に言わせてもらうと、この病院を探り出すのにかなり苦労したんです。あの現場に救急車が呼ばれたのは見ていたので、東日本新聞の協力を得て、近くの病院を徹底的に調べてもらいました。そしたら、なぜか警察が何度も訪れている病院があり、あなたが入院中だとわかりました」

少し事情が読めてきた。連載記事の取材に、この井澄が協力していたから、あそこまで詳しい報道ができたのだ。

ベッドサイドに置いてあった新聞に目をやり、井澄がうなずいて言った。

「実は、その記事を書いた記者が、まだ執念深くあなたたちの起こした事件を追いかけています」

廊下を気にするようにしてから、井澄は視線を尚美に戻して続けた。

「新聞記者だと警察の人に顔を知られているため、この病室に近づくことは難しい。そう説得されて、見舞い役を引き受けさせられたんです。勝手ながら受付では親族だと名乗らせてもらいました、すみません……」

尚美の名前を出さなければ、病室を聞き出すことはできなかったろう。病院関係者の誰かが記者に協力をしたとしか思えなかった。

尚美の懸念を感じ取ったらしく、井澄が慌てたように言い添えた。

「あ――お願いですから、どうか人を呼んだりしないでください。我々にはまだ納得できない点がいくつかあって。あなたたなら、その手がかりを持っているのではないか。警察の聴取にどこまで答えたのかはわかりませんが、真実を見出して世の中に伝えていくためにも、我々に協力してもらえないでしょうか。お願いします」

また律儀に一礼してきた。

この男の真意はどこにあるのだろう。真実を見出して世の中に伝えていく。その言葉を信じていいのか。尚美は言葉を選びながら訊いた。

「わたしにはよくわかりません。なぜ貨物列車を運転していたあなたが……」

「乗りかかった船――ではなくて、終着駅まで乗っていた貨物列車だから、と言っていいかもしれませんね。あの連載記事にもあったように、我々JR貨物は荷物が何かを知らされずに臨時列車を鍋島駅まで走らせました。今となっては、政府に協力できたことを誇っていいような気持ちはあります。しかし、あなたたちによって架線を切られたことで、JR各社と利用客に多大な影響が出てしまった。事件の渦中にあった者としては、真相を突きとめたい気持ちが強くあるんです」

まだ彼が何を言いたいのかよくわからずにいた。先崎らが逮捕されたことで、すでに真相は明らかになり、警察も記者発表をしていた。犯行グループの全容を詳しく知りたいわけか……。

「すみません。わたしは……最近になって先崎さんたちと知り合ったので、どういう人がメンバーにいたのかは知らされていないんです」

「いえ、誤解しないでください。我々はあなたがたを糾弾する意図を持って事件を調べようとしているわけではないんです。ただ、どうしても納得できないところがあるので、その手がかりがほしくて、こういう強引な面会をさせてもらいました」

「……わたしが知っていることは、すべて警察に話しました」

「ええ、そうなんだと思います。ですので、その確認を少しさせてもらないでしょうか。あなたがたは、どういう意図を持ってサイクル施設を監視して、あの乾式キャスクが密かに運び出された事実をつかんだのでしょうか」

記憶をたぐるまでもなかった。Ｋと呼ばれる協力者が、最初に情報を手に入れたのだ。名前は知らない。警察にもそう正直に伝えていた。

「……我々に協力してくれている仲間の一人が、サイクル施設でおかしな動きがある、と聞いてきたからでした」

「その仲間とは、どういう素性の人か、ご存じですか」

「地元メディアの人だと聞きました」

正直に言うと、井澄の視線が床へ落ちた。彼らにとっては、望んでいない答えだったらしい。

気を取り直すように一度大きくうなずいてから、井澄が視線を上げた。

「もうひとつだけ確認させてください。あなたがたの中に、栄王大学の出身者がいたでしょうか」

「すみません。わたしはメンバーの経歴などは、ほとんど知らなくて……」

先崎は東北工科大学工学部の出身だった。原子炉工学の研究者として大学院へ進み、講師としても学生たちに教えていた。あとのメンバーの出身大学を聞かされたことは、一度もなかった。

「実は……今回の連載記事を書いた記者は、同僚と許可なくドローンを飛ばしてサイクル施設を取材したため、一度は警察に身柄を拘束されました。けれど幸いにも、翌日に釈放されています。その同僚の記者も警察から話を聞かれたと思うのですが、やはり逮捕はされていません。ですが、なぜかその男性記者は突然、新聞社を辞めて、連絡を絶ってしまったんです。その記者が最初にドローンを飛ばそうと言いだしたのは、中北村にある国家石油備蓄センターの近くで警察が交通規制を始めたとの情報を地元の知り合いから得ためだと言うんです」

中北村の石油備蓄センター。その隣に核燃料サイクル施設がある。

井澄の話は続いた。

「同僚の記者は、父親が本州電力の役員だったため、福島の事故に心を痛め、国の原発政策にも批判的だったそうです。そして彼は、あなたがたと思われる反原発グループの一人から、道路規制の情報を入手したと言っていたんです」

ようやく話が見えてきた。

尚美たちが聞いたのとは、少し事情が違っていた。サイクル施設で働く人たちの利用する居酒屋に勤めていたメンバーが、メディア関係者のKから、その情報を得たのだった。

しかもKは、サイクル施設から十八個のタンクコンテナが秘密裏に搬出され、JR貨物の臨時列車でどこかへ運ばれた、とも伝えてきた。Kからの情報があったから、フォーナインと称される臨時列車の存在を、尚美たちは知ることができたのだった。

尚美は気づいて、井澄に尋ねた。

「もしかすると、その男性記者が栄王大学を出ていたというんですか」

井澄は曖昧に微笑み返してきた。辺りに視線をさまよわせてから、重そうに口を開いた。

「あなたたちはJRの架線を二度も故意に切断して、多くの利用客に少なくない迷惑をかけた。たとえその動機に多少の理解はできても、許されていいことではありません。ただ──原発の周辺には、何かと不都合な事実を隠したがる者がいるのは確かなようにも思えてしまいます。今回の輸送計画には、まだ我々が知らされていない事実が隠されている気がしてなりません。悲しいことですが……」

知らされていない事実とは何を意味するのか。

乾式キャスクに問題が見つかったことは、すでに原子力規制庁が認め、製造した新武蔵マテリアルも謝罪会見を開いていた。連日メディアが取材に動き、今は第三者委員会の調査結果を待っているところだ。その裏に、まだ知らされていない真相がある……。

尚美はベッドに片ひじをつき、身を乗り出した。

「なぜ隠されていることがあると言えるんですか。もしその証拠があるなら、わたしにも手伝わせてください。その知らされていない事実を、あなたたちは探り出して、公表するつもりですよね」

隠蔽されていた真実を暴き、広く世に訴えていくことが、必ず息子たち若者の未来を拓いていく。二度と福島と同じような事故を起こしてはならない。

「お願いです。教えてください。わたしにも何かできることはないでしょうか」

井澄はしばらく困ったような顔で口をつぐみ、やがて静かに首を振った。

「まだ疑念の段階で、我々も確証は得ていません。それに……あなたはまず傷を治し、自分たちが犯した罪を、仲間と一緒にもう一度じっくり見つめ直すべきではないでしょうか」

ありきたりな忠告は聞きたくもなかった。目の前に立つ井澄という男は、原発事故による理不尽な被害を受けてはいないのだろう。

自分に火の粉が降りかかってこないと、人は事態の深刻さに気づくことができない。彼も大切な家族を奪われれば、今の批判的な言葉を間違いなく恥じるようになる。

敵意をこめた目で見返すと、立ち去ろうとした男が振り返った。

「事件のほとぼりが冷めたら、わたしをここへ送りこんだ女性記者が、あなたの前に現れると思います。彼女はできるものなら、あなたと家族の物語をじっくりと聞いて、記事に仕上げたいと言ってました」

なら正面からあなたの思いを必ず受け止めてくれる。それだけは保証できます」

と覚悟しておいたほうがいいですよ。かなり執念深く、しつこい人なんでね。でも、彼女

「はい。彼女は今、福島へ行ってるんです。あなたの経歴を知るために。なので、ちょっ

「わたしの……」

45

十九時三十四分。面会時間の終了まで、残り三十分を切っていた。

必ず彼は報告にやってくる。政府の動きを見て、自分たちが次に何をすべきか、戦略を練ろうとする。すでに外堀は埋めたも同じで、あとは自白を引き出すだけになっていた。今日こそがその最大のチャンスと言える。

逸る気持ちを抑えて、照明を半分ほど落とされた待合室の片隅で時間をつぶしていると、都倉佐貴子からラインのメッセージが届いた。

『裏にタクシーで到着。通用口から入る。挟み撃ちで』

井澄充宏はスマホを手に腰を上げると、エレベーターホールへ歩いた。ちょうど奥の廊下から一人の男が黒革の鞄を手に現れたところだった。彼の後ろには、裏の通用口を車の中から張っていた都倉佐貴子が足早に追ってくるのが見える。

井澄は彼を見ないように気をつけながら、エレベーターを待った。病棟の案内板を見ていると、後ろに足音が近づいて、まもなくエレベーターも到着した。

開いた扉の中へ井澄は進み、最上階のボタンを押した。彼も中に入ってきて、反対側の壁へ寄った。最上階のボタンがすでに押されているのを確認したのだろう、井澄の横顔をわずかにうかがうような素振りを見せた。

この病棟の最上階には、ＶＩＰの贅沢な個室が並ぶ。

遅れて都倉佐貴子が小走りに乗りこんできた。井澄にも他人行儀に一礼してから、ドアを閉めるボタンを押した。

ケージが揺れて、上昇を始める。

最後に駆けてきた女性までが最上階へ行くと知ったためか、彼がケージの隅へと後退した。それとなく井澄たちを観察している気配がある。

無言のままエレベーターが最上階に到着した。ゆっくりと扉が開く。

だが、井澄たちがケージから出ていこうとしない不自然さに、彼が動きを止めた。都倉佐貴子が悠然と振り返って声をかける。

「原子力規制庁の永辻勇人さんですよね」

見ず知らずの者に名前を呼ばれて、永辻勇人は黒目を素早くめぐらせた。驚きが大きすぎると、人は何も言えなくなるらしい。

「東日本新聞青森支局の都倉と言います」

「JR貨物ロジスティクス本部の井澄です。初めまして」

「何なんだ、君たちは……」

永辻勇人、三十四歳。まだ学生と言っても通りそうな童顔がにわかに固まり、眉間に険しい皺《しわ》が刻まれた。福島県出身。上級職試験をパスして経済産業省の官僚となるが、自ら志願して原子力規制庁へ移り、今は災害対策課の課長を務めるエリート官僚だった。

井澄は手で先を譲り、微笑みかけた。

「さあ、どうぞ、降りてください。あなたの元上司が廊下で待っていますから」

予想もしなかった言葉を浴びて、永辻勇人が身を震わせた。誰が待っているのか怖れるように、目がドアの先へ向けられる。その奥に足音が響き、出迎えの声がかけられた。

「どうした、永辻君。さあ、一緒に元総理を見舞おうじゃないか」

「城山参事官……」

あえぐように口を何度も開け閉めしてから、永辻が元上司の名を告げた。

エレベーターの前へ歩いてきた城山健吾が静かに微笑み、だが、厳しい声で言い返した。

「何を言ってるのかな、永辻君。わたしはもう参事官じゃないだろ。今は三峯輸送の営業管理部マネージャー補佐で、まだ緊急輸送の後始末に追われている身だ」

城山はつい二週間前まで原子力規制庁の危機対応参事官の職にあった。永辻勇人の直属の上司だったのだ。

都倉佐貴子が後ろへ回って、永辻の肩をそっと押した。感電でもしたかのように永辻が身を震わせてケージから飛び出た。

「さあ、一緒に参りましょうか。わたしたちも同席させてください。もしあなたや元総理が拒まれるのであれば、我々は今日まで調べだした情報をすべて警察と政府に提出する用意ができています。もちろん、うちの新聞にも記事が掲載されます」

永辻は否定も反論もせず、口を引き結んだまま井澄たちを見返した。城山が進み出て、元部下だった男に優しく呼びかけた。

「ほら、元総理と相談してこい。我々はそこの廊下で待っている。早くしないか」

長くは待たされなかった。五分もせずに永辻が病室から戻り、ドア横に立つ警備員を下がらせると、井澄たちは元総理の病室へ入ることを許された。

「先生は体力が落ちていて、そう長くは話せません。どうかご理解ください」

永辻が小声で言い、ドアの前をあけた。病室は広くなく、ベッドもよく見るパイプ式のものだ。洗面台の前に革張りの応接セットが置かれ、窓にはブラインドが下ろされていた。花や絵もなく質素な十五畳ほどの部屋だった。

「……君があの連載記事を書いた記者か」

上半身をベッドで起こしていた白髪の痩せた老人が、思いのほか強い語調で呼びかけてきた。

十五年前に引退した元内閣総理大臣、小谷野宗一。

毛布の上へ伸ばされた細い腕は点滴とつながれ、ベッド脇に置かれた計測器が心臓の鼓動を静かに映し出していた。

都倉佐貴子が一礼して進み、井澄も城山に続いて頭を下げた。

「勢ぞろいだな。見事に輸送計画を成功させた元参事官に、テロを未然に防いだ元運転士までいる」

顔まで知られていたとは思わず、井澄は元総理の黄色くにごった目を見返した。永辻が警察から情報を手に入れ、事細かに報告を上げていたようだった。

井澄は小さく首を振り返して言った。

「いいえ、わたし一人が未然にテロを防いだのではありません。都倉さんの記事は大げさに書きすぎの部分がありました。同乗していた機動隊や、ここにいる城山さんも力をつくされた結果です」

「わたしは何もしていませんよ。気動車をフォーナインの最後尾に接続させるアイディアを出したのも、機転を利かせて列車を何度もバックさせたのも、井澄さんのお手柄ですから」

「謙遜し合うことはない。君たちは素晴らしい仕事をしてくれた。記事を読んで、痛く感心させられたよ。わたしからも礼を言わせてもらおう。日本のために力をつくしてくれて、ありがとう……」

語尾が苦しげにかすれたのを見て、永辻がベッドの脇へと走り寄った。

モニター画面で鼓動を映す波形が大きく揺れる。が、小谷野は点滴がつながれた手を上げて大学の後輩を制すると、声をしぼるように言った。

「聞こうじゃないか。病室に押しかけて、わたしと何を話したいのか」

「すべてをお認めください。今回の輸送は、先生が仕組まれたのですよね」

都倉佐貴子が、中学生でも諭すかのように優しげな声を作って言った。

今日の午後、原子力規制委員会の会合が開かれ、今回の緊急輸送に問題がなかったか、の再検討が行われた。

その席には、オブザーバーとして警察庁と自衛隊の幹部も同席したと聞いた。フォーナインを襲撃した市民グループは、あくまで国が新型乾式キャスクの強度に問題が出たのを隠し、密かに輸送計画を進めた事実を暴く目的で列車を停めたのであり、テロ行為とまでは言えない。そう正式に認定された。

報告書は政府にも提出されて、夕刻には元原子力学会会長だった加賀見達夫《たつお》委員長が再び会見を開いた。だが、使用済み核燃料の輸送はテロの危険性があるため、やはり日時やルートの発表を事前にはできないものだ、という従来の見解をなぞるものにすぎなかった。

もし今後も乾式キャスクに問題が見つかった場合、国民に事前の発表はせず、またＪＲ貨物を使って輸送するつもりなのか。記者からは厳しい質問も飛んだという。研究開発には、さらに万全を期して進めてもらう。規制庁も厳しいチェック態勢を取っていく。お決まりの官僚答弁がくり返されて、会見は終了したのだった。

「何を言いたいのか、わからないね」

元首相は平然と心にもない言葉を返してきた。簡単に認めるわけがないのは承知ずみだった。

そうでしょうね、と都倉佐貴子が肩をすくめるような素振りを見せて、言った。

「残念ながら、今は状況証拠しか見つかっていません。ですが、ここまで集めたすべての材料を新聞紙上で提示していけば、多くの国民が小谷野先生の関与を疑わないと思います」

井澄も彼女から話を聞き、充分に納得できた。だから、城山に連絡を取ったのだ。

彼女の同僚で反原発グループと通じ合っていた木月聡は、栄王大学の出身だった。永辻勇人と同じ学部の二年後輩でもある。小谷野もＯＢの一人で、引退後は大学の若い研究者を個人的に支援していた。

二人に目でうながされて、井澄は横に進み出た。元総理の前でうまく話せるか、自信はなかったが、こんな自分にも果たすべき役割はある。昨日から考えてきた言葉を頭の中でまとめつつ声にした。

「……あの列車を停めた市民グループの女性に、わたしは会ってきました。すると、ひとつの疑問点が大きくクローズアップされてきたんです。今回の取材を都倉さんがスタートさせたのは、同僚の木月聡君がある市民グループから気になる情報を手に入れたからでした。警察が核燃料サイクル施設の近くで、なぜか交通規制を始めている。しかし、わたしが会ってきた市民グループの女性は、まったく逆の話をしてくれたんです。つまり、彼女たちが木月君からサイクル施設でおかしな動きがあると知らされた――だからフォーナインを追い始めた、と証言したんです」

都倉佐貴子があとを引き取って続ける。

「では、木月君はなぜ同僚のわたしに嘘をついたのか。もちろん、わたしを取材に引きこむためでした。何しろ原子力規制庁までが三峯グループと一緒になって、開発中の乾式キャスクに不具合があり、臨界の危険性が出てきた事実を隠蔽しようとしていたんですから。あなたは役所内の不可解な動きを見て、そう確信を抱くにいたった。けれど無念ながら、証拠は手にできずにいた。間違いありませんよね、永辻さん」

名前を呼ばれても表情は変えず、彼はじっと元首相の横で立ちつくしていた。

その上司だった城山がさらに追及の言葉を連ねていく。

「君は、わたしの行動に不信を抱いた。だから、栄王大の松坂教授から電話をもらってわたしが急に出かけたのを知ると、あの日わざわざ何があったのか、と確認の電話を入れてきた」

三峯傘下の新武蔵マテリアルは、内部調査によって怖ろしい事実に気づいた。強度不足の鋼材を、こともあろうか乾式キャスクの原材料として出荷していたのだ。会社の幹部は慌てて原子力規制庁へ報告を上げた。危機対応参事官であった城山がまず呼ばれて、強度テストの再チェックを行う運びとなり、松坂教授に依頼が出された。

テストの結果は、規制庁の想定を遥かに超えていた。特に使用済み燃料棒を支える金属バスケットの強度に問題があるとわかった。

キャスク内の温度が上昇すると、破断の可能性が高くなる。制御棒としての役割も兼ねていた金属バスケットがもし壊れたならば、使用済み燃料棒の間で再び中性子が飛び交い、臨界へ向かってしまいかねない。

直ちにプールで冷却すべきだったが、折悪しくサイクル施設のプールは満杯に近かった。再稼働を待つ各地の原発も、よそから燃料棒を受け入れる余裕はなかった。そこで、廃炉が決まったために、冷却プールの収容力に少し余裕の出てきた佐賀の原発へ、急いで輸送することが決定された。

「上が騒ぎ出したとたんに、わたしがなぜか三峯輸送へ出向させられた。君なら何があったか、想像は楽にできただろうね」

城山の指摘にも、永辻は無表情を決めこんでいた。小谷野宗一も身じろぎひとつせず、話に聞き入っている。

三峯重工業は原発製造メーカーで、その子会社の三峯輸送は燃料棒や放射性廃棄物の輸送を請け負っていた。本来、原子力産業への規制と監視を担う務めがありながら、危機対応参事官が納得しがたい出向を命じられたとなれば、表ざたにできない緊急事態が起きたのではないか。

原子炉に何かの異常が出たのであれば、直ちに政府へ報告が上げられて、規制庁全体で対処することになる。その動きは今のところ見られない。では、ほかに何が考えられるか。組織全体に情報を共有せずとも、内密に進めていい例外的なケースが、ひとつだけ存在する。

核燃料の輸送だ。

テロを警戒する趣旨から、日時もルートも事前に発表されることはない。情報を秘匿するのが常識とも言えるのだ。

ほかには考えられない。事前の発表をひかえたうえで、核燃料を緊急輸送すべき事態が起きたのではないか。各原発に保管される使用済み核燃料に問題が生じたとなれば、地元への報告が義務づけられている。その動きも庁内には見られなかった。

残る可能性は、ひとつだけ。

青森県中北村のサイクル施設で検証実験が進められている乾式キャスクに問題が出たのだ。だから、城山参事官が松坂教授のもとへ駆けつけた。すべてに説明がつく答えは、ほかになかった。

小谷野が小さくのどを鳴らした。永辻は反論の言葉でも探しているのか、ただじっと横の壁を見つめている。

病室の静寂を破るように、都倉佐貴子が声に力をこめた。

「永辻さん、あなたは大学の交遊関係から、絶好の人物が青森にいることを探し当てた。いや、もしかすると、以前から親交があったのかもしれませんね。いずれにせよあなたは、後輩の木月聡に乾式キャスクの情報を与え、協力を依頼した。彼を使って、サイクル施設から乾式キャスクが搬出される証拠をつかむために、です」

永辻がわずかに視線を揺らし、小谷野の様子をうかがった。目で許可を求めてから、井澄たちを見回した。

「わたしは規制庁の役人ですよ。上司が政府関係者と密談したうえで、臨界事故を未然に防ぐために決定した計画を世に暴きだして何の意味があるんですかね。いたずらに世間を騒がせ、国中に大きな不安を与えるだけだ」

「君は福島県の出身だったよな」

城山が悲しげに声を押し出した。

「あなたの友人にも、避難を余儀なくされたかたが何人もいましたよね」

都倉佐貴子の取材は入念だった。城山を通じて永辻の出身地を訊き出したうえで、現地に何度も足を運んでいた。

「たとえあなたが原発業界に激しい憤りを抱き続けていたとしても、中北村のサイクル施設で行われている検証実験は、福島で事故を起こした本州電力は関与していない。それどころか、安定的に使用済み核燃料を長く保管していくためにも、なくてはならない重要な技術でもある」

「あなたは何を言いたいんだ」

焦《じ》れたように永辻が足を揺すりながら言った。小谷野はただ見守っている。

「木月君に誘導される形で、わたしは今回の緊急輸送を追うことになった。その際、サイクル施設から何が持ち出されたのか予測がつけられず、東京で若手の研究者から話を聞かせてもらいました。本社の知り合いに紹介してもらったんですが、願ってもない人を選んでくれたと言えるでしょう。青森支局のわたしが取材のリクエストを出してきたのだから、原発に批判的な内容に違いない。そう考えたからで、当然の選択だったかもしれません。なぜなら、栄王大学の池口准教授を紹介されたからでした。そう——小谷野先生がスポンサー探しの協力をして、廃炉の研究を進めているかたです」

庇護する後輩の名を出されても、小谷野は表情を変えなかった。が、心臓の波形は正直で、山と谷の間が大きくなっている。

「さらに言うならば、乾式キャスクに使用された鋼材の強度テストをされた研究者も、栄王大学の松坂教授でした。まだあります。今回の件が記者会見で発表されたあとにも、興味深い展開が起こりつつあるんですよね、城山さん」

「そのとおりです。緊急輸送された使用済み核燃料は、ひとまず佐賀の原発の燃料プールに保管されています。その原発は、廃炉作業がスタートしたというのに、燃料プールを取り壊すことができなくなった。ならば、更地に戻すという完璧な廃炉を目指すのではなく、原発の跡地を乾式キャスクの保存施設として再利用したほうが、廃炉にともなう莫大な費用を削減できる。新たな保管施設を用地の選定から始めるという手続きも簡略化でき、その費用もかからなくなる。現地の自治体も協力金を手にできる。一石二鳥どころか、三鳥、四鳥ものメリットを得られるとの意見が多くなってきているんです」

日本ではまだ廃炉が完了した原発は、一基もなかった。

経産省では、原発一基当たりの廃炉費用を、おおよそ五百五十億円と試算していた。が、使用済み核燃料や高レベル廃棄物の処理と貯蔵法は決まっておらず、その費用はふくまれていないのだ。さらに、事故を起こした福島原発の廃炉費用は、八兆円に及ぶとも言われている。

今後も古い原発が順に廃炉となっていく。電力会社は廃炉積立金を用意しているが、現存する日本国内の軽水炉をすべて処理していくには、二十兆円を超える新たな国民負担が求められるとの試算があった。研究者の中には、もっと莫大な費用になる、と警告する者もいた。

だが、電力業界の腹はまったく痛まないのだ。いくら予算がふくらもうと、電気代に加算すれば、国民がすべて賄ってくれる。

「小谷野先生は、福島原発の事故があってから、突然、脱原発を主張されるようになりましたよね」

都倉佐貴子が標的を元首相へと変えて、視線をそそいだ。

「当然ではないかね。あの事故は我々に、核の怖ろしさと制御していく難しさを、あらためて教えてくれた。それに、わたしは議員のころから、原発にばかりずっと頼ってはいられないとも思っていた。主張を変えたわけではないんだよ」

総理を辞してから、理想を語りだす。

理想を持っていたのなら、政治家であった時にこそ、声を大にして広く国民に語っていくべきなのだ。現役の時は、欠かさずに献金をしてくれる業界を優遇し、与党の票集めに走り、自らの地盤を固めにかかる。辞めてから何を訴えようと、まさしく遠吠えにすぎなかった。

城山の目にも失望に近いものがよぎったように見えた。

「おっしゃることは正論だと思います。廃炉に費用をかけず、使用済み核燃料も再利用はせずに乾式貯蔵をしていったほうが、安全でコストも遥かにかからない。今回の緊急輸送が明るみとなって以降、先生が主張されていた政策が、より実現に近づいていくように見えてなりませんね」

「わたしは国民にとって最適な政策を提言してきたにすぎない。ようやく多くの者が気づいてくれたんだよ」

「そうです。多くの人が気づくようにと、先生が仕組まれたからです」

都倉佐貴子がとどめの一矢を放った。

小谷野ののど仏が大きくうねった。が、反論の言葉は出てこなかった。

永辻が横で拳を固く握りしめている。彼は城山の下で働き、乾式キャスクの部品に問題が出たことを見ぬいた。使用済み核燃料の容器に使われる重要な鋼材であるにもかかわらず、利益のみを優先させた三峯グループの経営陣に、福島出身の彼でなくとも、誰もが怒りを覚えるだろう。

永辻は確信を抱いた末、自分と同じ考えを持つ小谷野宗一に報告を上げた。

ただし、不正の事実をただすっぱ抜いたところで、政府の原発政策が変わることは期待できなかった。それどころか、乾式キャスクの開発が遅れていき、使用済み核燃料の処理にかかる負担が増えることにもなりかねない。

　都倉佐貴子が二人を交互に見つめた。

「鋼材の強度テストが栄王大学の松坂教授に依頼された。播磨製鋼所の同じ問題でも、第三者委員会で強度テストを行っていたからです。その情報を得たあなたたちは、松坂教授を説得にかかったのではないでしょうか。日本の未来のために手を貸してくれ。乾式キャスクの強度が不足していれば、廃炉が決まった原発の燃料プールへ戻すしか方法はない。そこを貯蔵施設にすることで、莫大な国民負担を減らせるし、脱原発への着実な一歩とできる」

　そのためには、乾式キャスクが佐賀の原発に輸送される事実を早急に突きとめねばならなかった。秘密裏の輸送が完了してしまえば、当初からの予定だったと隠蔽されかねないからだ。国民に真実を告知し、考える機会を与えるには、乾式キャスクに問題があった事実を暴き出す必要がある。

　城山が深く息を吸い、声に力をこめた。

「福島原発の事故が発生し、当時の政府も原子力安全・保安院も機能不全に等しい働きしかできず、国民の批判にさらされる結果になった。新たに設立された規制庁は、乾式キャスクの強度不足という突発事態に、どう対処していけるか。その実地テストも同時にできる。しかも、臨時列車を停めるという反対活動を企ててきた組織を摘発したうえ、警察の対応能力も検証できたのだから、これ以上はない成果を上げたと言えるでしょう」

すべて小谷野宗一の望む結果を引き出せたのだ。

だが、確たる証拠はなかった。彼らは脱原発の信念から、この先も口をつぐみ続けるだろう。

弾劾《だんがい》の証拠がどこにもないと見て取ったらしく、永辻が口元をゆるませたように感じられた。

「なるほど、興味深い意見でしたが、小谷野先生もわたしも松坂教授を説得などはしていませんよ。乾式キャスクの強度に問題があったのは事実なんです。わたしはただ規制庁の中で不可解な動きがある、と先生に伝えはしましたがね」

「では、記事を書かせてもらってもかまわない、と言われるんですね。大きな話題になれば、あなたがたと松坂教授がどこかで会っていた現場を見た、と証言する人が名乗り出てくれるかもしれませんせん」

「ありえませんよ。まず松坂先生が名誉を毀損されたとして、あなたたちを告訴するでしょう。その覚悟があるのなら、どうぞご自由に」

自分らの理想と結束に、ゆるみが出るはずはない。その自信が彼らにはあるのだ。松坂教授が絶対に口を割ることはなく、密談の現場も人に見られてはいない。証拠がなければ、事実とは認定されず、噂で人を裁くことはできない。裁かれるべき者は、ほかに大勢いる。

脱原発は彼らにとって信念であり、生き方なのだ。営利のために原発を利用したがる連中とは志が違っている。だから、自分たちは何を企てようと許されていい。

城山が悲しげな目を元首相に向けた。

「小谷野先生――。政府のみならず国民をだますようなやり方は間違っています。いずれ我々人類は原発から潔く手を引くべきなのかもしれません。けれど、日本は資源に乏しく、地球温暖化の観点からも、化石燃料にのみ頼っていくわけにはいかない現実があります。だから我々規制庁が、既存の原発を厳しくチェックしていき、この先しばらくは安全な運用を心がけていくしか方法はないように思えてならないのですが」

「安全などは机上の空論だよ。君はそれでも原発を監視するプロかね」

受けて立とうとばかりに、小谷野がベッドの上で痩せた胸をそらした。

「福島原発の惨状を見ていないのか、君は。我々は危険極まりない燃料デブリをいまだ取り出すこともできずにいる。高濃度の放射能に行く手をさえぎられて、近づくことさえできないからだ。専用ロボットの開発を今さら始めているような体たらくでは、廃炉までに何十年もかかってしまい、ひいては何兆円――いや、何十兆円もの貴重な国民の資産が奪われていくんだ。よく考えてみなさい。その金が浮けば、国の借金を減らせるし、日本人の暮らしはまた希望に満ちたものになっていけると、君たちは思わないのかね」

「もちろん、一原発の処理のために、天文学的な借金を子や孫たちの世代に残したくはありません。しかし、そのためにデータを偽装するのでは、世の中の理解を得られるはずもありません」

「素人みたいなことを言うな。君はそれでも国民を導いていくべき官僚かね。政府の発表こそ、まやかしばかりではないか。福島だって、本当に廃炉にできるのか、専門家だって問題視している。現実から目をそらさせようとしているのは、今の政治家どもなんだよ。やつらは都合の悪いことがあれば、将来に検証できるよう保存しておくべき文書でも、とっくに処分したと嘘をついて隠しとおし、その責任は役所に押しつけているではないか。あげく、現場で窮した役人が命を絶とうと、自分らの行動をあらためる素振りすら見せていない。国会など数の論理で押し通せばいいと高をくくり、自らの地位を安泰にすべく、地方へ予算のばらまきに力をそそぐだけだ。しかし、そういうながかわしい国会にしたのは、地元にただ金を落としてくれるだけの、信念なき政治屋どもに票を投じてきた国民なんだ。残念ながら今の政治家にも国民にも、子どもたちの未来を託せるものか。志ある者が正しい道へと導いていくしかないだろうが」

総理の時から言葉を操るのがうまい人だった。党を壊してでも、改革を進めてみせる。威勢のいい演説を信じて、国民は明日の日本を彼に託した。

井澄もその一人だった。日本は変われる。まだ立ち直っていける。指導力あるリーダーの下に力を結集してこそ、明日が拓けてくる。

元首相は心の底から日本を憂い、国民の目を開かせたい、と考えていた。残された時間がないために、強引な手を使ってでも、日本を正しい道へ導きたい。その信念には、頭が下がる。だが――。

井澄は素朴な疑問を投げかけた。

「ほかにも……人を導いていく方法はあるのではないでしょうか」

「では、聞こう。何があるかな」

「まず選挙で地道に訴え、同時に真実を報道していく」

元首相の黄色くにごった目が急に見開かれた。

「本当に君は何もわかっていないな。さっきも言ったではないか。地元に金を誘導するのが今の政治であり、選挙の実態なんだよ。だから、わたしは強引に衆議院を解散して、改革を進めた。信念からそういう勝負に打って出られる度胸ある政治家が今、どこにいる」

「先生が丁寧に仲間を説得なさってくだされば――」

城山が言いかけると、小谷野の細い腕が、聞きたくもないとばかりに大きく振られた。

「無念だよ。わたしは潔く身を引きすぎたのかもしれない。どこかの先達のように陰のフィクサーとして力を握っておけば、少しは自分の声を多くの仲間に届けられたんだろうな。けれど、君たちもわかっているように、原発は業界にも政界にも地元にも、莫大な金を落としていくんだよ。その金の卵を誰が手放そうとするものか。政治家を辞めた途端に、脱原発を言いだすなんて変節も甚だしい。今じゃ昔の仲間から裏切り者扱いされているようなものだ……」

政策提言が間違っているとは思えないのに、声がまったく届かない。総理の座から退いたことで、小谷野は一国民の忸怩《じくじ》たる思いを、今初めて思い知らされているのだった。その悔しさが、歪《ゆが》んだ信念をさらに強固なものにしていったのかもしれない。

「お認めになったほうが、先生の信念は世に広がっていきます」

都倉佐貴子がなおも説得を試みた。

「今回の緊急輸送には隠されたシナリオがあり、元総理が信念から描いたものだった。その動機は明確で、脱原発にあった。メディアが大騒ぎして、連日取り上げることになります。ただし、先生がたは法で裁かれることになるでしょうが」

「ふざけるな。法に触れた証拠がどこにある！　わたしは日本のために戦ってきたんだぞ！」

元総理が声を張り上げると、急に体を折ってまた咳きこみだした。

「先生……無理なさらないでください」

永辻がベッドサイドに置かれたナースコールのボタンを押した。すぐに背後のドアが開いて、廊下にいた警備員が現れるなり、威嚇の目で井澄たちを見回した。

何よりの加勢を得て、永辻が井澄たちを睨みすえた。

「帰ってください。先生はもちろん、わたしも松坂教授とは面識がない。データの不正をしたのは、そもそも三案グループじゃないか。わたしはただ今回の件を痛く案じておられた先生に、詳しい説明をしに来ただけだ。さあ、早く出てってくれ」

忠実な後輩が、日本の明日を守るために叫んでいた。元首相が苦しげに顔を上げたが、すぐにまた体を折って血を吐くような咳を続けた。

「出ていきなさい」

警備員が険しい顔で歩み寄ってきた。

伸ばされた男たちの腕をよけて退き、井澄は二人に言った。

「どうかよく考えてください。何をするのが日本の将来のためになるのかを」

「あなたたちが口をつぐんでいようと、必ず記事にします。もちろん、お二人の主張は、しっかりと書かせてもらいます。当然ながら、フォーナインを停車させた市民グループの主張も一緒に、ですが」

「あんなやつらと先生を一緒にする気か」

「同じだよ。彼らも日本の未来を案じていたから行動したんだ。どこが違う」

城山が冷めた目で元部下を見返して言った。

顔を朱に染めた永辻が、汚いものを払うかのように腕を振り回した。

「ふざけるな。出ていけ。二度と来るな」

だだっ子のような叫びが、人気《ひとけ》のない廊下に響き渡った。

46

気動車に押された二十四両編成の貨物列車がコンテナホームに入ってきた。間隔をあけて待機していた三台のフォークリフトがいっせいに動きだした。

昨年の春、東京貨物ターミナルの敷地内に新たな物流拠点となる東京レールゲート・ウエストが完成した。隣接地に点在していた運送各社の営業所を集約し、さらなる効率化を図ったものだ。国内最大規模のマルチテナント型施設で、イースト棟の竣工もひかえている。

「ご覧のとおり、両施設とコンテナホームは直結されて、ドライバー支援システムによってすべて搬出入の管理ができます。そこで、各社が所有または契約するトラックのナビ情報を提供してもらうことで、搬出入の支援と効率化をより強化できないか、という意見が出てきたわけです」

井澄はコンテナホームからレールゲート・ウエストのビルを振り返り、解説を続けた。

「たとえば、あらかじめタブレットでアプリを呼び出してもらえば、コンテナホームのどの場所にトラックを着けるか視認できるとともに、混み合う時間帯がわかる。わたしども

ＪＲ貨物も、各トラックの位置情報をつかみ、遅延に備えた態勢を瞬時に整えていくことができる」

八名のシステム開発担当者がメモを取り、現場の写真を撮っていった。

二棟の完成によって、東京貨物ターミナル駅の輸送体制はさらに強化され、取り扱い貨物数の飛躍的な増大が見こまれる。今はまだ年間三千万トンを超える輸送量だが、労働力不足と省エネの観点からも、大量一括型の輸送ができる鉄道貨物は物流システムの明日を担っていくはずなのだ。より高度な輸送管理システムを構築することで利便性はさらにアップし、必ず売上増にもつながっていく。

「ちょっと話に聞いたんですが……。例の元首相の病室へ乗りこんでいったＪＲ貨物の社員って、井澄さんなんですよね」

駅事務所の会議室へ移ってミーティングを終えると、システム開発会社の若い役員が笑みとともに話しかけてきた。

「いや、とんでもない噂ですよ。わたしのような末端の社員が、元首相に面会できるわけないですから」

井澄は書類を整理しながら苦笑した。好き勝手な臆測が関係各所で乱れ飛んでいた。

都倉佐貴子は社の上層部とかなりやり合ったと聞いたが、関与を示す直接的な証拠はつかめず、記事にはできなかった。そこで彼女は月刊誌に告発の原稿を書いた。

自社との軋轢《あつれき》をつまびらかに記したせいもあってか、たちまちテレビやネットニュースが飛びついた。海外の通信社までが追い始め、国会でも法務大臣に質問が集中する事態となった。

井澄としては早く仕事に戻りたかったので、名前は出してくれるなと彼女に伝えておいた。今のところ社の上層部も、取材はすべて断ってくれている。もう面倒な事件に巻きこまれるのはたくさんだった。ただでさえ仕事に追われている身なのだ。

「今日はありがとうございました。次の予定がありますので、ここで失礼させていただきます」

まだ話を聞きたそうにしている役員たちを送り出すと、井澄は駅事務所の駐車場へ急いだ。早く本社に戻って、たまった仕事を少しでも片づけておきたい。

幸いにも、難攻不落と思われていた元妻が井澄の活躍を知り、少しは態度を軟化させてくれていた。おかげで、この週末にはふた月ぶりに娘と会える。

車のドアに手をかけたところで、スマートフォンが鳴った。何気なく見ると、星村本部長からだった。まったく、嫌な予感しかしない。

「――はい、井澄です」

「いやあ、お疲れさん。もう例の会議は終わったよな」

「はい。来週にはこの先のスケジューリングをつめる運びになりました」

「ひと安心だな、ご苦労だった。――で、悪いが、道草せずに至急、戻ってきてくれるかな」

急に猫なで声に変えて呼びかけてきた。

井澄は晴れ上がった青い空を見上げてから、目を閉じた。

「えーと、今日は予定がかなり入っていますが」

「いやいや、どうも急な依頼らしい。何でも市ケ谷方面から、社長あてに相談がきたっていうんだよ」

見事に的中した。市ケ谷には防衛省がある。

「今度は正真正銘、訓練輸送らしいから安心してくれ」

「ものは何ですか。まさかまた特殊な燃料じゃないでしょうね」

「とにかく一緒に話を聞こう。特別な臨時列車を編成するとなれば、君のほかに適任者はいないだろ。じゃ、待ってるからな」

返事も聞かずに、さっさと通話は切れた。

運転席に収まりながら、深く息をついた。たとえ何を運ぶことになろうと、次の週末だけは、断じて休みを取らせてもらう。今度こそ絶対に譲るものか。

井澄は固く胸に誓いを立て、社の古い車をスタートさせた。

本作品を執筆するにあたり、日本貨物鉄道株式会社のご協力により、東京ターミナル駅と東青森駅を見学させていただきました。また、日本原燃株式会社の皆様にも、貴重な話をうかがわせていただきました。心より感謝いたします。ありがとうございました。

参考文献

『貨物鉄道の実務　基礎編』日本貨物鉄道編集委員会　ＪＲＦグループ経営者連合会
『ＪＲ貨物の魅力を探る本』梅原淳　河出書房新社
『貨物列車の世界』トラベルＭＯＯＫ　交通新聞社
『貨物時刻表』鉄道貨物協会

この作品は、二〇二一年八月、毎日新聞出版より刊行されました。
初出　毎日新聞「日曜くらぶ」二〇二〇年一月十二日～二〇二一年五月三十日
本作品はフィクションであり、実在の場所、団体、個人等とは一切関係ありません。

解説

新保博久

本書『シークレット・エクスプレス』が書かれるのに、東日本大震災が大きな契機となったと聞くと、ちょっと驚かされる。毎日新聞の日曜版「日曜くらぶ」に連載されたのは二〇二〇年一月十二日から翌二一年五月三十日までで、加筆修正を経て二〇二一年八月に毎日新聞出版より刊行されたのだから、二〇一一年三月十一日の震災から十年の隔たりがある。

それどころか真保裕一には、日本推理作家協会の設立五十周年記念文士劇「ぼくらの愛した二十面相」（一九九七年）に出演したところ、本書のおおもとの着想がすでにあったという。「……稽古《けいこ》の合間に、科学の知識に長《た》けた先輩作家をつかまえて大まかにアイデアを話し、実現可能かどうかを相談してみた」（「日曜くらぶ連載小説『シークレット・エクスプレス』を終えて」、毎日新聞二〇二一年六月三日付夕刊。以下「連載を終えて」と略す）結果、作品化をあきらめねばならないほど難点をいくつも指摘されたそうだ。

この文士劇には私もひと役、買っていたから懐かしいものだが、そんな裏話があったとは初耳だった。出演した協会員四十二人に、辻真先《つじまさき》ら脚本演出制作の三人を合わせても大半は文系で、「科学の知識に長け」ている作家といえば、いま人気絶頂の某氏以外に考えられないというのはさておき、その人による厳しい批判にいったんは没にしたらしい。ほかの作品のヒントになるかもしれないという僅《わず》かな望みを託して、備忘録に骨子をメモしておいた由。具体的な作品化に一歩近づいたのが十余年後、東日本大震災関連のニュースに際会したのがきっかけなのだから、気の長い話だ。完成までに構想二十五年、もちろん長いだけが取り柄ではない。

「（『シークレット・エクスプレス』の）作中にも書きましたけど、東北全域で車道が寸断され、物資の供給が断たれた時に、ＪＲ貨物が１日２便、上越線から日本海側を経由して、石油を被災地に輸送したことがあった。それを聞いて私がまず連想したのが映画『恐怖の報酬』で、あれは南米の油田で爆発が起き、消火用のニトロ（グリセリン）を賞金目当ての流れ者が運ぶんですけど、石油やニトロよりもっと危険なものを運ぶとしたら？　と思った……」（橋本紀子構成【ポスト・ブック・レビュー　著者に訊け！】、「週刊ポスト」二〇二一年九月十日号）

「名画『恐怖の報酬』や、傑作ミステリー『深夜プラス１』など、何かを運ぶ物語はサスペンスのテーマに打ってつけ」(「連載を終えて」)なのは、真保氏の言を待つまでもないが、作品例はそれほど多くない。単純なだけに、途中の迫力や、運び手の造形に並みならぬ技術が求められるせいもあろう。

『恐怖の報酬』にはジョルジュ・アルノオの原作小説があり、邦訳もされているが、クルーゾー監督による映画のほうがだんぜん有名だ。ギャビン・ライアルの『深夜プラス1』(ハヤカワ文庫)は冒険小説の定番中の定番だが、大西洋岸からフランス、スイスへと横断し、三日後の真夜中までにリヒテンシュタインに自動車で送り届ける簡単なお仕事ながら、行かせまいと襲ってくる手合いの多さ凶暴さからして、護送すべき実業家と秘書はじゅうぶん危険物といえよう。同作では、護衛に同行する酔いどれガンマンのキャラクターの人気がとりわけ高い。復讐ものや誘拐ものといった、サブジャンルとして自立しているほどではないが、運搬もの(という言葉があるか?)も、真保氏がいつか書きたいテーマの一つであった。

「さらに、震災の六年後、また驚くニュースが飛びこんできた。ある鉄鋼メーカーがデータを不正して製品を出荷していた事実が報道されたのだ」(「連載を終えて」)

危険物輸送というプロット。貨物列車。大企業による製品データ改竄。

最初の二つは結びつけやすいとはいえ、まるで三題噺《ばなし》だが、このようにして『シークレット・エクスプレス』の構想は発酵していった。ＪＲ貨物は、列車ミステリーの王者・西村京太郎もメインでは扱っていないらしいことも、常套《じょうとう》を嫌う著者の意欲をかき立てたという。

　本書を読んでいて私が念頭に浮かべたのは、ロード・ノヴェル的な『恐怖の報酬』や『深夜プラス1』よりも、清水一行の『動脈列島』*（徳間文庫ほか）だった。同じく鉄道が舞台というせいだけではない。ひかり号の脱線転覆を予告した犯人と警察との攻防を描く『動脈列島』に、刊行された一九七四年に触れたとき、斯界《しかい》のご意見番といった立ち位置にあった推理作家の佐野洋は、フレデリック・フォーサイスの話題作『ジャッカルの日』（角川文庫）を想起している。手法が共通していても、ドゴール仏大統領暗殺計画をめぐって暗殺者ジャッカルと捜査陣の動きをカットバックで綴るのとは、まったく別個の世界を描き出している点を賞賛したものだ（講談社文庫『推理日記Ｉ』）。

『シークレット・エクスプレス』では、特殊燃料と称するタンクコンテナ十八両という、限度ぎりぎりの量を専用貨車で青森から佐賀まで、日本列島を縦断して輸送する任務をＪＲ貨物が自衛隊から請け負う。言うまでもなくＪＲとして民営化される以前は国鉄（日本国有鉄道）だから、食品Ｇメンに脚光を当てた『連鎖』（講談社文庫）で江戸川乱歩賞を受賞してデビューした真保裕一初期からの〝小役人シリーズ〟、また〝江戸の小役人〟ともいうべき町方同心が活躍する『猫背の虎　動乱始末』（集英社文庫では『猫背の虎　大江戸動乱始末』と改題）を含めた延長線上にある設定だ。

今回の主人公、井澄充弘はＪＲ貨物のロジスティクス部門の社員だが、貨物列車の元運転士でもあり、予期せぬ事態により一区間では自らマスターコントローラーのハンドルを握る。機関車には自衛官や警察官も同乗しているだけでなく、走行周辺の警備態勢も物々しい。貨物は本当にただの燃料なのか？　フーダニット（誰が犯人か）でもハウダニット（密室トリックなど）でもない、何を運ばされているのかというwhatの謎も新機軸といえよう。

貨物の中身が何なのか探り出そうと動いている反原発のグループ、また、異様な輸送計画を察知して取材を開始する東日本新聞青森支局の都倉佐貴子らというふうに、『動脈列島』が犯人と警察の二元描写であったのに対して三元描写となる。それほど長大な作品でないせいか、各パートをもっと深く掘り下げてもらいたかった気もするのは、ないものねだりだろうか。三者は一概に敵対関係にあるわけでなく、共通の敵は国家側のほうに存在するらしい。国家が必ずしも国民の味方でないと肌身で感じさせられることの多い昨今、古典的な善と悪との対決の構図に回収されない物語には、痛快がってばかりもいられない。だが、井澄も新聞記者たちも反原発グループも、それぞれの信念を誠実に貫こうとしている様が、この息苦しい時代に清涼感をもたらしてくれる。

本書に先立って、鉄道を舞台にした真保作品としては、新幹線の凄腕《すごうで》アテンダントのアラサー女子が赤字ローカル線の社長に就任して建て直しを図る快作『ローカル線で行こう！』（講談社文庫）があった。ミステリー味は薄いが、困難な課題に挑むミッションものの一種とはいえよう。そちらのコミカル路線に対して『シークレット・エクスプレス』はシリアスと対照的でも、あまり知られていない職種の内実を巨細に、かつプロットと不可分に描いている点で、やはり同じ作者らしい仕上がりを見せている。

貨物運送の関係者に会って話を聞き、施設を見学し、舞台となる土地を踏むといった準備も楽しかったという。完成したあと、「また列車の登場する小説を書けないものか、と今は仕事場であれこれ思案している」（「連載を終えて」）そうだが、非テツ民族（より安価かつ快適に目的地に着きたい派）の私も、また列車ミステリーを書いてもらいたいように思う。縮小再生産を潔しとしない著者だけに、改めて書かれるとすれば、最近力を入れている時代小説ではどうだろうか。戦国時代や江戸時代に列車を登場させるのは難しい（！）から、明治以降にしなければならないが。

勝手な夢想はさておき、東日本大震災および福島第一原発事故の記憶も生々しい時期に書かれた『猫背の虎　大江戸動乱始末』にも触れておきたい。安政の大地震が背景になっているが、しかし、刊行記念インタビュー「地震に見舞われた江戸の人々の力強さ、懸命さを描く」（『青春と読書』二〇一二年四月号）によれば、必ずしも震災に触発されたわけでもないらしい。以前まったく別な小説のために飯盛女《めしもりおんな》（宿場の遊女）のことを調べて資料に当たるうち、投げ込み寺のことを知ったのが発想源だという。安政地震で焼死した吉原遊女の死体が南千住の浄閑寺に投げ込むように棄てられたのと同時期、幕閣は次期将軍の擁立問題にかまけて救済対策をなおざりにしていたと知るにつけ、その時代を必死に生きる庶民の生活を精細に描くことで為政者のエゴイズムを照射したかったようだ。

文芸・映画評論家の高橋敏夫著『時代小説はゆく！「なかま」の再発見』（二〇一三年、原書房）は、「……三・一一東日本大震災、破局的な原発震災に際し、いたるところで語られた」、「『同胞＝国民』、『オール・ジャパン』、『絆』などの威勢のよい掛け声が、いまとここにある困難をほりさげず、むしろ困難を隠蔽するための全員一致を上から強制しようと、いたるところに響く時代」に抗って、「日々の困難に直面しそれとたたかう下からの『なかま』づくり」の精神が、特に二〇一〇年代からの時代小説に顕著に見られると説く。『猫背の虎』もそうした一環として捉えられているが、「社会派ミステリー作家として知られる真保裕一」と呼んでいるのは、いささか皮相的だろう。そもそも作者当人がデビュー当初から、「何も私は、食品汚染のことを世間に訴えたくて今度の小説（『連鎖』）を書いたわけではない」、「食品Gメンという人達が、飽食の時代ゆえに絶望的ともいえる戦いをしていることを知り、こいつは一種のハードボイルドだな」と考えたというのをはじめ、社会派呼ばわりは心外であると、エッセイ集『夢の工房』（講談社文庫）でも繰り返し述べられている。

とはいうものの、『時代小説はゆく！』が時代小説に顕現した「『なかま』の時代」を讃えたのから十年を閲して、たまたま能登半島地震に見舞われた現在、政権の怠慢・無責任ぶりがますます露呈しているのを見るにつけ、時代小説の趨勢《すうせい》をそれほど観測しているわけでもない私にも「なかま」の比重が増しているのは実感できるものだ。たとえば二〇二三年、複数の大きな文学賞を受賞した或る女性作家の長編（ネタに抵触するので題名も言えない）など、まさしく「なかま」の物語であった。

『シークレット・エクスプレス』も主人公の孤軍奮闘ぶりが最も印象に残るが、困難な使命をやりとげるのに同僚と一体となることも必須である。さらには、跳ね返りの報道記者や、反原発グループにも主人公との連帯感が生まれないわけではない。本書もまた、「なかま」の物語と読み替えてゆくことも可能だろう。

（ミステリ評論家）

（＊）『ぼくらの七日間戦争』などで人気の宗田理は、朝日新聞二〇一三年九月二十日付夕刊の聞き書きコラム「人生の贈りもの」で『動脈列島』を清水一行名義で代作したように発言している。しかし、現在休館中のミステリー文学資料館には清水氏による『動脈列島』の手書き原稿が保管されているという。実際には、清水氏、宗田氏、そして同じく清水氏のリサーチ・スタッフだった故S氏の三人でストーリーを練り、最終稿は清水氏が書いたらしい。宗田氏が二〇二四年四月八日に亡くなって事実は確認しようがなくなったが、誰が書いたにせよ内容の絶対価値が変わるわけではない。

真保裕一（しんぽ・ゆういち）
一九六一年東京都生まれ。九一年『連鎖』で第三十七回江戸川乱歩賞を受賞し作家デビュー。九六年『ホワイトアウト』で第十七回吉川英治文学新人賞、九七年に『奪取』で第十回山本周五郎賞、第五十回日本推理作家協会賞長編部門、二〇〇六年『灰色の北壁』で第二十五回新田次郎文学賞を受賞。近著に、『真・慶安太平記』『英雄』『百鬼大乱』『魂の歌が聞こえるか』などがある。

装　丁　岡　孝治
地図製作　ジェオ

毎日文庫

シークレット・エクスプレス

印刷 2024年7月10日
発行 2024年7月25日

著者 真保《しんぽ》裕一《ゆういち》
発行人 山本修司
発行所 毎日新聞出版
〒102-0074
東京都千代田区九段南1-6-17 千代田会館5階
営業本部：03(6265)6941
図書編集部：03(6265)6745
印刷・製本 光邦
 ISBN978-4-620-21070-4